신말수 단편 소설집

황해여인숙

신말수 단편 소설집

황새여인숙

초판 1쇄 인쇄 2021년 5월 10일
초판 1쇄 발행 2021년 5월 14일

지은이 신말수
펴낸이 강정규
펴낸곳 시와 동화

등록번호 제2014-000004호
등록일자 2012년 6월 21일

주소 경기도 부천시 소사구 성주로 86-4, 104동 402호(송내동, 현대아파트)
전화 032-668-8521
이메일 kangjk41@hanmail.net

ISBN 978-89-98378-43-1 03810

값은 뒤표지에 있습니다.

신말수 단편 소설집

황해여인숙

시와 동화

작가의 말

내게는 낡고 검은 색 여행 가방이 하나 있다. 한 사흘 치쯤의 일상을 담으면 금방 배가 불러오는 가방이다. 얼마나 오래 사용했는지 헤아려 보면 내 열 손가락으로는 어림없다. 바퀴의 외벽은 마모되었고 가방 겉옷은 탈색되어 추레한 꼴이 줄줄 흐른다. 누가 보아도 오랜 연륜만 자랑되는 구닥다리 가방이다. 이젠 저도 늙은 티를 낸답시고 때와 장소도 가릴 줄 모르고 함부로 소리를 내지른다. 나이 들면 염치가 없어지는 건 사람이나 물건이나 다를 게 없나 보다. 어떤 때는 바퀴의 괴성이 민망해 사람들 기척 앞에서는 잠깐 멈추어서기도 한다. 남 눈치 보며 끌고 다녀야할 만큼 소리가 요란하다.

그랬어도 나는 이 가방 없이 한 발자국 길도 나서지 못한다. 사소한 여행지는 늘 함께 했다. 이 가방과 함께이면 모든 길들이 편안해 진다.

오랜 세월을 함께 한 가방이다.

오래, 라는 말에는 어떤 무엇으로도 환산할 수 없는 가치가 있다. 불화를 견뎌낸 인내도, 사랑의 중요한 순간들도 흔적으로 배어 있을 것이다. 문명이 아무리 제 발전을 뽐낸다한들 오래, 라는 시간을 만들어낼 수는 없다. 여느 유명 백화점인들 진열할 수 있는 상품도 아니다. 오래, 라는 말은 많은 시간들의 켜만이 이루어낼 수 있는 결정체이기 때문이다.

나는 지금도 새것이란 말에 부담을 느끼고는 한다.

어렸을 적, 새 운동화를 사는 날이면 흙을 묻혀 털어내고 또 묻혀 털어내고, 밤새 그 짓을 반복했다. 그런 후면 운동화는 새것이 아니라 오래 신던 신발처럼 보였다. 그런 느낌의 신발은 마음이 편했다. 깜찍하게도 어린 나이의 나는 오래된 시간을 조작해내는 방법도 알고 있었다.

내 작은 가방도 오랜 시간과 공간을 동거했다. 그러면서 서로를 알아나갔다. 알고 있다는 건 관계에 많이 유리하다. 굳이 말하지 않아도 상대의 마음을 충분하게 읽어낼 줄도 안다. 서로를 잘 아는 것만큼 편안한 사이가 어디 있을까.

가방과 나 사이는 그렇게 오래된 시간이 만들어 낸 관계이다. 고심하지 않아도 가방의 용량을 짐작할 수가 있고 옆 주머니에는 무엇을 넣어야 편리한지도 안다. 어떠한 방법으로 수납하면 하루치쯤을 더 벌 수 있을까, 그것조차 신경 쓸 필요가 없다.

가방 또한 내 마음을 척척 헤아린다. 이번에는 왜 길을 떠나는 걸까, 어디에다 무엇을 버리기 위해서인지, 그것조차 먼저 짐작을 한다. 그래서 저를 어디로 끌고 다녀도 투정할 염도 안 한다. 오래된 관계는 서로의 이유를 물을 필요가 없다. 또 대답 같은 게 필요하지 않다.

내 가방은 내 글 속에 자주 등장한다. 가방의 연기는 너무 능청스러워서 웃고플 때가 많다. 바퀴 소리로 투덜거리면서 제 몫의 할 일에 게으름부리지 않는다. 가방이 내지르는 신경질적인 소리조차 밉지가 않다. 이 눈치 저 눈치에 맘대로 뱉지 못한, 세상에 대한 나의 구시렁거림일지도, 그래서 엉큼하게 즐기고 있는 걸까. 아마 그럴지도 모르겠다.

나는 어릴 적부터 읽는 걸 좋아했다. 마치 읽어야 한다는 사명감에 시달리듯 문자만 보면 읽었다. 천재나 영재도 아니었건만 학교 문턱을 밟기도 전에 글자 빼곡한 소설을 즐겨 읽었다. 맨 처음 읽은 책은 부피도 만만찮은 『원효대사』였다. 원효와 요석공주의 사랑이 왜 그렇게 재미나든지, 그러다가 초등 4학년 때 『죄와 벌』을 읽었다. 열여덟이 되던 해, 이 세상에는 더 읽을 게 없다는, 터무니없는 슬픔에 빠지기도 했다. 물론 엄살이었다.

그러나 내가 소설을 쓸 것이라, 마음 먹어본 적은 없었다. 문학이란 것에 붙잡혀 내 인생을 부림당하고 싶지 않았다. 더러는 어느 나날들, 문학이란 것이 함께 살자, 내 발목을 붙들고 늘어지기도 했지만 그것들에 휘둘리지 않으려 마음다짐으로 버티곤 했다.

신내림을 거역하지 못하는 강신무가 그랬을까, 나는 결국 늦은 나이에 신열의 시달림을 견뎌내지 못한 무당처럼 그것들에 붙잡히고 말았다. 적잖은 나이에 신내림 굿도 없이 말이다.

그렇게 어루꿈으로 시작한 문학이다. 바탕도 부실한 내가 그렇도록 늦게 물꼬를 텄으니 문학이란 게 별 볼일이나 있겠는가. 늘 떠밀려 시들먹하니 견뎌낸 세월만 있을 뿐이다.

이곳저곳에 게재 된 글들을 묶을 준비를 하면서 잠깐 고향을 다녀왔다. 물론 가방과 함께였다. 오랜만의 여행에 가방은 저 먼저 신이 났다. 드르륵, 가방 소리로 버스를 탔고 멀미나는 여객선도 없이 긴 다리를 건너 남녘의 섬을 만난다.

바닷물이 청량한 거제도가 내 고향이다. 나는 내가 만들어 놓은 과거 속으로 서서히 걸어 들어가기 위해 숙소에 가방을 풀어 놓는다.

내 유년은 시대의 흐름으로 어지럼증에 시달리곤 했다. 군함이 토해 낸 그 많은 피난민들, 전쟁이 남긴 후유증을 심하게 앓고 있었다. 갑자기 불어난 인구로 우린 면사무소 옆 공회당에서 셋방살이 수업을 했다. 어수선한 시절이 모두 내 유년으로 모여 들었다. 학교라는 모양도 갖추지 못한 곳에서 수업했고 우린 교장 선생님의 근황보다 면장님의 거동에 민감했다. 군수의 시찰에 더 바삐 움직였고 공부보다는 면서기들과 동네 살림 걱정이 앞섰다.

그런 어느 날, 그 공회당으로 특별 손님이 찾아왔다. 가마니 자루를 펴서 깔아놓은 음악회 손님이었다. 연미복 대신 의사처럼 하얀 가운 차림의 바이올리니스트가 들어섰다. '금발의 제니'였을 게다. 그날 나는 내가 깔고 앉은 가마니 자루가 짙은 갈색을 띄워내도록 눈물을 흘렸던 건.

바이올린 선율이 봄날의 꽃잎처럼 하늘거리기 시작했다. 젖은 눈으로 창을 힐끔거렸을 때 마침 내 눈물을 훔쳐볼 셈인지 여름날 뭉게구름들이 유유히 하늘을 거닐고 있었다. 그 눈물은 구름들의 소행이었다고 변명하곤 한다. 바이올리니스트를 만난 공회당은 내가 만난 최초의 음악회였다.

공회당 마당, 벚나무 아래에 한데우물이 있었다. 나는 자주 우물을 들여다보곤 했다. 벚나무 가지 하나를 거느린 우물 속에는 늘 눈물이 많은 계집아이의 얼굴이 빠져 있었다. 가엾고 가여운 그 아이가 궁금해 나는 자주 우물을 찾고는 했다.

스산하면서 다정했고 아름다우면서 슬프기도 한 내 유년이었다. 비정한 세월의 생리는 모든 것을 휩쓸고 지나갔지만 결코 사라진 건 아니었다. 내가 앓아내고, 또 행복해 했던 내 유년의 모든 것은 그곳에 있었다. 변하지 않고 더 이상 자라지 않고 그때의 시간과 모양 그대로였다.

면사무소 옆에는 한 여자아이가 제 슬픈 얼굴을 들여다보던 우물이 있었고, 가마니 자루 바닥에 뚝뚝 흘려 둔 눈물의 흔적도 아직 마르지 않은 채였다. 그것들은 내 영혼의 눈 속에서 오롯하게 살아 숨쉬고 있었다. 달음박질만 잘 하는 시간들이 모든 존재에 횡포를 부렸어도 내 마음 속엣것까지 위해할 수는 없었다. 내 글의 모든 밑그림은 이런 유년에서 비롯한 것이다.

유년의 모든 증거가 모여 있는 현장을 낡고 낡은 가방과 함께 다녀온 고향이었다. 그렇게 가방은 내 삶의 일부를 증인처럼 함께 했다. 때로는 삶의 무게가 견딜 수 없을 정도로 버거울 때도 버릇처럼 버스 정류장을 찾곤 했다. 함께한 가방은 이렇게 내 걸음을 위해 제 한 평생을 소진했다.

언제나 내 글을 아껴주시는 민충환 교수님께서 발문과 어휘풀이를 해주셔서 고맙습니다. 이번 책을 통해 내 문학을 지지하고 신뢰해 주신 고마움을 반나마 갚는 셈이라 생각하니 내 마음의 부채가 좀 가벼워진 듯하다.

원근에서 말없이 응원해 주신 많은 분들께도 진심으로 감사드린다.

끝으로, 세세한 부분에 이르기까지 요모조모 신경써서 책을 만들어주신 강정규 선생님 그리고 표지화를 그려주신 이동진 화백님께도 큰 절을 올립니다.

오월 아침에

신 말 수

차례

너는 아는가, 내 이유를

폐암이라고 의사가 말했다.

여자는 더 이상 묻지 않았다. 수술이 가능하냐, 그러면 얼마나 목숨 줄을 붙잡을 수 있느냐, 더 솔직하게 말하자면 남아있는 삶의 용량은 얼마쯤인가, 그런 상식적인 말도 생각나지 않았다. 수술하지 않고도 살 수 있는 삶과, 수술 후의 삶, 그런 계산이 시시부지하게 느껴졌다. 설령 그 질문을 떠올렸어도 묻지 않았을 것이다. 담배도 피우지 않았는데……. 그 말을 입에 물고 있다간 삼키고 말았다. 그때 환청이듯 아버지의 밭은기침 소리가 들려왔기 때문이었다. 기침 소리는 확성기로 빠져나오듯 요란했다. 기침 끝에 손 안 가득 쏟아내던 핏덩이.

여자는 그냥 암말 없이 자리에 일어섰다. 다음 말을 입에 물고 있던 의사는 여자를 물끄러미 바라보았다. 포기하지 못하는 의사의 눈빛을 등지고 문을 열고 나왔을 뿐이었다. 왜 구차하다는 생각이 먼저 떠올랐을까, 여자는 그런 자신의 마음에 부아가 차올랐다. 기침 따라 고여 든 손바닥 핏덩이를 짐작하면 폐의 질환은 결코 여자에게 우호적이지만은 않을 것이라 단정했다. 그 기침 때문에 세상 떠난 아버지의 병력까지 들먹이고 싶지 않았을 뿐이었다.

버스를 타고 집으로 돌아오는 동안 여러 가지 생각들이 여자의 머릿속을 다녀가곤 했다.

이혼한 후 잘 살고 있다는 소식이 간간히 전해지던 남편의 얼굴도 떠올랐다. 헤어지지 않았더라면 남편은 거침돌로 남아 있었을 것이었다. 잘한 일이라고 여자는 생각했다.

남편은 아이가 없다는 이유를 핑계로 내세웠지만 여자는 알고 있었다. 한 여자를 숨겨 둔 채 결혼을 했고 남편은 그 관계를 정리하지 못하고 있었다는 것을.

그런 이유들을 미리 알고 있었으면서 머뭇거리고 살았던 건 단지 절차가 귀찮았을 뿐이었다. 남편이 먼저 서둘러 주어 다행이었다. 남편은 아이를 갖게 된 제 여자에 대해 너스레 같은 변명을 시작했다. 길게 늘어놓는 남편의 이야기에 간단한 쐐기를 박은 것도 여자였다.

됐어요. 정리해요.

이혼 처리를 하고 법원을 나서면서 여자는 먼저 어디 먹을 곳이 없나, 하고 두리번거렸다. 해가 중천을 지나는 시간에 삼겹살 2인분에 소주 한 병까지 비웠다. 배가 불렀고 약간의 취기까지 가세하니 인생이 그렇게 쓸쓸한 것만도 아니라고 느껴졌다. 아니 세상은 아직까지 여자가 살아갈 만한 이유가 있는 지대로 보였다.

임신 불가, 라는 판정을 받고 나서던 병원 문 앞에서도 어디 점심 먹을 만한 데가 없을까, 하고 먼저 살펴보았다. 마침 길 건너, 요란한 해장국집 간판이 눈에 들어왔다. 여자는 신호등이 있는 횡단보도를 찾아 한참이나 걸어갔다. 유달리 여자 손님이 많은 그 식당에서 해장국 한 사발을 거뜬히 비웠다. 배가 부르니 살 것 같았다. 뱃속을 채운 음식이 힘이 되어 온 몸으로 퍼져나가는 것 같았다.

그러나 이번에는 좀 달랐다.

병원 문을 열고 나왔지만 식당이 눈에 뵈지 않았다. 보이지 않다는 것은 마음이 없다는 것이었다. 시들픈 마음이 일부러 식당을 기피하고 있었으리라.

기운 없이 버스를 탔다. 기침이 모든 욕구를 가로막고 나섰다. 집으로 돌아와 버릇처럼 식탁에 앉았어도 마찬가지였다. 먹어야 산다, 먹는 것이 힘이다. 먹을거리 앞에서 구호처럼 외치던 친구가 생각났다. 먹는 것이 곧 삶이고 힘이라던 그 말의 뜻을 여자는 이제 알 것 같았다.

버스 속에서 의식을 건드렸던 건 장롱 속의 가방이었다. 한동안 방랑벽을 방치해둔 가방이 여자의 마음을 끊임없이 유혹했다.

형우를 떠올린 건 아파트 현관문을 들어서는 순간부터였다. 아니 전날 밤 본 티브이 속 소년의 정체라고 말하는 게 분명할 것이다. 생초입니다, 소년은 형우가 살았던 곳의 지명을 분명하게 말하고 있었다.

소년이 말한 형우의 땅을 떠올린 것도 가방의 음모였을 거라고 여자는 의심했다. 열일곱 살 형우의 마지막 이미지가 화면 속 소년의 입언저리에 앉아 있었다. 형우가 자신의 죽음과 어떤 끈으로 이어져 있었던 건 아니었을까, 그런 생각을 하게 한 것도 그 소년이었다.

주섬주섬 챙겨 놓은 먹을거리들 앞에서도 생각을 부리고 있는 건 여행용 가방이었다. 숟갈을 들고 한바탕 기침을 쏟아냈다. 빨갛게 물든 휴지를 보다 말고 여자는 장롱, 수납장을 뒤졌다. 가방은 그대로였다. 오랫동안 묵혀 둔 가방은 무료함으로 낡아가는 중이었다. 지퍼를 열어 보았다. 바닥이 다 드러나도록 입을 벌린 가방 밑에 구겨진 종이쪽지가 보였다. 가방 속에 오래 눌러 붙어 누렇게 변한 쪽지였다. 뭘까, 맘은 궁금해 했지만 얼른 손이 가지 않았다. 이제 모든 것이 하찮아 보였다. 지퍼가 열린 가방 입을 거꾸로 세워 종이를 털어냈다. 방바닥에 떨어진 쪽지 끄트머리에 미어져 나온 문자는 일본글이었다. 여자는 언젠가 남편과 다녀왔던 북해도를 떠올렸다. 일주일 내내 눈만 보고 왔던 설국, 그 어디쯤에서의 흔적일 것이었다.

헤 입을 벌린 가방 속에 옷가지를 챙겨 넣었다. 마치 돌아오지 않을 여행이듯 손은 계절과 무관한 것까지도 욕심 부리고 있었다. 여자의 의지와는 상관없이 제멋대로 쑤셔 넣는 그 손을 물끄러미 바라보았다. 손은 몸의 일부가 아닌, 마치 다른 기관에서 염탐 나온 스파이 같았다.

가방은 이미 충분히 배가 불러지고 있었다. 그랬어도 여자의 손은 옷장 속을 탐내고 있었다. 옷장을 훑는 손을 방관하는 동안 여자의 머릿속에는 소년만 떠올랐다. 그 소년을 보지 못했더라면 여자는 지도를 펼쳐 놓고 틀림없이 게임을 했을 것이었다. 포물선을 넓게 그려 놓은 지도에 주사위를 던지고, 걸려 든 도시의 이름 앞에서 자신의 결정을 그 주사위에 핑계 댔을지 몰랐다.

여자의 두 손은 어느덧 가방을 잠그기 위해 끙끙대고 있었다. 입을 앙다물고 있는 지퍼를 올리기 위해 내용물을 힘껏 눌러대는 손을 뒤집어 보았다. 손바닥이었다. 유달리 짧은 생명선, 마치 달려오다 돌부리에 걸려 넘어진 듯 갑작스레 멈춘 선을 유심히 살펴보았다. 마구잡이로 옷가지를 챙기는 손의 행위를 주도한 것도 바닥을 가로지르는 생명선이 아니었을까, 잠시 그런 의구심이 들었다. 형우의 죽음과 코 위로 모자이크 처리된 그 소년과의 어떤 관계도, 그리고 이 여행의 모든 이유가 유달리 짧은 생명선의 계략

일지도 모른다는, 그런 의심을 떨쳐버리지 못했다.

속이 꽉 찬 캐리카를 끌고 나오는 아침, 앞집 여자와 마주쳤다.

어디 멀리 가시느냐고 물었다. 여자는 네, 하고 간단하게 대답했다. 이웃여자의 관심을 떨쳐버리고 등을 돌려 걸음질을 재촉했다. 해외로 나가느냐고 다시 물었다. 여자는 이쯤에서 말장난을 멈추어야겠다고 생각했다. 고개를 주억거리며 얼른 엘리베이터 잠금 버턴을 눌렀다. 그녀가 또 물어온다면 북해도, 라고 대답할 참이었다.

여자는 버스터미널에서 진주 행 버스표를 샀다.

생초면 작은 마을에 도착한 건 이슥한 밤이었다. 버스에 내린 여자는 어둠에 스며들 듯 가만히 서 있었다. 눈이 아프도록 감았다가 다시 떴다. 어둠이 주위를 내주기 시작했다. 하늘엔 별이 총총 박혀 있었고, 아흐레쯤 되었을까, 아직 기운을 차리지 못한 달이 생초 마을을 은은하게 비추고 있었다.

어둑한 삼거리 길에 서서 여자는 자신이 왜 이곳에 서 있는가, 그 이유를 잠깐 놓치고 말았다. 마치 집에 두고 온 지갑처럼 불안했다.

여자를 버리고 떠난 버스가 저만치 고갯길을 돌아가고 있었다. 버스의 미등은 이내 어둠 속에 젖어들고 말았다. 다시 봉합된 어둠이 제자리로 찾아들었을 때에야 여자는 미열 같은 외로움을 느꼈다. 사방 어둠천지인 곳에 홀로 버려졌다는, 낯선 곳에서 길 잃은 아이처럼 혼자라는 두려움이 슬슬 마음 언저리를 파고들었다. 찬바람에 내몰린 목에서 자꾸 기침만 나왔다.

한참을 그렇게 서 있었다. 어디선가 가만가만 흐르는 물소리가 들렸다. 은밀한 강의 소리였다. 경호강, 여자는 비로소 안정을 찾았다. 불안에서 풀려난 맘은 강이 호흡하는 소리를 향해 귀를 열었다. 겨울의 경호강이었다. 여자는 엄살이, 가식이 없는 겨울 강의 맑은 물소리를 좋아했다. 발가벗은 나무처럼 허영을 걸치지 않아서 좋았다. 어둔 물길을 흘러가는 경호강은 세상에 지쳐있던 끈들을 슬며시 풀어주었다. 몸과, 마음을 잠그고 있던 자물쇠들이 느슨하게 풀어지고 있었다.

어둠을 더듬어 한길을 가로질렀다. 강가에 내려서니 멀리에 나무 한 그루가 외롭게 서 있었다. 희미한 달빛으로 몸을 두르고 선 나목. 걸음을 멈추고 여자는 벌거벗은 그 나무를 응시했다.

그 나무도 그대로였다. 아무것도 변한 게 없는 모습으로 경호강을 지키고 있었다.

너는 아는가, 내 이유를.

형우가 써 내려간 앞자락의 많은 글들은 기억이 흘러버리고 없다. 사라진 시구들은 애써 찾아내고 싶지 않았다. 강 건너에 외로운 나무 한 그루만 서 있는 카드 안이었다. 그 속에 꼬리처럼 달려있던 마지막 시구만 여자의 뇌리에 붙박여 있을 뿐이다. 그것만이면 충분했다. 여자에게 더 이상의 언어는 필요하지 않았다.

생초 땅을 처음 찾아왔을 때도 여자는 나무와 먼저 조우했다. 강을 건너 멀리에 홀로 선 나무, 누가 말해 주지 않아도 형우의 나무라는 것을 느꼈다. 형우와 어쩌면 자신의 이유조차 모두 알고 있을 나무라는 생각도.

물가에 서서 어둠을 쓸어안고 선 나무와 맘을 주고받았다. 나무와의 대화는 까다로운 격식이 없어 편했다. 그저 마음 하나 열어두면 모든 소통이 어렵지 않았다. 그 나무와의 교감에서 자신의 삶이 비치어 나왔다. 어렸을 적 세상을 떠난 부모와, 어린 나이로 삶을 마감했던 동생의 얼굴도 살아났다. 좋았던 시절의, 그리고 등을 돌려 떠나던 남편의 모습도 떠올랐다. 여자가 살아냈던 시간들이 그 나무 앞에서 차례대로 펼쳐졌다간 크레디트 엔딩 자막처럼 스르르 사라졌다.

얼마를 그렇게 서 있었을까, 추위에 몸이 얼어가는 것 같았다. 시려오는 체온으로 여자는 비로소 한데 놓여 진 자신의 몸을 일깨웠다. 건드리면 뚝, 하고 부러질 듯 굳어버린 몸을 추스르고 여자는 등을 돌렸다.

둑을 올라서자 기다렸다는 듯 저만치 불빛이 보였다. 숨은 듯 앉은 슈퍼마켓에서 미어져 나오는 빛이었다.

슈퍼마켓은 마을로 통하는 길의 시작쯤에 앉아 있다. 길에 대한 선택은 필요 없었다. 마을로 향한 유일한 길이 슈퍼마켓 불빛 앞에 주저앉아 있기 때문이다.

오랜만에 보는 가겟집 대머리 주인남자는 아직도 늦은 밤을 지키고 있었다. 늦은 밤, 이렇게 중얼거리던 여자는 휴대폰의 시각을 확인을 해 보았다. 8시 37분, 진주를 빠져 나올 때에도 차창 밖에 어둑어둑 매달리던 어둠이었다. 밤이 일찍 찾아오는 시골, 마을은 이즈막한 적막 속에 갈앉아 있었다.

불빛에 이끌리듯 무작정 가게 문을 열었다. 남자는 처음 만났을 적부터 대머리 조짐을 암시했었다. 탈모가 시작되던 너른 이마가 이젠 지난 세월의 증거처럼 넓은 밭을 갈아내었다. 그 대머리에 불빛이 미끄러져 내리고 있었다.

남자는 일과를 마무리하는 중이었다. 열린 책상서랍에서 버스표를 정리하고 금고의 지폐를 헤아리고 있었다. 지폐를 움켜 쥔 채 문 옆에 세워 둔 여자의 가방을 힐끗 쳐다보았다. 가방과 여자를 번갈아 힐끔거리던 남자의 눈길에서 얼른 기억을 찾아내는 표정을 보았다. 말 한 마디 없이 물 한 병 값을 치르고 여자는 가방을 끌고 나왔다.

어둔 골목에 들어섰다. 어둠을 거부하듯 가방은 요란한 소리를 내기 시작했다. 돌부리에 걸리는 바퀴 소리가 마치 자신의 절규 같다고 여자는 생각했다. 아직은 살아 있다, 그 살아있음을 증명하는 여자의 외마디이기도 했다.

저만치 백년장 여관 글자가 긴 굴뚝에 매달려 있었다.

남편과 이혼을 했을 때도 맨 먼저 생각난 것도 이곳 생초 땅이었다.

그때에도 여자는 여행용 가방을 끌고 먼 길을 찾아왔다. 여관을 일러 준 사람도 가겟집 남자였다. 목욕탕을 개조한 여관이라 아주 낡았다는 남자의 말이 아니었다면 그 긴 굴뚝을 이해하기 어려울 터였다. 높은 굴뚝은 생뚱맞았다. 마을을 수호하겠다는 듯 목을 길게 빼낸 그 굴뚝이 애처롭고, 초라해 보였다. 낡고 볼폼 없는, 손님 흔적도 없는 여관 건물의 자존심에 굴뚝은 차라리 상처를 덧칠해주는 것 같았다.

낮은 처마에 매달린 간판에서 맥없는 불빛이 흘러 나왔다. 여자는 걸음을 멈추고 누군가 미행자를 살피듯 주위를 두리번거렸다. 여관 간판이 흘리는 흐린 불빛 앞에서 한참이나 염탐꾼처럼 그렇게 서 있었다.

카운터 역할을 대신하는 골방의 덧창 앞에서 암말 없이 한참을 서 있었다. 여자의 기척을 뒤늦게 알아챈 겔까, 퇴창 속에 낯익은 얼굴이 담겨 들었다. 주인 아주머니였다. 변한 건 없었다. 다만 단발이었던 주인 여자가 곱슬거리는 파마머리로 바뀐 것 말고는.

불빛에 엇비치는 얼굴에 언제 들어와 앉았는지 나잇살이 배어 있었다. 주인여자는 한마디 말도 없이 숙박료만 받았다. 오만 원권으로 지불한 거스름돈에는 지난번보다 오천 원이 비워 있었다. 아주 조금씩 올라가는 숙박료와 면적을 넓혀나가는 가게 주인의 대머리, 그것들은 이 마을을 흘러가는 시간의 증명 같았다.

방을 빌려주고 받는 거래에도 별스런 대화가 필요 없었다. 여자는 건네주는 열쇠를 손에 움켜쥐고 어둑한 복도를 걸어갔다. 복도 안에는 가방 바퀴가 내지르는 소리만 가득 차올랐다.

105호.

가장 끄트머리에 앉은 방 열쇠였다.

방은 여전했다. 낡아 무너질 것 같은, 금방이라도 침대 밑에서 바퀴벌레가 기어 나올 것 같은, 방은 아무런 변화 없이 여자를 기다려주고 있었다. 이 세상이 변화에 휩쓸려 제멋대로 흘러가도 예전과 같은 허름한 침대, 자줏빛 흔적조차 잃어가는 커튼, 이 모든 것이 시간의 흐름을 방해하는 장치 같았다. 자신만을 위해 기다려준 무대라는 생각도 들었다. 여자는 천천히 그런 방안을 둘러보았다. 고향으로 돌아온 듯 맘이 편했다.

버릇처럼 문을 잠갔다. 외투를 벗어 벽의 못에 걸었다. 바지와 윗도리, 그리고 천천히 속옷까지 벗었다. 안경까지 벗어 침대 머리맡에 얹어두었을 때야 완전한 알몸이 되었다. 비로소 모든 준비를 완료한 연기자처럼 여자는 침대에 쓰러졌다. 그리곤 견뎌왔던 울음을 터뜨리기 시작했다.

여자의 울음은 언제나 경건한 의식이었다. 속의 찌꺼기들을 토해내는 절차였다. 가슴 밑바닥까지 차 있는 불순물들이 울음의 액체를 타고 바깥으로 밀려 나오기 시작했다. 여자의 눈물에 지나간 삶의 궤적들이 마치 활동사진처럼 한 컷씩 스쳐 지났다.

의사의 표정과 소리 없는 말이 마치 마이머의 입술처럼 움직였다.

여자의 삶에 종지부를 찍는 장면이었다. 삶을 마감해야 한다는 것, 자신의 예정된 삶을 훤히 짐작할 수 있다는 것은 선고를 받은 사형수의 마음과 다를 바 없다.

몸이 가벼워지고 있었다. 세상에 대한 미련이 점점 빠져나가고 있었다. 여자는 자신의 고단한 몸무게에서 늘 눈물의 분량을 가늠하곤 했다. 서서히 빠져나간 눈물 때문일까, 여자의 무거웠던 마음도 옷을 벗고 있었다. 침대 모서리에 앉았다. 머리맡 거울 속에 여자의 알몸이 흐릿하게 담겨 들었다. 퉁퉁 부어 오른 얼굴이 음산했다. 한참이나 그 거울 속을 들여다보았다. 한 번도 보지 못한, 낯선 모습의 여자가 자신을 물끄러미 바라보고 있었다. 눈을 동그랗게 지어 올렸다. 거울 속 여자의 눈도 금방 동그랗게 변했다. 찡그려 보았다. 콧등에 잔뜩 주름이 맺혀 들었다.

자신을 흉내 내는 거울 속 여자를 뚫어지게 쳐다보았다. 아무리 쳐다보아도 기억에 없는, 아주 낯선 얼굴이었다.

울음을 쏟아버린 마음을 챙긴 후 여자는 맨 위에 벗어 둔 옷부터 입기 시작했다. 마지막으로 외투를 껴입고 일어섰다. 문을 잠그고 어둑한 복도를 걸어 나왔다. 신발을 끼워 신는 여자에게 창구의 주인은 무관심했다. 못 본 척 고개를 돌리는 것도 예전과 다름없었다.

마을은 깊은 잠에 빠져 있었다. 모든 시간이 어둠에 잠겨 소리를 죽이고 있었다. 어둠은 여자의 발자국 소리조차 금방금방 집어

삼켰다. 불안했다. 소리가 없는 세상에 대한 근심에 잠시 걸음을 멈추었다. 가방을 갖고 올까, 여자는 등을 돌려 여관 불빛을 물끄러미 바라보았다. 그러나 다시 앞으로 발길을 떼어 놓았다. 가방은 어차피 그녀의 불안정한 삶을 지탱해 준 소품일 뿐이었다. 이제 남은 건 용감하게 가야할 혼자만의 시간뿐이었다. 연이어 기침을 토했다. 발걸음에 힘을 주었다. 마치 군화를 신은 군인처럼 구령도 붙여 보았다. 합세한 기침이 불안에서 구해주곤 했다. 그래서 여자는 이제 혼자인 게 두렵지 않았다.

그냥 어둠에 모든 걸 맡겨 보았다. 멀리 어디에서 내려온 걸까, 여린 달빛이 여자의 발길 앞에 내려앉았다.

골목길을 톺아 마을 뒤편에 앉은 학교를 향했다. 여자의 기억에 익숙하게 앉은 길을 앞질러 발길이 먼저 서둘렀다. 익숙하다, 여자는 그 말을 곱씹어 보았다. 익숙하다는 건 손잡았던 시간의 쌓여있음이다. 지친 삶을 견뎌낼 수 없을 때마다 찾아 나서던 형우의 땅이었다. 여자의 세월이 터득해 놓은 길의 생리였다.

초등학교가 맨 앞을 차지하고 앉아있었다. 운동장을 가로질러 교사 가운데를 관통한 통로를 빠져 나가면 제법 높은 철봉대와 농구대 그리고 축구 골대가 있는 운동장이 또 나왔다. 초등학교 뒤에 나란한 앉음새의 중학교 교정이다. 그 방법을 거치면 뒤쪽엔 물론 고등학교가 비슷한 모양새로 또 앉아 있을 터였다.

여자는 한 번도 뒤편의 마지막 운동장을 밟아본 적이 없다. 중심에 앉은 중학교 교정만 필요할 뿐이었다. 야산에서 내려온 그림자를 옆구리에 내려놓은 건물은 달빛을 몸에 두른 채 숨죽여 앉아 있었다.

형우의 체취가 배어 있는 곳이었다. 어디선가 새 울음이 들려왔다. 무슨 새일까, 알 수 없었다. 안타까움에 여자는 새 소리에 골몰했다.

형우도 이 새 소리를 들었을까.

학교 운동장 가운데에 우두커니 서서 어둔 세상을 돌아보았다. 어둠 속에서 형우의 모습을 떠올려 보았다. 그러나 어찌된 셈인지 티브이 화면 속에 나타난 소년의 얼굴만 그려졌다. 고개를 저어 그 화면을 흩뜨려 보았다. 그러나 잔잔해진 화면 속에 다시 나타난 건 코 위의 얼굴 부분이 생략된 소년의 얼굴, 그 이상의 것은 도무지 그려지지 않았다.

소년의 덧니는 가지런한 오른쪽 치아 속에 박혀 있었다. 비좁은 자리를 양보하고 바깥으로 피해 앉은 덧니는 형우의 것과 똑같은 위치였다.

“노래를 좋아하는 모양이죠?”

“네 많이 좋아합니다. 노래는 제 삶의 버팀목입니다”

“부모님께 인사 한 번 하시죠?”

“아버지는 돌아가시고, 엄마의 얼굴은 기억나지 않고, 생초에 할머니가 계십니다. 쑥스럽지만……. 할머니 사랑합니다."

코 위로 모자이크 처리된 화면이었다.

"아버지께서 일찍 돌아가신 모양이죠?"

"네. 교직에 계셨었는데……."

좀 끈질기다, 싶은 인터뷰가 끝났다. 그리고 소년은 소년원을 방문한 어느 합창단의 공연에 답가를 부르기 시작했다.

'When I dream'

소년의 노래는 꿈속을 헤매고 있었다. 덧니로 지어내는 노래 속에 그리움이 애절하게 묻혀 나왔다. 비록 젊은 한때의 과오를 속죄하는 소년원에서의 생활이지만 절망의 기색은 엿보이지 않았다. 소년이 노래를 부르는 동안 여자는 내내 그의 입만 쳐다보았다. 고등학교 유니폼을 입은 소년의 얼굴은 코 밑의 일부만 화면이 잡아내고 있었다.

턱 선을 그려 올라가면 갸름하게 완성될 얼굴에 큰 눈이 어울릴 것 같지 않았다. 검은 눈썹, 웃으면 길게 일자를 그릴 것 같은 잠잠한 눈만 상상 속에 자리 잡았다.

그 소년에게서 형우의 냄새가 났다. 아니 형우의 기억이 오버랩되었다. 열일곱의 형우를 소년의 얼굴에 셀로판지처럼 갖다 댄다면 한 치의 오차도 없이 맞아 떨어질 듯했다.

마치 짜놓은 각본처럼 소년과 형우의 이미지가 일치를 이루고 있었다. 생초라면 산청에 있는 자그마한 마을일 것이었다. 형우도 그 이름을 가진 땅에서 생을 마감했다.

형우의 죽음을 알게 된 것은 우연이었다. 친지의 예식장에서 여자는 뜻밖에 형우의 누나를 만났다. 그날 그녀가 다짜고짜 여자의 손을 잡고 울음을 터뜨렸을 때에야 형우를 떠올렸다. 당황스런 울음의 이유가 형우의 죽음이었고, 그것도 아주 오래전이었다는 이야기에 여자는 잠시 멍해진 기분이었다. 이유에 대한 언급은 없었지만 죽음은 이미 오래전에 일어난 일이었다, 했다.

서른 살을 살아내지 못한 형우, 그래서 서른 살의 형우를 상상으로 만들어낼 수가 없었다. 다만 열일곱의 형우만을 기억 속에 가두어 두었을 뿐이었다.

화면 속에 나타난 소년의 턱 선으로만 입력되어 버린 형우의 기억이었다. 오른쪽 치아에 손님처럼 앉은 덧니, 웃으면 덧니가 살짝 말을 거는 듯한 형우, 서툴게 자란 콧수염 또한, 기억 속 그의 나이를 살고 있는 소년이었다. 소년은 그의 말대로 지금쯤 출소하여 잘 살겠다는 말을 실천하고 있는 중일지도 몰랐다.

아득한 건 기억뿐 아니다. 여자의 유년을 풀어헤친 남녘의 자그마한 섬, 그 거리조차 이젠 아득하게 느껴졌다. 나이 들어간다는 건 이렇게 아득한 느낌으로 시작되는 건 아닐까, 고립이 시작되고 멀어진 그 끝이 죽음일 것이라고 여자는 생각했다. 죽음의 정체와 도대체 죽음이 머물 수 있는 곳이 있기나 할까, 그런 것들이 잠깐씩 궁금하게 다녀가곤 했다.

생전에 교우했던 사람들을 정말 죽음의 동네에서 만날 수 있을까. 여자와 알고 지내던 대부분의 이름들이 그 동네로 먼저 떠났다. 그들이 먼저 간 곳을 따라간다면 정말 그들은 그곳에서 기다리고 있는 겔까.

담 너머 옥련 언니, 여자의 첫 생리를 두렵지 않게 감싸주던 그녀가 가슴 병을 앓다가 일찍 삶을 마감했고, 여섯 개의 손가락을 지녔던 사촌도 일찍 떠나갔다. 지랄병을 앓던 광성이가 달집 태우는 불 속에 뛰어들어 열다섯을 넘기지 못한 나이로 생을 마감하기도 했다.

늦게야 접한 형우의 죽음은 마치 좀 벌레처럼 여자의 일상을 파고들었다. 뜨겁지 않게, 질기지도 않게 여자의 시간에 눌러앉아 생각을 함부로 부리기 시작했다. 아주 힘든 시간이면 견딜 수 없는 여자의 삶에 무거운 이유가 되기도 했다. 형우의 죽음은 마치 지친 여자의 삶에 핑계처럼 들어와 박혀 함께 기거하기 시작했다.

햇살이 너무 찬란한 대낮이나, 비 오는 오후에도 가끔은 슬펐다. 형우의 열일곱 살적 덧니와 풋내 나는 턱수염만 떠올리면 여자는 그의 부재가 서러워지곤 했다. 어쩌면 여자는 서러운 제 인생에 형우의 죽음을 덧씌워 그럴듯한 퍼즐을 껴 맞추고 있는지도 몰랐다.

형우와는 어린 시절부터 서로 외쪽생각으로 지냈을 뿐이었다.

아주 이웃한 곳에서 같은 시간에 같은 길로 학교를 다녔고 오면가면 부딪히며 서로의 일상을 넘겨보곤 했다. 그림을 잘 그리고 책을 많이 읽고, 여자가 알지 못하는 노래를 자주 흥얼거리던 형우, 그가 여자의 가방 속에 넣어둔 두루마리 종이를 발견한 건 늦은 하굣길이었다. 그림 속에 여자가 있었다. 교실마루를 닦고 있는 여자의 모습이었다. 교복 치맛자락 사이로 팬티가 미어져 나온, 여자의 허벅지가 적나라하게 그려진 그림이었다. 여자는 골이 났다. 얼굴이 달아올랐다. 형우와 마주치지 않기 위해 여자는 등교 시간을 늦추기도, 서두르기도 했다.

골목길이나, 들길에서 그를 만나면 일부러 얼굴을 돌리곤 했다. 형우는 뭍으로 진학했고 여자는 가까운 읍내 학교로 통학했다. 다시 형우를 본 건 여름방학이 시작되던 7월이었다. 뱃머리에서 곧장 달려온 듯, 형우가 여자의 집 창문에 또 한 장의 두루마리 그림을 던져 놓고 달아났다. 여자의 정면 얼굴이었다. 뒷면에는 '얼굴'이라는 시가 적혀 있었다.

생각해보니 그게 마지막 모습이었다. 교복 색깔이 흰색이었던가, 아니면 하늘빛이었던가, 그 기억은 지금도 여자에게 혼란을 준다. 그가 뒤를 돌아보며 싱긋 웃었다. 아니 덧니가 활짝 웃었다. 약간은 장난기가 매달린 입언저리였다.

후에 사범학교를 졸업했고 다소 엉뚱했지만 수학교사 발령을 받았다고 했다. 형우가 제 의지대로 선택했더라면 국어나, 음악,

아니면 미술교사가 되어 있어야만 당연했을 것이었다. 시가 적힌 크리스마스카드로 알아낸 그의 마지막 소식이었다.

그뿐이었다. 이 세상에서 형우와의 인연은 그 크리스마스카드로 끝나고 말았다. 열일곱 앳된 얼굴은 여자의 시간 속에 갇힌 마지막 화면이었다.

사랑이라든가, 배신, 그런 황홀한 사연 같은 게 없었던 형우였지만 어린 날 마음속에 버릇 들여진, 그래서 갚지 못한 빚꼬리처럼 남아 있는 이름이었다.

그런 형우였다.

덧니로 말하는 소년을 화면에서 만났을 때에 여자는 자신의 가슴이 지니고 있는 묵삭은 비밀을 끄집어내었다. 잠시 잊고 방치해 두었던 형우, 지금도 여자의 가슴에 얹힌 체증이었다.

병원에서 제일 먼저 떠올린 얼굴도 형우였다. 형우의 세상에서 그를 만난다면……. 피식 웃음이 나왔다.

이 세상에서의 삶을 형우는 어떤 계산으로 받아들여 줄까, 여자는 거울에 비친 자신의 얼굴을 관찰해 보았다. 형우보다 더 많이 살아온 15여 년의 세월이 얼굴 곳곳에 숨어 있었다. 눈썹 근처에 슬며시 자리 잡는 검버섯, 뒷걸음질 치는 눈두덩, 임플란트로 교체한 치아, 어디 하나 성한 데 없는 모습이었다. 형우가 알아보기나 할까, 라는 생각 끝에 여자는 또 씁쓸한 웃음이 매달렸다.

고단하다며 징징거리는 가방소리를 끌고 여관을 나온 건 다음날 아침이었다. 온 길을 되돌려 버스를 탔고 진주 터미널에 도착했다. 이제 이 가방을 끌고 가얄 곳은 어디일까, 여자는 고개를 빼내어 터미널 벽에 걸린 행선지들을 읽어보았다. 많은 도시의 이름들이 벽 높이에 걸려 있었다.

유년을 함께 했던 섬 이름도 적혀 있었다. 언젠가부터 섬을 잇는 다리가 생겨나면서 섬이란 의미를 잃어버린 고향이었다. 바다에 떠 있는 섬을 버스로 가야 된다는 건 편하긴 했지만 제 맛은 없었다. 멀미 때문에 배 밑바닥에 누워 잠을 청하던, 여객선의 그 시절이 그리웠다. 그 배를 탈 수 있다면 고향을 선택했을지 몰랐다. 여자는 한참을 그렇게 행선지만 열심히 읽어내려 갔다.

결국 마땅한 곳을 정하지 못하고 중앙시장 쪽으로 발길을 돌렸다. 생초 길에 자주 만나는 낯익은 시장이었다. 온갖 삶이 전시되어 있는 골목을 한 바퀴 돌고나면 잃었던 생기를 다시 찾아내곤 했다. 여자는 허름하게 자리한 식당 앞에서 가방소리를 멈추었다. 비빔밥 집이었다. 요란하지 않는, 허름한 문턱부터 맘이 들었다. 비좁은 가게 안을 피해 길가 평상에 앉아 어쩌면 생에 마지막이 될지 모르는 비빔밥을 주문했다. 그리곤 시장 풍경에 멍히 눈을 주고 있었다. 좁은 시장 길을 오가는 사람들, 골목 끄트머리, 시끌벅적한 과자점이 눈에 띄었다.

'통일이 되는 그날까지 맛보기는 공짜입니다.'

현수막 내용이 싱긋 웃음을 자아내게 했다. 노란 바탕에 붉게 적힌 글을 여자는 두 번이나 읽었다. 현수막 밑에는 두 남자가 분주했다. 호객행위에 열심인 남자, 또 저울의 눈금을 읽곤 봉지를 건네는 남자였다.

여자는 무엇에 홀린 듯 얼른 자리에 일어났다. 과자가게 가까이 다가갔다. 좌판대 앞에는 많은 손님들로 들붐비고 있었다. 현수막 선전을 확인이라도 하듯 과자 맛을 보는 손님들이었다.

키 큰 남자 옆에 운동모자를 깊이 눌러 쓴 소년이 있었다. 웃지 않는 소년의 얼굴이 잠시 낯설었다. 여자는 소년이 잘 보이는 적당한 거리를 가늠해 보았다. 그리곤 소년의 웃음을 기다렸다. 과자 봉지를 들고 나오는 사람들, 과자를 집어 입에 넣는 사람들, 그 앞쪽의 남자는 손뼉까지 치며 소리를 지르고 있었다.

"통일이 되는 그날까지 맛보는 거는 정말로 공짜입니다요. 막막 잡숴 보이소."

약장수처럼 시끄러운 남자 옆이었다. 가득 담은 과자봉지를 손님에게 건네주며 소년은 거스름돈을 헤아리는 중이었다. 잔돈을 건네던 소년이 손님에게 시익, 웃음을 던졌다. 그러자 덧니가 드러났다. 코밑엔 앳된 수염이 돋아나 있었다. 생초와 아버지를 언급하던, 티브이 화면 속의 그 소년이었다.

전류에 마비된 듯 꼼짝달싹할 수 없었다. 거스름돈을 챙겨 줄 때마다 소년은 덧니를 드러내보였다.

형우였다. 거뭇한 콧수염을 방치한 채, 과자를 팔고 거스름돈을 건네주는, 열일곱의 형우가 잠기는 눈으로 환히 웃고 있었다. 가방을 세워 둔 식당은 까맣게 잊었다. 주문한 비빔밥도 가방과 함께 여자를 기다리고 있을 것이었다. 여자는 그렇게 멍히 서서 정신을 빼기고 있었다.

향수

어제도 문고리를 돌리는 아내를 버릇처럼 불러 세웠다.

"왜?"

동그랗게 눈을 떠올리는 아내의 등뒤로 빛너울이 몰려들었다. 아내의 땅에서 진을 치는 눈부신 빛들. 그것들은 분홍 원피스를 삼키고 어느새 아내의 눈 속으로 고여 들었다. 밖으로 향하는 길을 비밀스레 숨겨 둔 아내의 눈. 왜 불러 세운 걸까, 주눅 들어버린 내 이유는 금방 꼬리를 감추고 말았다.

"왜?"

되묻는 아내의 소리에 모랫바람이 사각거렸다. 나는 적군 앞이듯 방어 자세를 취했다. 휠체어 바퀴를 꽉 잡은 손, 그 안으로 힘이 몰려들었다. 먼지 알갱이만큼의 연민도 없는, 시큰둥한 아내의 소리는 현관 앞에 맥없이 뚝, 떨어졌다. 소리를 주울 심산이었던가, 나는 그녀의 신발 머리를 내려다보았다. 가느다란 선이 발등 위를 가로 질러 달리는 분홍의 샌들이었다.

"뭐 부탁할 거 있어?"

재촉하듯 아내가 물었다. 나는 고개조차 들지 못했다.

대답 같은 건 더 기다릴 수 없다는 듯 아내는 등을 돌렸다. 등뒤에 진을 치고 있던 빛들을 죄다 거느리고 현관문을 나서는 아내.

찰까닥, 아내가 남긴 예리한 금속성 소리로 감금된 내 하루, 숨이 막혀 왔다. 그러나 아내는 그 소리로 당당하게 자신의 바깥 무대로 걸어 나간다.

아내가 내팽개친 회색의 공간에는 미처 따라잡지 못한 향수 한 자락이 고여 들었다. 나는 이 향수와 마주치면 산골짝, 안개를 둘러 쓴 외로운 정향나무 한 그루를 떠올린다.

샤넬의 코코 플로랄 향?

이렇게 물었다면 아내는 입가에 희미한 웃음을 매달았을까. 나는 아내의 웃음에 민감하다. 그런 웃음이 비수 같은 예리한 무기를 숨기고 있다는 것을, 그래서 가끔은 엉뚱한 쪽으로 반향하는 위험한 의사수단이란 걸 아내는 알까. 아내의 웃음에 등골이 오싹해질 때가 많다.

아내는 늦을 것이다. 오늘도 이그니스 향을 몰고 들어올지 모른다. 감히 오마 사리프의 브랜드를 함부로 사용하는 놈, 그 정체가 궁금하다.

오마 사리프, 나 역시 그에게 깊이 매료된 적이 있다. <아라비아 로렌스>에서, <닥터 지바고>에서 열연한 배우, 내 젊은 치기는 그 이름의 담배까지 고집했다. 물론 멋진 남자에 대한 경배였다.

이집트를 고향으로 둔 탓일 게다, 그의 향수 용기엔 늘 피라미드가 등장한다. 깊은 침묵 같은 검정을, 우아한 열정을 황금빛 도형으로 쌓아올린 피라미드, 아내에게 준 첫 선물도 푸르팜므 그 유리 용기의 향수였다.

플로럴 푸로티 계열이야.

아마도 나는 일랑일랑이며 아이리스, 장미, 재스민 등, 그 향에 몸을 바친 꽃들을 줄줄이 나열했을 것이다. 시베리아 벌판의 하얀 눈과 라라와의 슬픈 사랑까지 얘기했는지 모른다. 오마 사리프, 지금도 그를 기억하면 내 몸의 세포들은 은은한 플로랄 향으로 꿈틀거린다.

추억 속으로 잠적한 그 향수에 도전한 아내의 남자, 불뚝 곤두서는 이 신경선은 숨겨 둔 내 열등감이 틀림없을 게다.

준비해 둔 밥과 된장찌개는 넉넉하다. 그런데도 나는 습관처럼 아내를 기다린다. 몸살이듯 그 이유를 앓는 밤이면 창가에 앉아 밤을 새운다. 한때는 내 손아귀를 들락거리던 세상, 창밖의 그 정경을 물끄러미 바라본다. 흩뿌려 놓은 빛 뒤로 얼른 몸을 숨긴 교활한 밤. 교회는 언제부터 어둠에다 불빛을 매달기 시작했을까. 깊은 밤, 신의 정체를 내건 네온사인 십자가만 잠을 설친다. 초록의, 빨강의, 주황의……. 그래 주황이었어. 문득 아이의 다운 점퍼에 기억이 부딪힌다. 형광펜처럼 빛나던, 어린것의 마지막을 보듬어 주었던 입성, 그 빛깔의 십자가를 슬쩍 다녀온다. 아직도 누더기처럼 걸쳐 둔 묵은 슬픔이 있었던가, 짐짓 놀라 그 흔적을 쓰윽, 걸레질이듯 훔쳐낸다.

2

바람은 왜 저리도 바쁜 걸음일까. 중국에서 날아온 황사로 4월은 뿌옇다. 부랑자처럼 거리를 기웃거리던 바람은 빈 골목 구석에 제 누울 곳을 마련한다. 바람이 물러간 후면 세상은 비온 뒷날처럼 분명해진다. 분명함은 언제나 냉정함과 야합하는 법이다. 휠체어를 굴려 창가로 다가간다. 망원경, 그래 망원경이었다.

뭐 필요한 거 없어요. 높은 구두에 발을 끼우던 아내는 오늘도 그렇게 물었다.

붉은 구두를 꺼낼 때, 가슴이 깊게 팬 원피스의 지퍼를 안간힘으로 올릴 때, 나는 버릇처럼 망원경을 생각해 낸다. 그때 젖무덤이 드러난 아내의 가슴에서 예상치 못한 향을 만나서일까, 젠장 그 말을 놓치고 말았다.

아내의 향이 바뀌었다.

한 병을 채우기 위해 만여 송이 재스민과 수많은 5월 장미향을 농축시켜야 했던 '장 파투'의 '조이',

전혀 뜻밖이다. 경제 공황으로 허덕이던 유럽 염세주의자들에게 해독제가 되기에 충분했던, 대담한 장 파투에게 모든 것을 거머쥐게 해 준 호사스러운 향, '조이!'

분명 새로운 남자가 나타났다. 아내에게 그렇도록 고급스러운 향을 요구하는 놈.

신비로운 느낌을 주조하는 AB형.

어떤 일이라도 요령 있게 적응하는,

사회적으로 성공을 한.

틀림없이 대단한 놈이다.

아내의 취향이 한꺼번에 몇 계단을 훌쩍 뛰어넘었다. 나는 대적할 수 없는 상대를 앞에 두고 또 싸움질을 시작한다.

결국 망원경을 말하지 못했다. 내일 또 그럴 것이다. 창밖의 세상을 죄다 내 앞에 끌어다 놓고 싶은, 가끔은 그 세상들과 화해하고픈 내 맘을 아내는 알까.

4월은 금작화와 오렌지 꽃향기로 뒤덮여 있어.

어디?

그라스 지방.

또 그 놈의 그라스!

일요일 오후, 손톱 손질에 눈을 빠뜨린 채 무료함을 함부로 드러내던 아내. 그녀의 말대로라면 지금 향수의 메카, 그라스 지방은 온통 금작화 향으로 몸살을 앓고 있을 것이다. 꽃잎에서 기름으로, 또 알코올로 증류되어 비로소 향기라는 이름을 가질 수 있는 꽃들.

금작화의 4월이 떠나면 곧 장미의 계절이 돌아오리라.

부스스, 잠을 물고 있는 '오딜'의 옥상, 그 너머 하늘은 너무 말갛다. 하늘을 쪼아내려는 듯, 십자가 위에 까치 한 마리가 목 놓아 운다.

바람에 시달리던 계단이 잠잠하다.

그때 한 마리 흑조가 철제 계단을 올라오는 중이다. 고무줄로 불끈 머리칼을 묶어낸 '오딜', 그녀에겐 앞뒤가 적막한 계단뿐이다.

한 발 한 발, 그녀의 목발이 짚어내는 계단에는 내 세포의 파열음도 함께 나뒹군다. 내 안간힘으로 겨우 다 오른 계단 앞에서 그녀는 옥상 맨 바닥에 사정없이 목발을 내팽개친다. 자전거 바퀴를 스쳐 지나 보기 좋게 나가뒹구는 목발, 한쪽으로 쏠리는 그녀의 절뚝거림에 내 온몸도 휘청거린다.

바람 사나운 지난겨울.

창 아래 골목에 이삿짐이 나뒹굴고 있었다. 아무렇게나 짐을 풀어 놓은 짐들 속에 피아노는 둘러쓴 담요로 추위를 견뎌내는 중이었다. 목발에 몸을 기대어 그 어지러움을 관망하는 여자. 얼른 고개를 돌렸다. 목발의 여자와 피아노, 자전거……. 질서 없는 그 등식에 끼어들 염은 없었다. 걸음질이 여의치 못한 한 여자의 이삿짐, 그 정도의 관심 선에서 간단히 물러나고 싶었다.

자로 잰 듯 고만고만한, 여느 것과 다름없는 그녀의 옥상, 터줏대감처럼 버티고 앉은 노란 물통에 자전거는 고단한 듯 비스듬히 몸을 기댄 채였다. 다음날, 그 다음 날도 자전거는 언제나 그렇게 자리보존을 했다. 보라색이었다.

굴뚝 아궁이에 재갈을 물리듯 주황색 나일론 줄을 묶어낸 건 며칠 후였다. 공사장에 뒹구는 각목으로 바지랑대를 만들어 처진 빨랫줄을 공중 높이에 걸쳐 놓은 그녀, 빨래 속에서 두 벌의 발레복이 잡혀 들었다.

'지그프리드'와 '오딜'이었다. '오데트'에게 저주를 걸었던 '로드바르트'의 딸, '오딜'의 검은 발레복, 빨래들은 두 춤꾼의 날개를 쉽게 숨겨주었다. 혼자 살림임을 드러내는 빨랫줄에 두 개의 날개는 무료한 내 창속을 날아오르기 시작했다.

뇌우가 기성을 부리던 여름밤이었다. 누군가를 단죄하려는 듯 세상은 뇌성번개 속에 휘말렸다. 그 험한 빗줄기 속에서 건너편 옥상, 그 여자 '오딜'이 춤을 추고 있었다. 비를 노 맞는 흑조, 엎어지고 또 일어서는 그녀는 맨발의 '이사도라'였다. 급히 휠체어 바퀴를 굴렸다. 그리곤 오디오에 '백조의 호수'를 올렸다. '차이코프스키' 선율은 비를 맞으며 흐느꼈다. '오딜'은 '지그프리드'도 없는 빗속 무대를 그렇게 맨 춤으로 버티고 있었다.

고만고만한 화분들 앞에 생각을 빠뜨리고 앉은 그녀. 이런 시간이 길어지면 내 궁금함은 여러 갈래로 싹을 틔운다. 오늘, 유다른 그녀의 정적에 딱 한 개비 담배가 필요할 것 같다. 라이터를 켠다. 투명한 불빛이 담배에 옮겨 붙는다. 무얼까, 꿈쩍 않는 흑조의 저 침묵은?

그때 비행기가 날아든다. 무한한 하늘 바탕에 비행운을 쌓아두고 산 너머로 몸을 숨긴 제트 비행기.

기웃거리는 참새들이 잠깐 그녀의 고요를 헤집는다. 치마폭을 뒤집어 눈가를 훔치는 흑조, 손차양을 만들어 먼데 하늘을 본다. 하늘은 까닭 없이 파랗다. 그녀가 주섬주섬 목발을 찾아 쥔다.

맨몸으로 뙤약볕을 견뎌내는 자전거뿐인 옥상, 그 위 빨랫줄에 '오딜'과 '지그프리드'의 날개가 숨죽여 나부낀다. 그녀가 흘린 체취는 보채는 바람에 증발을 서두른다.

낯가림을 하는 편이다

쉽게 마음을 열지 못한다.

소극적이고 개성이 없어 보이지만 열정을 숨겨 둔……. A형.

프리지어의 신선함과 목련의 스파이시한 상큼함, 은은하고 부드럽게 감싸는 재스민의 잔향이 어우러진 '미라클'이 제격이다.

랑콤의 브랜드, 내가 주조해낸 흑조의 향은 대강 이러하다.

3

진열장 앞, '랠프 로렌' '폴로'에 빠져 있던 중이었다. 푸른 들판을 옮겨 온 듯, 온통 초록인 유리 용기에 남자는 T자형 막대를 휘두르며 말을 달리는 중이었다. 귀족적이며 역동적인 남성미, 심연의 깊은 곳에 그런 갈망을 숨겨두기라도 한 듯, 나는 아무런 갈등 없이 5년이나 즐겼던 '라코스테'를 배반했다. 그리고는 시프로우디 계열, 그 브랜드의 유혹에 손을 내밀었다.

" '캐츠비'를 좋아하는 모양이죠?"

"네?"

"폴로는 『위대한 캐츠비』에서 영감을 얻었죠."

여자였다. 뭐랄까, 재스민 꽃처럼 그윽한 얼굴빛이었다. 주름이 풍성한, 뒤트임의 순백색 원피스, 그 옷차림 때문이었을 게다, 그녀의 얼굴엔 연둣빛 배추 애벌레가 꿈틀거리는 것 같았다. 언제 내게 말을 걸었냐는 듯, 그녀는 다시 팸플릿을 뒤지며 안락한 의자에 몸을 묻었다.

"〈아웃 오브 아프리카〉 영화 보셨어요?"

지갑에서 신용카드를 골라 계산대로 돌아서는 중이었다. 그녀의 소리가 내 등을 돌려 세웠다.

"네?"

"'메릴 스트립'과 '로버트 레드포드'가 주연했던 영화 말에요."

"아, 네."

"보셨어요?"

그녀의 눈은 여전히 팸플릿에 빠져 있었다.

"〈클라리넷 협주곡〉이죠, '모차르트'의."

"아, 주제 선율. 음악 좋아하세요?"

그때에야, 마치 음악 때문이라는 듯 얼굴을 들어 올렸다. 그림자 때문이었을까, 부드러우면서 약간의 도발적인 눈빛 속에 모차르트의 애잔한 클라리넷 선율이 고여 들었다.

"향수 '사파리'는 그 영화에서 영감을 얻었대요."

"아, 네."

소파의 여자에게 간단한 눈인사를 주고 밖으로 나왔다. 을지로 지하보도를 벗어나 덕수궁 입구에 올라섰다. 그날 마침 인사동 '피오르' 갤러리의 선배 전시회를 기억해냈다. 시계를 보니 아직은 여유로웠다. 천천히 인사동까지 걷기로 맘먹었다. 도심의 해질녘은 스산하고 외로웠다.

선배는 축하 화분과 꽃바구니에 묻혀 막 인사말을 시작하는 중이었다.

"아, 또 뵙네요."

돌아보니 그 여자였다. '아웃오브 아프리카'와 향수 '사파리'의 이미지를 이야기했던……. 아내와 나는 그런 인연으로 단추를 끼워 맞추기 시작했다.

4

꼬르륵, 뱃속에서 빠져 나와 마룻바닥에 먼지처럼 뒹구는 내 배고픔.

휠체어를 부엌 쪽으로 굴린다. 물끄러미 바라보는 가스레인지 위의 찌개 냄비. 이제 그들의 눈길에도 익숙하다. 나를 해할 수 없는, 나를 조롱할 수 없는 그 물상들의 생리를 파악한 지는 오래다. 점화 버튼에 손가락을 누른다. 어깨동무를 한 푸른 빛 가스가 원기둥 불빛을 끌어 올린다. 투명의 코닝 냄비 엉덩이를 사정없이 달구기 시작하는 불길.

찌개 두부 속살은 아직 우윳빛으로 뽀얗고, 한 번도 먹던 반찬을 그대로 차려낸 적이 없는데, 왜 아내에게 진심으로 고마움을 느끼지 못하는 걸까. 진심, 나는 그 말을 꺼내어 아내의 유리그릇에 담아내어 바라본다.

"참 잊을 뻔 했어.

아내는 현관에 서서 가방을 뒤적거렸다. DVD였다.

"향수."

내 손 위에 그 시디를 얹어두곤 아내는 문을 닫고 돌아섰다. 결국 영화로 나왔네, 신문을 보던 아내가 혼잣말로 중얼거리던 '파트리크 쥐스킨트' 원작의 영화다.

작가는 너무 비정해. 왜 주인공에게 그래야만 했을까. 사람이라면 응당 갖춰야할 체취조차 주지 않고 말이야. 혼잣말로 투덜거리던 아내였다.

시디를 DVD 플레이에 밀어 넣고 버튼을 누른다.

얼굴바탕에 배경화면처럼 깔린 그르누이의 저 음산함.

분명 범죄를 예시하는 인상착의다. 향수에 미친 주인공 남자는 생명 하나하나를 느낌 없이 죽여 나간다. 어쩌면 내 어머니도 그루누이의 운명처럼 생선 가게 앞에서 진통을 시작했던 건 아니었을까. 그래서 최소한 삭은 젖내도 지니지 못한 유아기를 보냈던 건 아니었을지.

교수대 위에서 생명과 바꿔치기한 향을 흩뿌리는 '그르누이', 그것에 취한 광장의 사람들은 누구랄 것도 없이 서로 끌어안는다. 나는 그 화면에 정지 버튼을 누른다.

지랄 같은 세상, 내일은 나만의 예쁜 태양이 떠오를 거야.

한 남자를 정리하고 들어온 밤이면 아내는 술기 묻은 소리로 어느 여배우를 흉내 낸다. 종일 제 몸에서 시달렸을, 엉망으로 헝클어진 옷들을 하나씩 벗어 던지는 아내, 그 빈 몸에 비밀스레 스며들어 온 타인의 여향(餘香)이 머뭇거린다.

시간의 궤적을 고해바치는 밀고자, 향수. 그 기체를 증거로 나는 주기적으로 교체되는 아내의 상대를 느낀다. 아주 구체적으로 한 남자가 그려질 때면 '그르누이'의 본능 속으로 걸어 들어가는 내 환상을 본다. 아내의 목을 노려보는 눈, 이런 날이면 나는 내 자신이 까닭 없이 두렵다. 널브러져 누워 있는 아내, 오른쪽 가슴 주변에 먹물 자국처럼 헤 풀어진 점이 신산하다. 주인의 나이를 얻어먹은 탓일까, 그 중심의 콩알만 한 점도 이제 노인네처럼 생기를 잃었다.

제천, 의림지를 다녀오던 시골길이었다. 느닷없이 굵은 빗줄기가 떨어졌다. 잠깐 길가에다 차를 세웠다. 굵은 빗방울 소리를 뚫고 라디오는 '에디트 피아프'의 노래로 흐느꼈다. 장밋빛 인생.

허밍으로 읊조리던 그녀가 손가락으로 창을 문질렀다. 습기 걷힌 차창에 생뚱맞은 토담집이 흘러내리는 빗물 속에 휩쓸렸다. 내 어깨를 툭툭 치던 손으로 그녀가 창을 가리켰다. 먼 어느 별에서 뚝 떨어진 듯, 갑작스레 나타난 집, 문을 열어젖힌 그녀가 빗속으로 달려 나갔다.

연자방앗간이었다. 방엘돌도 달아나 이제 무용해진 방아였다.

우린 알착 턱에 나란히 걸터앉았다. 추녀 끝 빗물에 눈을 내주고 있던 그녀가 옷을 훌훌 벗어 던진 건 내 입술을 훔쳐간 후였다.

이걸 보여주고 싶었어, 이 점을 꼭.

토끼 같아.

심상찮은 그녀의 말에 나는 심상하게 응수했다. 토끼의 좌면을 옮겨 놓은, 신출내기 화가의 소묘 같았다. 눈자리에 박힌 콩알만 한, 그 돌출점이 퍽 희극적이었다. 그러나 나는 웃지 않았다. 그녀의 가슴을 움켜쥐려는 순간, 환청이었을까, 부릅뜬 눈으로 내지르는 토끼의 외마디가 들려왔다. 빳빳하게 차올랐던 내 아랫도리는 슬슬 바람 빠지는 풍선처럼 넋을 놓기 시작했다.

지붕을 타고 내린 빗물은 점점 힘을 잃고 있었다. 혼수상태의 내 아랫도리는 결국 살아나지 못했다. 낭패감을 지워내지 못한 채 그녀가 천천히 옷을 입었다. 그럴 적에도 앞가슴의 점은 나를 빤히 노려보았다. 아내와의 잠자리에서 불을 끄자고 제안한 건 나였다.

적막을 비집고 들어온 찌개 소리가 요란하다. 그랬지, 배가 고팠었지. 냉장고를 향해 다시 바퀴의 방향을 바꾼다. 문을 열어젖히자 냉기가 싸, 내 얼굴을 때린다. 문 속에 머리를 들이민다. 찌개처럼 부글거리는 생각을 잠재울 요량으로.

아내가 마련해 둔 유리 찬기는 마치 슈퍼마켓 진열장처럼 질서정연하다. 내가 스스로 챙겨먹어야 하는 끼니가 늘어나면서 아내는 유리찬기를 사들이기 시작했다. 아내의 바깥 생활을 대신해 주는 유리그릇에 나는 버릇처럼 아내의 시간을 투사해 본다. 콩자반, 명란젓, 고추절임, 색색의 요술그릇에는 아내의 날개가, 향기가 하늘거린다.

발가벗은 몸으로 침대에 내려오는 날이면, 아내는 유달리 내 식탁에 정성을 쏟는다. 내 입맛을 위해 계란찜은 새우젓으로 간하고, 시금치 무침엔 약간의 국 간장을 넣는다. 아주 조심스럽게 떨어뜨리는 아내의 간장 방울을 훔쳐볼 때가 있다. 왼손으로 주둥이를 움켜쥔 채 병의 엉덩이를 부여잡은 오른쪽 손이 파르르 떨리고, 아내의 눈빛도 간장 방울과 함께 떨어져 내린다. 목덜미를 벗어나 주르르 흘러내리는 파마머리, 한 방울의 간장을 따라내는 아내의 손엔 긴장이 소름처럼 돋는다. 다시 참기름 병을 꺼내어 병 가장자리를 훑어낸 손을 입으로 가져가 빨기 시작하는 아내, 나는 그녀의 이런 모습을 많이 사랑한다.

5

하늘을 찌를 듯 키 큰 미루나무에 바람이 매달리고, 그 아래 물이 가득 담긴 푸른 논이 끝없다. 지게를 짊어진 농부가 사랫길을 걸어간다. 농부는 지금 아이들이 기다리는 집으로 돌아가는 중일 것이다.

아내가 좋아하는 달력, 유월의 풍경이다.

유월 달력 속에 아내의 동그라미는 열두 개다. 내 삶의 속도에 어떤 숫자를 곱해야 아내의 세월과 평행을 이룰까. 어쩌면, 아내는 시간을 늘려 쓰는 마술사인지 모른다. 안간힘을 써 보아도 달팽이처럼 미루적거리는 내 시간, 나는 왜 아내의 것보다 터무니없이 넉넉한 하루를 소유해야 하는가. 달력의 동그라미들을 헤아릴 때마다 힘겹게 걸어가는 내 시간을 뭉텅 떼어내어 아내의 손에 쥐어주고 싶다.

" '폴더 센빌'이 작곡했어요. '아드린느'는 그의 딸 이름이죠."

" '리차드 클레이더만'이 〈아드린느를 위한 발라드〉를 연주하는 음악회였다.

두 번째 만나는 날, 그녀의 옷차림은 블랙이었다. 나비처럼 하늘거리는 검은 챙의 모자, 풍성하게 주름진 긴 치마단 속에 시폰 소재 블라우스를 자연스럽게 몰아넣은, 마치 중세 여인을 연상케 했다.

"오디션에 합격을 했지요, '폴더 센빌'의 오디션에 '리차드 클레이더만'이 말예요. 그의 데뷔곡이라는 건 너무 유명하죠. '빌리 조엘'은 어때요?"

그녀가 화장품 회사 직원이라는 것, 조향사의 꿈을 묻어버리고 음악교사를 선택한 내 과거, 우린 그런 사실을 서로 나누어 가졌다.

"오라, 음악선생이셨군요, 어쩐지 콩나물 냄새가 좀 나긴 했어요."

그날, 음악당 계단에 앉아 늦도록 '말러'를 얘기했다. 딸을 잃은 슬픔, 아내 알마에 대한 집착, 유대인으로서 겪어야 했던 고통, 그 얘기쯤에 그녀의 목소리는 약간 격앙되기도 했다.

아내는 지금 '말러'를 듣지 않는다. '말러'가 그랬듯, 우린 아이를 잃었고, 나는 결국 휠체어를 용납하고 말았다. 남아 있는 게 뭘까. 욕심낼 생이 어디 있는가. 가끔 말짱한 정신으로 돌아온 밤이면 아내의 울음소리를 듣곤 한다. 아이의 장난감과 옷가지를 방치해 둔, 살아있다면 아이의 몫이 되었을 방이다. 그런 날이면 아무 일도 없이 일찍 아내를 들여보낸, 어느 놈에게 마구 삿대질을 하고 싶다.

아내는 지금 연거푸 그려진 일곱 개의 동그라미 지시대로 여행 중이다. 해외 출장이라고 했다. 프랑스 그라스지방을 경유하는 여행, 드디어 꿈이 이루어졌다고 아내는 환호했다.

벌써 재스민의 계절이 시작되었고, 곧 밤히야신스의 부드러운 향기가 온 대지를 덮을 것이다. 너무나 섬세하고 예민한 이 꽃들에겐 뜨거운 침지 그릇은 금물이다. 제 영혼인 향기를 빼앗기지 않으려 몸부림치는 고귀한 꽃들, 이들에겐 냉침법이 유용하다.

가방을 챙기던 전날부터 아내는 긴 여행에 미안해했다. 냉장고 안 유리그릇은 물론, 냉동실의 그 많은 밀폐 용기에 대해서도 설명이 길었다. 장조림 냄비는 하루에 한 번씩 끓여 둘 것, 냉동실 밥은 한 개씩 꺼내어 전자레인지에 데워 먹을 것……. 말로 다 채우지 못한 아내의 지시는 냉장고 문짝 메모지까지 옮겨 갔다. 달콤하고 에로틱한 재스민 향기 속으로 빠져 들어간 아내, 나는 지금 질투를 느끼는 걸까.

아이는?

의식을 회복한 후 맨 처음 뱉어낸 말이었다. 대답 없는 아내의 눈가가 가만가만 젖어들었다.

폐차 시켰어요.

남의 얘기하듯 아내는 혼잣말로 뇌까렸다.

아마 별이 되었을 걸요, 하늘에.

별이 되어버린 아이, 그 별은 내 삶의 등이 짊어져야 할 십자가였다.

아이의 별은 미동도 없이 서쪽 하늘을 지킨다. 오랜만에 사심 없는 눈으로 별을 바라본다. 내 시간을 얼마나 질긴 올가미로 묶어대던 별인가. 눈이 아파온다. 잠깐 눈을 감는다. 다시 눈을 뜬다. 내 눈빛은 습벽처럼 '오딜'의 옥상을 다녀온다. '오딜'의 날개가 매달리던 빨랫줄, 그 어둠천지를 가만가만 헤집는 저 기척.

뭘까?

눈을 비빈다.

저렇도록 은밀한 적요, 그 속을 아슴아슴 누비는 두 춤꾼.

날개가 부러진 가여운 '오딜'을 일으켜 세우는 '지그프리드'의 손길……. 아, 드디어 그녀의 '지그프리드'가 돌아온 것이다. 지금 옥상은 두 춤꾼의 공연이 한창이다.

핏덩이 같은 게 울컥 목줄을 타고 오른다.

담배를 꺼내어 입에 문다. 라이터를 켠다. 어둠을 삼키는 파리한 불빛, 그 속으로 뜬금없이 아내의 향수가 일렁인다.

" '그르누이'의 향기에 취한 광장의 사람들, 여보 그들은 얼마에 발가벗었을까."

깔깔거리던 아내의 목소리, 그래 아내는 분명 출장 중이다. 오디오 앞으로 휠체어 방향을 튼다. 시디를 골라잡는다.

'백조의 호수.'

약간의 통환과 눈물, 그리고 얼마간의 환희를 주고받으며 오직, '오딜'과 '지그프리드'를 위한 차이코프스키 선율이 어둠 속으로 흩어져 날아간다.

엄마의 서리별

"동숭아, 이모 결국 돌아가싰다. 장지는 정했다, 영천 알제? 해병대 출신들 묘지 말이다. 이모부가 먼저 묻힌 곳이긴 해도 명애가 암말도 몬 하거로 딱 못을 박아뻬네. 내 생각은 이모꺼정 그 멀리에 모신다는 기 좀 서운키는 하다만 뭐 우리가 소용이 있나, 호적 자석은 엄연히 명애로 올라 있응께. 지 부모 지가 알아서 한다는데, 우린 굿이나 보고 떡이나 얻어먹는 객인데 뭐. 마침 공일이 끼여 주서방도 올 수 있겄네."

이종사촌, 그러니까 큰 이모네 큰아들인 종길이 오빠의 전화를 받은 건 저녁을 물리고 설거지를 하려던 참이었다. 돌아가신 이모에 대한 애도는 잠시 밀쳐놓고 장지를 함부로 정한 명애에 대한 서운함이 배어 있는 말투였다.

명애가 오죽 알아서 정했을라고요, 그냥 암말 없이 우린 따라야 되는 거 아닌가요.

그 말이 목젖을 건드렸지만 전화 길이긴 해도 한참이나 먼 부산에서, 오랜만에 대하는 오빠의 목소리인지라 꾹 눌러 삼켰다.

생전의 이모는 자식을 생산하지 못했다. 누구 탓인지, 그 이유는 알 수 없었지만 쉬쉬하는 뒷말 중에는 더러 이모를 매도하려는 의도가 많았다. 제 언니 터를 범한 죗값이라는 둥, 그래 삼신할미가 등을 돌렸다는 둥, 그런 말들이 음지식물처럼 몸을 숨기며 떠돌아 다녔다. 심성은 그렇게 모질지 못한 막내이모였지만 수더분한 정을 느껴보지 못한 건 제 몸에 아이를 실어보지 못한 탓이었을까. 이웃으로 살면서 이모는 늘 남처럼 데면데면 살가운 맛이 없었다.

명애가 이모 집에 양녀로 들어오던 날은 바람 사납고 추운 겨울날이었다. 아이를 낳다가 세상 떠난 제 어미 대신 추렴젖으로 키우던 아비마저 덜컥 목숨을 놓아 버린, 올 데 갈 데 없는 고아라고 했다. 댓살 되었을까, 마루 끝에 살짝 엉덩이만 걸친 아이의 양 볼은 가뭄 끝의 논배미처럼 갈라져서 빨갰다. 아이의 직감도 이모의 심사를 파악한 듯, 마음 터놀 염 없이 냉랭한 표정으로 울타리로 둘러선 미루나무 끝만 바라보고 있었다. 이모는 일찌감치 시큰둥한 얼굴로 인물이 별로라느니, 아이 나이가 많다느니, 그런 트집

잡을 궁리만 했다.

"그라몬, 애린 거 데불고 와서 니가 똥치우고 오줌 받아낼 자신이 있나! 그기 아무나 하는 일인 줄 아나. 찢어지는 뱃속 아픔 없이는 절대로 안 되는 일인 기라. 개똥도 모림서 어데서 함부로 덤벼들라 카노. 니 정말로 밤잠 설침서 맨 정신으로 수발 들 자신 있으몬 금방 빼낸 핏덩이 하나 지옥 불에 가서도 건져내어 니 앞에 바칠 게."

"그래도 저리 빠꿈 쳐다봄서 절대로 옴마 아이다, 카는 아 보담 낳제"

"지랄하고 자빠졌네. 그기사 당연하제. 니 뱃속에서 안 빼냈는데 우째서 니가 옴마가 금방 될 끼고. 그랑께 니가 저 얼라를 니 새끼로 만들어야제. 지 새끼 만드는 일이 누워서 떡 먹디끼 그리 쉬운 일인 줄 아나. 배는 안 아팠응께, 맘이라도 아파감서 새끼를 만들어 내야제. 원, 지 뱃속에 뭔 애를 실어 봤어야 면장을 하제."

결국 엄마는 말끝을 살짝 입에 몰아넣으면서 이모의 아킬레스건을 건드리고 말았다. 뱃속에 담아보지 못한 아이는 이모에게 쓰는 극약 방침이나 다름없었고, 이모는 샐기죽해진 얼굴로 약발을 충분히 받았다는 티를 냈다. 이모는 엄마의 극약 처방에 한참을 가슴을 앓을 것이었다. 그렇게 한바탕 입씨름으로 맞아들인 명애였다. 이모의 그런 마음이 깔려 있으니 명애의 새로운 삶에 큰 영광 있을 리 만무했다. 애틋한 정 하나 없이 이모와 명애는 그럭저

럭 가족이라는 울타리 속에서 공생 관계를 형성해 갔다.

명애를 생각하면 늘 부르튼 손부터 먼저 떠올랐다. 어렸을 적부터 아예 부엌으로 내쫓긴 명애는 이모 잔소리를 잘 받아냈다. 오갈 데 없는 명애, 잔심부름꾼이 없었던 이모의 처지, 두 사람은 서로의 필요를 맘껏 주고받으며 그런대로 세월을 일궈나갔다.

그렇게 구박덩이로 시작한 명애가 피붙이 하나 생산해 내지 못했던 이모네 노후에 큰 힘이 되었다. 사람 좋은 뱃사람을 데릴사위로 들여 손자 둘을 보았고 피 한 방울 섞이지 않은 관계지만 남보기에 손색없는 가족의 모양새였다. 공직에서 일찍 손을 놓은 이모부가 늘그막에 벌인 사업은 실패로 치달았고 살림은 거덜나고 말았다. 억척스럽고 바지런한 명애가 아니었다면 이모네 말년은 자칫 초라한 행색의 삶으로 몰릴 뻔 했다. 피를 나눈 자식인들 명애 만큼 했으랴, 명애에 대한 이모의 비정함을 잘 아는 사람들은 이모를 몰몰아 뒷소리를 해댔다. 이모가 명애에게 베푼 것이라곤 손에 턱하니 내놓을 뭔가는 없었다. 어렵다는 핑계로 중학교 졸업장도 겨우 거머쥔 명애였다. 제 배 아파 빼낸 아이라면 어디 봇짐장사를 해서라도 달랑 하나뿐인 여식 공부쯤이야 어려울까만, 이모는 그런 궁리에도 인색한 양반이었다.

그 성질에 여북하겠어.

새끼 일이라면 목숨도 마다 않을 엄마가 알았다면 이모의 매몰참에 또 끌끌 혀를 찼을 것이다. 그런 이모에게 명애는 부모 부양에 소홀함이 없었다. 투자한 데에 비하면 많은 것을 돌려받은, 이모에게 명애는 쏠쏠한 이문을 남겨 준 장사나 다름없었다.

사업에 실패한 경험이 피폐한 삶으로 이끌었을까, 이모부는 뜬금없이 노름까지 손을 댔던 모양이다. 이모 몰래 쌓인 빚을 명애가 쉬쉬하며 갚아 주었다는, 기특한 소문도 간혹 귓결에 들려오기도 했다. 이모부는 이모와 좀 달랐다. 정이 깊은 이모부는 명애에게 각별했고 경우가 바르고 싹싹한 명애는 이모부에게 그 갚음에 정성을 들였다.

설거지를 끝내고 얼굴에 크림을 문질러 대면서 생각은 자꾸 옛날을 들추어내고 있었다. 돌이켜보면 별로 소용없는 기억들이 실꾸리 실처럼 절로 풀려 나왔다.

젊은 나이로 엄마가 돌아가시던 날, 이웃 사람들은 일찍 세상을 떠난 엄마의 이유가 한결 이모의 밑심에 짓눌렸기 때문이라고, 공공연한 입심거리로 들추어내어 떠들었다 .

자매는 절대 한동네로 출가하는 게 아니야.

절대 안 된다는 속설을 열심히 믿었던 사람들은 엄마의 죽음 앞에 신바람 나서 말휘갑을 치곤했다.

생전의 엄마와 이모 사이 또한 늘 앙숙이었다.

엄마 바로 밑 두 살 터울인 이모가 우리 동네로 시집을 온 후, 속설의 각본대로 우비(雨備)를 만들어 팔던 아버지 사업이 기울기 시작했다. 없는 살림에 익숙하지 못했던 아버지는 돈과 함께 삶의 의지까지 잃어 갔다. 술로 세월을 보내면서 건강을 놓쳤고 더는 잃을 것이 없을 때 삶에 대한 응수는 자포자기였다. 언제나 밭은기침으로 하루를 열던 아버지, 그 기침 소리는 절망의 신호처럼 식구 모두를 주눅 들게 하기에 충분했다. 앙상한 나뭇가지처럼 말라 가는 아버지가 오래 살지 못할 거라고 한마디씩 던졌지만 정작 세상을 먼저 놓아버린 쪽은 엄마였다.

아버지는 엄마가 돌아가신 후, 한참이나 더 구차한 삶을 살다 떠났다. 순식간에 며느리와 아들을 한꺼번에 잃은 큰댁 할머니는 눈물에 겨워 늘 잔물잔물, 시야가 부실했다.

"가야 할 것 같지?"

풀어헤친 생각을 앞에 놓고 멍히 거울 속을 들여다보고 있는 내게 남편이 말했다. 남편의 진지한 눈길은 티브이에 붙잡혀 있었다. 내 대답을 채 건네받기도 전에 남편의 함성이 방안을 진동했다. 올림픽 축구 예선전 중계, 드디어 골이 터진 모양이었다. 거울 속에 비친 남편 얼굴은 축구 선수의 흐뭇한 선전에 푹 빠져 있었다. 나는 그날 밤 잠을 이루지 못하고 자꾸 뒤척였다. 돌아가신 분은 진즉 이모였지만 내 생각을 다스리며 휘두른 사람은 엄마였다.

"아무튼 죽으면서까지 제 몫 다 챙기려는 이모의 놀부 심보, 아유 누가 말려. 어째 당신 노는 토요일까지 염두에 두고 눈을 감으

실까."

"왜, 아직도 뭐 남은 게 있어?"

"아이 그게 언제적 일인데, 뭐 아직일까 마는."

내비게이션 포장 상자를 뜯던 남편이 지나가는 말투로 내 심중을 떠보았다. 그러고 보니 얼마 전에 새로 장만한 내비게이션 또한 이모 장례식을 위해 미리 준비한 셈이 되고 말았다. 포장지를 뜯어내면서 고향으로 내몰아 부치는 이모의 얄팍한 속셈까지 척척 맞아 떨어지는 것 같았다. 생전의 이모가 누렸던 삶도 늘 그랬던 것 같다. 누가 한자매라고 여길까 싶을 정도로 이모와 엄마는 많이 달랐다. 생김생김은 물론이거니와 손끝 또한 야무진 엄마에 비하면 이모의 살림 사는 법은 늘 허술했다. 그러나 삶의 질은 이모가 훨씬 우월했다. 여자 팔자 뒤웅박, 남자 하나 잘 만나니 늘어지게 잘 산다는, 아궁이 속을 휘젓는 부지깽이 끝에 매달리던 엄마의 푸념은 내가 겨우 알아들을 만큼 나직했다.

"자 떠납니다. 인영씨의 묵은 세월을 걷어내기 위해서……."

한참 안내서까지 뒤지며 장착법을 익힌 남편이 시동을 걸며 뱉어낸 말이었다. 무슨 앙금이랄 거까지. 혼잣말처럼 뇌까렸지만 엄마의 한숨소리로 남아있는 어린 날 내 기억은 그렇도록 이모에게 우호적이지 못했다. 가야하나, 슬쩍 모른 채 넘기나, 밤새 엎치락뒤치락하다가 먼 길을 결정하고 말았다. 엄마의 수(壽)까지 누린 이모의 긴 삶의 종지부를 확인하고 싶은, 어쩌면 고약한 내 심보가 우세한 탓일 것이다. 오랜 동안 가슴에 담아 묵혀두었던 옛일이 이모의 죽음 앞에서 약속이나 한 듯 머릴 쳐들고 일어났다.

고속도로에 차를 얹은 남편은 그냥 앞만 보며 쭉쭉 달렸다. 내비게이션 속의 초록 길은 길게 드러눕는가 싶다간 몸을 유연하게 움츠려 한참을 침묵하기도 했다. 전방 몇 미터 앞에 속도위반카메라가 있다는 예보로 가끔 내 상념을 깨뜨릴 뿐.

의자를 젖히고 비스듬히 누웠다. 카오디오에서 어느 테너 가수의 노래가 애잔하게 흘렀다.

'버드나무 아래서'

예이츠가 정리한 아일랜드의 민요를 노래한, 얼마 전 떠들썩하게 세상을 떠난 어느 테너 가수의 달콤한 목소리였다.

샛비재를 딛고 아침 해가 일어서던 여름날 아침, 그날도 엄마의 정지간엔 뽀얀 먼지를 품어 안은 햇살이 길게 들어 누웠다. 오가리솥에 웁쌀을 얹어 밥을 안쳐놓고 엄마는 잔솔가지 밑에 성냥불을 쓱, 그었다. 나뭇가지로 옮아간 불씨는 금방 환한 불꽃을 지어 올렸다. 불길 속을 토닥거리던 부지깽이를 들어 올려 엄마는 부유하는 먼지를 쫓고 있었다. 가난이 배어 있는, 그랬어도 구차한 기미를 허용하지 않는 엄마의 등은 너그럽고 늘 따뜻했지만 어찌된 셈인지 막내 이모에게만 인색했다.

그때 아침 댓바람부터 이모가 사립짝을 열고 들어섰다. 이모의 바구니에는 감자가 반 못되게 담겨 있었다.

"감자 캤는데 씨알이 별로네."

"별로인 씨알, 그중에 잔챙이들만 골라 오니라 애는 많이 썼다."

정지간 앞에 풀어 놓는 이모의 감자 바구니를 시큰둥한 눈으로 바라보던 엄마는 가시 박힌 말 한마디를 던져 놓았다,

"또 봐라 성아는 우찌 그리 날 몬잡아 먹어서 안달이고!"

"니 잡아 묵어 갖고 뭔 살 찔끼라고……."

"금방 뭐라캤는데?"

"니는 국산말도 몬알아 듣나? 니 잡아먹어 갖고 뭔 살 찔긴냐고 했다."

"나는 얼라들 쩌 주라고 종종걸음으로 달려 왔거마는."

퇴박을 맞은 이모는 툭 튀어나온 입을 거두어들이지도 못하고 걸음을 돌렸다.

"도둑년, 어짜몬 저리도 정물이 될까, 줄라카몬 좀 올바른 거나 갖고 오지. 꼭 지 쪼다리 맹크로 새알꼽재기만큼 들고 와서는 어데다가 낯을 낼라고 하노. 이까짓 감자 몬 먹어서 환장한 사람 있는 줄 아는 가베."

그랬으면서도 엄마는 함지박에 감자를 쏟아 붓곤 짚수세미로 문지르기 시작했다.

섬에 도착한 건 한 시를 넘어서였다. 남편은 아예 점심을 먹고 문상을 하자 했다. 그게 덜 번거로울 것 같았다. 밥숟갈 드는 일이 좀 가탈진 남편에게 상갓집 음식은 늘 만만한 게 아니었다. 포로수용소 기념관 옆에 유명한 멍게 비빔밥을 염두에 두고 두리번거리던 참이었다.

2층, 온갖 방송국 출연을 현수막에 담은 멍게 비빔밥집은 요란한 광고에 걸맞게 정갈하고 품위가 있었다. 마치 고명처럼 밥 위에 잘게 썬 멍게와 김, 참기름 몇 방울로 비빔밥은 맛깔스러웠다. 맑게 끓인 생선찌개며 밑반찬으로 나온 해산물들이 물컥 섬에 대한 추억을 데불고 들어왔다. 이런 것들만 먹으면서 유년을 보냈고, 몸을 키워 어른을 만들어 냈던, 식탁 위의 바다것들이 아련한 향수를 불러들였다.

"아무래도 산소에 들렀다 가는 게 낫지 않을까?"

"왜?"

"휩쓸리다보면 시간 빼기 어려울 것 같고 그러다 영천으로 바로 따라 올라갈지 모르니까."

"허긴 그렇기도 하다."

점심을 먹은 후, 새름묘지를 먼저 찾아보기로 했다. 남편이 다시 내비게이션을 작동하며 물었다. 어디, 하면서.

"그냥 아는 길인데 뭐."

"그래도 아닐 걸."

"새름 709번지."

"어, 번지까지?"

툭 튀어 나온 번지수에 내심 놀랐다. 우리 집, 그것도 까마득한 옛날 그 집의 번지를 여태껏 속에 지니고 있었던 내 기억에 감탄했다. 번지수 보지 않고도 잘도 던져주고 가던 우편물, 우리 마을 우체부였던 필네 아버지처럼 나는 유년의 그 집 번지를 기억의 보따리에 깊이 갈무리 해두었던 모양이다.

차는 화살표가 지시하는 길을 달리기 시작했다. 남편은 언제나 새로운 길에 대한 호기심이 유별났다. 그런 남편의 비위를 맞추려는 듯 내비게이션은 전혀 뜻밖의 새로운 길을 지시했다. 삼거리 길이었다.

"아 삼거리동네네."

반듯한 콘크리트 건물 몇과 슈퍼라는 간판을 처마 밑에 달고 있는 기와집, 세 방향으로 아스팔트길을 터놓고 앉은 마을은 예전의 흔적을 남겨 두지 않았다.

그 '흔적 없음'에 잠깐 마음이 쓰라렸다. 내가 살던 시절의 삼거리 마을은 오지였다. 우선 마을로 향하는 길이 험했고 가호 수 또한 변변찮았다.

차창에서 그 마을을 보내버리고 난 후, 삼거리에 대한 기억이 내가 조작해낸 그림이었다는 걸 알았다. 나는 사실 한 번도 이 오지 마을을 와 본 적이 없었다. 그랬으면서 왜 흔적이란 말을 함부로 떠올렸을까. 알 수 없는 일이었다.

"자꾸 울면 공영등에 만식이에게 시집보낸다, 정말 울어댈래? 이번엔 진짜 삼거리 숯장사한테 보낸다."

칭얼거리는 계집아이들에게 어른들은 이런 말로 얼려먹곤 했다. 공영등에 만식이는 평생 엄지머리총각이었던 우리 마을 바보 트레이드 마크였다. 만식이가 신작로 길바닥에서 지랄병을 한 판 벌리고 나면 마을엔 뭔가 우환이 일어나곤 했다. 누가 물에 빠져 죽는다던지, 버스에 치여 다친다던지……. 공영 마을, 등처럼 굽은 언덕길에 엿장수 엄마와 사는 만식이 동태로 마을 사람들은 심상찮은 하루를 점치곤 했다.

만식이가 먹혀들지 않을 때 마지막으로 내미던 히든카드, 숯장사.

숯장사.

내밀한 내 가슴 어딘가에 비밀처럼 숨죽여 기생하는 삼거리 숯장사.

가끔은 명치끝에 걸려 헉헉거릴 때가 있는가 하면 헛거미가 잡힌 듯 눈앞이 뿌예지는 슬픔으로 다가올 적도 있었다.

삼거리에서 숲진 먼 길을 걸어서 학교를 다니는 아이가 있었다. 그 아이의 아버지는 장날이면 구운 숯을 지게에 짊어지고 나오곤 했다. 사람들은 그를 삼거리 통꾼이라 불렀다. 다래며, 으름, 머루를 가득 담아 내 책상 속에 미리 넣어 놓던 정수, 번듯한 이름을 두고 아이들은 그를 숯장사 아들이라 놀려먹었다. 비단 그렇게 부른 건 아이들 뿐 아니었다. 죄인처럼 무릎을 꿇던 그 아이, 아니다 그 땐 당당한 젊은이였다. 아버지도 숯장사를 앞세우며 얼토당토 않는 소리라며 고함을 쳤다.

통꾼 새끼인 주제에 언감생심, 감히 어디에다 맘을 걸쳐볼라고 그래……. 아버지의 그 말은 한 숫젊은이의 기를 꺾는데 충분했다. 축 늘어져 무거운 어깨를 추스를 염도 없이 대문 밖을 나서던 그, 그의 뒷모습은 가시처럼 지금도 내 목에 걸려 있다. 스산한 날, 창가에 앉은 내 무심한 눈길을 짓밟고 지나는 바람 속에 스며나던 통증.

그 아이가 아침마다 책상서랍에 넣어두던 산열매는 늘 푸르싱싱한 이슬이 젖어 있었다. 나는 왜 그의 왼심을 모른 척 했던가. 그와 한패가 되어 아버지에게 수제비태껸으로 덤벼들어야 했던 건 아니었을까. 아니다, 아니다 하면서 어쩌면 나 역시 다른 아이들처럼 숯 검댕이 통꾼 아들을 부끄러워한 건지 모르겠다.

그의 죽음을 알게 된 건 신문의 요란한 기사였다. 괌 비행장의 사고, 연일 떠들어대던 신문은 사망자 명단에 그의 가족을 사진 한 장으로 올려놓았다. 딸과 아들, 그리고 아내, 그는 앞에 앉혀둔 그의 가족들을 긴 팔로 쓸어안고 있었다. 행복했던 그의 시절이 그 사진 속에 갇혀 있었다. 그 신문을 폐지 속에 섞을 수가 없었다. 가위로 오려 낡은 책 속에다 넣어 두었다. 첫 월급으로 선물한다며 그가 보낸, 롱펠로우의 '에반제린' 책갈피 속이었다.

그의 집이 있었을 삼거리 길에서 남편은 기기가 지시하는 대로 핸들을 왼쪽으로 꺾었다. 뒤를 돌아보았다. 삼거리가 순식간에 자취를 감추고 말았다. 어디쯤 그의 집이 있었을까, 고개를 돌려 금방 스친 마을을 더듬어 보았다. 온전하게 남아있는 건 아무것도 없었다. 세월은 한량처럼 놀고먹으며 그냥 지나간 게 아니었다. 추억할 만한 흔적까지 싹쓸이로 훑고 달려간 것이었다.

남편의 예상대로 길은 생각보다 상당히 단축되었다. 시청 소재지에서 연초, 옥포조선소, 장승포 등, 많은 곳을 끼고 도는 대신 삼거리 길은 우리를 단숨에 마을 어귀에다 부려 놓았다.

삼거리 길이 손을 놓아주는 지점에 바다가 나왔다. 멀리 산 두 개가 안풍하게 포개진, 그래서 차라리 호수를 닮아버린 바다, 그 바다는 내 유년을 너그럽게 보듬어 주었고 내 청소년기의 방황을 안전하게 지켜주었다. 그리고 내 삶을 지시해주기도 했던 바다였다. 그 잔잔한 바닷물 위에 맑은 초가을 햇살이 앉아 간지럼을 태우고 있었다.

차는 오른쪽 길을 택해 마을을 멀리에 두고 새름 뭇등을 향했다. 내비게이션 코드를 빼버린 남편은 자신 있게 샌치골 언덕을 향했다.

감자 바구니를 놓고 돌아서던 그날이었다. 아침 설거지를 끝낸 후, 딱히 들일이 없는 날이면 빨랫대야를 이고 나온 여자들로 도랑가는 만원이었다. 숙희네 미루나무 울타리를 끼고 앉은 도랑물은 장마 끝 여름이면 그득한 물줄기로 사람 끊일 날이 없었다. 반반한 빨랫돌을 차지하고 앉은 아낙들은 빨래는 뒷전인 양, 온갖 입심거리를 풀어내었다.

큰골 순돌이가 서른 살 총각 딱지를 떼게 되었다는, 공영등에 만식이가 신작로 바닥에서 또 지랄병을 한판 벌렸다는 둥……. 손바닥만한 동네 안이니 빨래터에서 씨앗이 된 소문은 금방 말을 타고, 번갯불처럼 순식간에 날개를 달기 마련이었다. 늘어나는 말수더구로 빨래터의 엉덩이들은 천근만근 무게인 양 일어설 줄 몰랐다.

늦게 빨랫대야를 이고 나온 이모는 빈자리 기다리느라 한참을 쭈그려 앉아 있었다. 본 듯 만 듯 모두 비켜줄 생각을 안 하는 빨래터에서 한참을 그러고 앉았던 이모는 신작로 가에 박힌 돌 하나를 빼내와 어렵사리 도랑가에 끼어들었다. 그게 엄마 옆이었다. 이모는 틈을 비집는 것이 그래도 엄마가 편안했던 모양이었다. 슬쩍 곁눈질로 묵인까지 한 것까진 좋았다. 이모의 방망이질이 엄마의 팔을 세게 치면서 사단이 나고 말았다. 팔을 부여잡은 엄마의 두 눈에 핏발이 서기 시작했다.

"이 도둑년이 뭔 억하심정이 많아서 날 치노?"

엄마는 그냥 이모네 빨래 통을 죄다 집어 도랑물에 던져버리고 말았다. 거센 도랑물에 이모네 빨랫감들이 휩쓸려 내려가고 있었다. 풍덩 물에 뛰어든 이모가 이것들을 잡느라 정신이 없었다. 얼추 다 집어내었다 싶을 때 돌변한 이모의 얼굴 표정에 더 놀란 건 엄마였다.

"날 못 잡아먹어서 걸신이 들렸는 가베. 그래 한 번 해봐라!"

아예 머리를 갖다 바치는 시늉을 하는, 그런 이모를 엄마는 넋 빠진 듯 물끄러미 쳐다보고만 있었다. 이모는 그예 물에 뒤범벅이 된 머리로 엄마 가슴팍을 치고 말았다. 천만뜻밖인 이모의 반격이었다. 엄마는 물론, 도랑가의 여자들도 눈이 휘둥그레지고 말았다.

정신을 되찾은 엄마가 응수하면서 대판가리는 시작되었다. 엄마의 우악스런 팔 힘이 이모를 도랑물에 몰아넣었다. 도랑물에 훌러덩 자빠진 이모의 옷은 다 젖어 붙었고 그런 이모를 엄마는 한 번 더 내다 밀었다. 물속에서 몸을 추스르고 일어난 후 이모가 한 일은 엄마 머리카락을 낚아챈 것이었다. 어디에다 그런 힘을 감추어둔 겔까, 이모는 싸움에 목숨이라도 걸 셈인 듯 머리칼 잡은 손 힘으로 엄마를 도랑물 속에다 패대기치고 말았다. 물속에 나둥그러진 엄마는 한동안 멍히 주저앉은 채였다. 방망이를 두드려대던 이웃 여자들도, 길가를 지나던 사람들도 이런 난장판에 헤, 벌어진 입을 다물지 못했다. 물을 흠뻑 둘러 쓴 엄마가 분연히 일어서면서 도랑가의 싸움질은 흥미진진, 본격적인 전면전에 들어갔다.

물에 발이 담긴 행동은 둘 다 어눌했다. 마치 재생 테이프 속의

느린 화면처럼 짓둥이가 둔하게 굼적거렸다.

싸움만큼 재미있는 구경이 어디 있을까, 늘 앙숙인 자매지간의 한판에 동네 사람들은 군침을 흘리며 빙 둘러 섰다. 구경꾼까지 세워 둔 싸움질이니 그럭저럭 구색은 갖춘 셈이었다. 물을 둘러쓴 엄마와 이모, 얇은 여름 입성이 농사일에 시달린 두 여체를 아무런 여과 없이 비추어 내었다. 걸쳐 두어도 몸 가림에 큰 도움 안 되련만 그것마저도 하나 둘씩 서로의 손아귀로 벗겨지고 있었다.

앞뒤 가림 없이 이모에 시비하는 엄마를 나무라는 사람은 별로 없었다. 이웃들은 도리어 엄마에게 역성을 들어 이모를 따돌리곤 했다. 별스런 인물도 아니면서 분에 넘치는 남자 끼고 유복하게 사는 것에 대한, 분명 그런 색깔의 시새움일 것이었다.

그날 싸움은 이모 아버지의 출현으로 마무리 지어졌다. 이모부는 암말 없이 이모를 끌고 갔다. 엄마의 우악스런 손힘에 벗겨진 이모의 무새 포플린 저고리와 치마가 도랑가 빨랫돌 위에 널려져 있었다. 도랑가는 다시 제 모습을 찾아냈다. 씨우적거리던 엄마는 맨 먼저 도랑가에 뒹굴던 이모의 옷가지에 비누칠과 방망이질을 했다. 주섬주섬 빨래통에 담던 그 옷들을 어떻게 처리했는지 모른다. 다만 이모가 다시 그 옷을 입고 걸어가는 뒷모습을 보았을 뿐이다.

또 한 번의 싸움.

그해 가을이었다.

서리 조짐이 보일세라, 농사꾼은 가을걷이에 손길이 바빠졌다. 여름 내내 찌는 더위를 잘 이겨낸 보람의 축제, 사람들 얼굴엔 황금들판이 안겨 준 풍요로움이 넉넉했다. 뱃속이 따뜻해지면 맘도 너그러워지는 걸까, 가을철이면 사소한 시빗거리도 물러가고 인심 또한 훈훈했다.

먼지를 털어낸 불퉁 탈곡기가 삼터 너른 마당으로 옮겨졌다. 그곳에서 덕재 아제네 나락을 털고 나면 당연히 구렁 논배미로 옮겨올 터였다. 늦은 점심을 논두렁에서 먹으며 엄마가 기다린 탈곡기는 엉뚱한 데로 실려 가고 말았다. 그곳이 이모네 돌밖들 논이 아니었더라면 엄마의 노여움은 덜 했을지 모른다. 내막을 알아차린 엄마는 들길을 한달음에 달려갔다. 판수 할아버지가 담아 놓은 나락 자루를 논바닥에 사정없이 패대기친 엄마의 얼굴은 가을볕 탓이었을까, 발갛게 달아있었다.

우선 가까운 것부터 털고 가면 시간 절약이 된다는 덕제 아제의 변명 같은 건 엄마의 노여움을 잠재우는데 아무 소용없었다.

논바닥에 흩어져 내려앉은 나락 알갱이를 망연자실 바라보던 이모가 분연히 일어섰다. 머리끄덩이를 잡아끌며 엄마의 패악에 이모가 또 맞방이를 들이댄 것이다.

이모의 손아귀에서 빠져나온 엄마는 패대기친 나락을 두 손 가득 담아서 이모 면전에 뿌리기 시작했다. 이모 또한 다시 나락 알로 응수했다. 서로의 얼굴에 나락을 퍼부어대는 두 자매. 파란 하늘엔 노르께한 알갱이들이 마치 축포의 흔적처럼 흩어져 내렸다. 나는 멍히 하늘에 눈을 꽂아 두었다. 하늘에 흩날리는 알갱이, 노란 알갱이들.

얼추 한 가마니 턱이나 될까, 두 싸움꾼의 손에서 놀아난 나락은 논바닥에 노랗게 드러누웠다. 가을걷이 초꼬슴에 벌린 푸짐한 나락 싸움 한 판이었다.

두 자매의 싸움질은 탈곡장 마당 사람들의 혼을 죄다 빼어내기에 충분했다. 이모부도, 아버지도 맥을 놓고 멍히 서 있기만 했다. 아무도 뜯어 말릴 엄두를 내지 못했다.

먼저 지친 쪽은 이모였다. 치마를 뒤집어 훌쩍거리기 시작했고 그 모습을 멀거니 바라보던 엄마는 훌훌 옷을 털어대다간 머릿수건을 고쳐 쓰고 논두렁을 밟아 나갔다.

결국, 탈곡기는 우리 집 텃논인 구렁논으로 옮겨졌다. 벼 거스러미를 쓸어 담던, 알곡 자루를 추스르는, 타작마당의 그 일꾼들은 꿀 먹은 벙어리가 되었다. 왜 가져왔느냐, 라고 묻는 사람도 대답하는 사람도 없었다. 그저 제 할 일에만 빠져 있을 뿐, 마치 음아증 환자들처럼 소리 없이 손길만 바빴다.

그날, 달은 높은 하늘에 둥실 떠올랐다. 여름 내내 무겁게 머금었던 습기를 걷어낸 가벼운 차림의 달, 그런 밤이면 마치 그 달빛에 부림 당한 듯 계집아이들은 바깥으로 우르르 몰려 나왔다. 온낮을 볏짚 나르기에 바친 피곤을 숨바꼭질 놀이로 풀어냈다. 숨어들기엔 그지없이 좋은 짚단 무더기 속에서 깜빡 졸음에 빠졌다. 눈을 뜨니 술래는 온데간데없고 둥실 높은 달이 짚 무더기 안을 내려와 있었다. 낟알을 갓 털어낸 향긋한 볏내. 그것에 취했던 게 틀림없었다. 그 안온함에 애벌레처럼 몸을 쪼그리고 누워 내 몫으로 내려앉은 달빛을 바라보고 있었다. 인기척을 느낀 건 그때였다. 자루를 머리에 이고 논바닥을 걸어가는, 기척의 정체는 엄마였다. 조심조심 걸음을 옮기는 엄마, 도랑을 건너 신작로에 다다른 엄마는 자루 속을 쏟아 부었다. 이모네 널방석이었다. 늦게야 타작을 마친 이모의 나락을 널어놓은……. 엄마는 밤새 논바닥에 흩어진 나락 알갱이를 쓸어 모았던 모양이었다. 편편하게 손바닥으로 고른 후 누가 볼세라 살금살금 도둑고양이처럼 물러가는 엄마.

불혹을 코앞에 둔 엄마, 나는 그해를 잊지 못한다.

가을걷이를 끝낸 후 엄마는 덜컥 간암에 걸리고 말았다. 어쩌면 엄마는 제 속에 든 병을 알고 있었는지 몰랐다. 죽음을 받아들이는 엄마의 시간은 의외로 담담했다. 언제쯤 갈까, 그렇게 심심한 우스갯말로 당신 삶을 점치곤 했다. 아무 소용없음을 알고 있던 엄마는 병원을 박차고 나왔다. 그냥 편안하게 집에서 유하다 가고 싶다 했다. 엄마의 마지막 치유 기간이 결코 편했던 건 아니지만 평생 밭머리쉼조차 인색했던, 그 농사일에 손 한 번 제대로 놓아보지 않은 엄마였다. 방안에서 누워 있는 것이 삶의 말미에서나마 엄마가 누린 마지막 호사였을 것이었다. 엄마가 그렇게 구들막

차지를 하고 누웠던 3개월 동안, 드디어 올 것이 왔다는 듯 신나게 떠들어대는 건 이웃들이었다.

'그렇다카이, 한동네로 시집오는 기 아이라캉께.'

'누가 한 사람은 져야 판가름 나는 문제라캉께. 참 무섭다이.'

이모가 시집온 후, 우리 집 살림이 기울기 시작한 것은 우연이었을까, 아니면 알 수 없는 어떤 누구의 지시였을까. 덜컥 몹쓸 병에 걸린 엄마는 눈을 감기 전까지 열심히 이모를 박대했다.

자매이지만 생김이나, 손끝이 베푸는 인정이나 많은 게 달랐다. 조왕 할멈은 그런 사람만 굽어 살피는지 이모네 살림은 굴러가는 눈송이처럼 불어났다. 그럴 때도 우리 집 가산이 그 쪽으로 쏠려 간다는 뒷말이 슬금슬금 자리를 찾아 앉았다.

죽음을 코앞에 둔 어느 밤, 엄마는 대청마루에 앉아 마당에 내려앉은 달빛에 넋을 놓고 있었다.

인영아 조기 좀 봐라이. 반짝반짝 빛을 내는 거 있제? 조게 서리별이라는 기다.

힘없는 엄마의 눈빛에 꽂힌 저것들은 뭘까, 가만 눈여겨보니 마당 구석자리에 자리 잡은 서릿발 무더기였다. 달빛을 머금은 서리 기둥들이 마치 영롱한 보석처럼 반짝거리고 있었다.

옴마 젊었을 적에 누가 그랬어. 별, 마치 반짝이는 별 같다고…….

누가?

대답 없는 엄마의 눈가가 슬며시 젖어드는가 싶었다.

결국 엄마는 며칠 후 세상을 버렸다. 엄마의 상여가 샌치골로 오르던 날, 진눈깨비는 하염없이 흩날렸다. 아버진 망연자실 마루에 앉아 엄마의 상여 길을 지켜볼 뿐이었다. 엄마가 없는, 튼실하지 못한 아버지의 몸은 온갖 앓음 자랑만 하다 생을 마무리했다. 아버지의 그 짜증을 받아냈던 그 기간들이 내 인생의 지옥이 아니었던가, 가끔 그런 생각을 하곤 한다.

숯쟁이 아들 정수가 우체국 직원으로 발령을 받은 후였다. 일정한 수입을 보장 받은 그가 제일 먼저 계획한 건 결혼이었다. 왜 그렇게 결혼을 서둘렀는지, 그의 속을 아직도 가늠할 수 없다. 과연 결혼을 꺼낼 만큼 서로에게 사랑 같은 게 충분히 존재했었는지, 보내버린 그 아득한 세월은 지금도 함부로 답변할 수 없는 문제로 서성인다.

해가 그림자를 길게 만들어내던 오후였다. 그가 우리 집 마당에 꿇어앉았다.

병약한 아버지에게 어디 그런 힘이 남아있었던지, 아버진 자신의 손에다 온 노여움을 다 실어 들였다. 결국 찬물 한 양푼을 둘러쓰고 사립짝을 밀고 나가던 그의 등, 그 늦은 오후의 한 장면이 화인처럼 내 맘속에 지금도 박혀 있다.

산소는 말끔히 성묘가 되어 있었다. 더위가 한풀 꺾이는 8월 말쯤이면 해마다 고향에 남아있는 사람들은 각지에 퍼져 있는 일가붙이들을 불러 내렸다. 100여 분이 넘는 종가의 성묘행사는 인력이며 경비가 여간 드는 게 아니었다. 성묘는 일 년 중 집안의 엄숙한 행사였고 자격과 의무 또한 냉엄했다. 양 씨 성을 지닌 모든 남자들에겐 일정한 금액을 할당하는가 하면, 장남들의 책임 비용은 그 보담 웃돌았다. 나는 해마다 약간의 금액을 사촌의 통장에 입금시키는 걸로 슬쩍 책임을 대신했다. 그랬어도 고향이란 게 눈에 아물거리면 그 핑계로 가끔 얼굴을 보이는 적도 있었지만 그건 아주 드물었다.

"엄마, 막내 이모 만났우? 지금 또 머리채 잡고 싸울 참이지?"

남편은 동네 슈퍼에서 사온 막걸리와 명태포를 비닐 접시에 담아내는 중이었다.

"또 무슨 실없는 소릴 시작하려구."

남편이 눈을 찡긋하며 미리 내 입을 막았다.

동짓날이었던가. 그래 맞다, 내가 입학할 중학교에 임시 소집을 마치고 온 그해 동짓날이었다. 엄마의 가마솥에선 새끼들 먹일 팥죽이 부글부글 끓고 있었다. 그 부엌 아궁이 앞에 길 건너 집, 춘자 엄마가 쪼그리고 앉아 있었다. 엄마와 이모의 분쟁에는 말전주꾼 춘자 엄마가 늘 약방 감초로 끼어들었다.

마침 그때 이모가 사립문 안으로 들어오고 있었다.

쌍심지가 한껏 돋우어진 엄마가 팥죽 한 바가지를 퍼내었다. 그래도 피붙이에 대한 배려였을까, 그 팥죽은 이모의 면전이 아닌 등짝에 나가 떨어졌다. 이모의 앙고라 스웨터에는 주르르 흘러내린 팥죽이 김을 게워내고 있었다. 화들짝, 놀란 이모의 그 얼굴이라니.

"야 이년아, 설마 니 돈 떼 묵을까봐, 입방정을 그렇게 떨고 댕기나. 나가 혀를 깨물고 죽는 한이 있어도 니 돈 안 떼묵는다. 니 겉은 년이나 도둑질을 하지."

"성아, 무슨 말이고?"

"점순네한테 니가 뭐라캤노? 뭐 내 살림이 쪼그랑바가지 되었다꼬? 그래 우리 그 바가지 맹크로 폭삭 쪼그라 들었다. 누구 땜시 이리 된 줄 아니? 다 니 땜시다. 알기나 아나? 넘우 나막신이나 신고 다니는 년이 입만 살아 갖고는……."

슬그머니 춘자 엄마가 부엌 뒷문으로 빠져 나갔다.

엄마는 그날 아침 절대 안 떼먹겠다고 큰소리쳤지만 결국 그 돈을 갚지 못한 채 눈을 감고 말았다. 하는 일마다 털어 먹기만 했던 아버지는 그 후 몇 번인가 더 이모부에게 아쉬운 소리를 했다.

눈 아래 누레 바다가 펼쳐져 있었다. 마음 스산한 날, 이곳에 올라오면 바다 위엔 까치놀이 반짝이곤 했었다. 숯장수 아들, 정수가 결혼한다는 소식을 보냈을 때였다. 하염없이 무덤가에 앉아있던 그날에도 바다 위를 노는 까치놀은 무심했다. 아버지가 세상을 떠난 그해 겨울이었던 게 분명하다. 나는 보란 듯이 아버지 무덤 앞에서 청첩장을 태웠다. 내 눈앞의 젖은 일렁임이 그의 흔적인지, 까치놀인지 구별할 수가 없었다. 그냥 멍하니 그렇게 앉아만 있었다. 희망 같은 건 이 세상 어디에도 없어, 그렇게 중얼거렸던가.

"그만 내려가자."

남편이 엉덩이에 붙은 검불을 털어내며 일어섰다.

이모가 누워있는 영안실은 혼사 집처럼 붐볐다. 아직 세상을 살고 있는 어른, 그리고 자라나 훌쩍 어른이 된 내 아래 세대들이 다 모여 조그만 고향의 모형을 만들어 놓았다. 섬에 내려오면 우선 마주치는 사람들의 말투에 안도의 숨을 쉬곤 한다. 맘 한 쪽 어디엔가 꼭꼭 숨겨 둔 내 유년의 언어를 함부로 주고받을 수 있다는, 그 편안함이 지친 내 마음을 위로해 준다. 고향 말은 언제나 살짝 그런 그리움을 건드리곤 달아난다.

조문을 하기도 전에 인사치레에 시간을 제법 빼앗겼다. 보다 못한 남편은 이모가 환히 웃고 있는 곳으로 내 팔을 끌어당겼다. 언제 마련해둔 영정사진인지 이모의 얼굴엔 주름살 하나 비치지 않았다. 사진 속의 이모가 엉거주춤 자리를 불편해 하는 날 빤히 바라보았다.

"왔더나, 수월한 길도 아일긴데?"

능포 이모였다. 어린 날 엄마 또래로 살았던 능포 이모는 제 피붙이 보다 더 엄마와 허물없이 속을 터놓던 사촌지간이었다. 여든을 넘긴 세월이 얹혀 있는 이모의 거동은 불편해 보였지만 정신은 말짱하게 간수하고 있었다. 그 눈빛에는 사람을 바라보는 따뜻함이 아직 남아 있었다.

"이모, 저승 가서 새름 이모는 지금도 엄마랑 싸우실까?"

"몹쓸 것 그기 그리 궁금하더나?"

쿡, 웃음을 터뜨리는 내 볼을 살짝 꼬집어 당기며 이모도 소리내어 웃었다.

"그렁저렁 그럴만한 이유가 있었제."

"이모, 이유는 다 소문났잖아요. 한동네 시집 온 거."

"니는 아즉 그것밖에는 아는 기 없제?"

그것밖이라니. 이모 말은 뜻밖이었다. 솔깃해진 난 이모 옆에 바짝 붙어 앉았다.

"제가 모르는 뭐가 또 있었어요?"

"그라모, 있고 말고."

그날, 초상집에서 풀어헤친 이모의 이야기는 퍽 파격적이었다.

잘 생기고, 온화했던, 아무런 대가 없이 돈을 빌려주기만 하던 이모부가 엄마의 첫사랑이었다는, 읍내 사무소에서 서기로 있던 이모부는 엄마의 마음도 얻어냈지만 완고한 외할아버지의 신분타

령 때문에 결혼 허락이 미루적미루적 배를 내미는 사이에 이모가 일을 내고 말았다는 것이었다.

"이모부를 혼자서 맘먹었던 니 이모가 먼저 선수를 치는 바람에……."

"선수라니요?"

"아 요것아, 나이는 헛먹었나. 남녀 사이에 사고를 이모가 먼저 친 기라. 말하자몬 사람 도둑질을 너그 이모가 한 기제. 아마도 너그 이모부가 사람 구분하기 어려울 정도로 술을 먹었거나 아니몬 구신한테 홀렸던 모양이제. 아무튼 간에 그리 되 뿐기라. 그러니 어쩔끼고. 외할아버지 맘이 급해졌제. 엄마는 얼른얼른 중신애비 앞세워 먼저 출가시키고……."

"아, 그 시절에도 그런 사건이?"

"야는 뭔 소리를 하노. 그 시절이라니, 우리는 연애질 몬한 줄 알았나. 그라몬 춘향이 이도령 이바구는 뭐신데?"

"그렇도록 완고하신 외할아버지 난리 나셨겠네요."

"하모, 쉬쉬함서로 그런 난리가 없었던 기라. 더구나 너그매(엄마) 맘은 어쨌을 낀가 생각을 해 봐라. 너그매 마이도 울었다 아이가. 너그 외할배 그 성질에 소문 무서바서 잠이나 올키 잤겄나. 부랴부랴 결혼식은 올려 줬는데 한동안 외갓집에 너그 이모부는 발도 몬 내밀었다 카이. 그래갖고 한동네로 너그 이모가 들어 왔응께 너그매가 배미나 기가 찼겄나 말이다. 속이 많이 상했겄제."

엄마와 이모의 비밀스런 투쟁의 전모가 드러나고 말았다. 이모의 장례식장에서 난 괜스레 입가로 미어져 나오려는 웃음기 때문에 혼이 났다.

“그 사람이었수, 엄마의 서리별이 말예요? 그래서 이모를 그렇게 도둑년이라며 구박했나 보네.”

장례를 마치고 돌아오는 자동차 안에서도 히죽히죽 주책없이 입가에 웃음을 매달았다. 가슴에 맺힌 사랑을 이모에게 분풀이로 훌닦았다니, 늘 열패감으로 살았을 엄마. 비밀한 가슴 한쪽에 담아둔 엄마의 사랑이 가여우면서 살짝 귀엽기도 했다.

“이모 돌아가시고 나니 묵은 체증이 다 내려간 모양이지, 어째 기분이 좋아 보인다.”

내비게이션이 지시하는 초록선일랑 아랑곳없이 FM 라디오 음악을 흥얼거리던 남편이 힐끗 내 쪽을 보며 말했다.

영목항

겨울이 끝나려는가 싶은 어느 날 오후였다. 밤새 내린 눈 위로 햇살은 맑아서 눈이 부시었다. 그 눈 덮인 배경과 햇살을 등뒤에 새워두고 남편은 대문 앞에 서 있었다. 채색한 지 오래 되어 마치 마른버짐 자국처럼 희숙희숙한, 남편이 늘 못마땅해 했던 나무 대문이었다.

이혼하고 떠난 후 10년 만에 보는 남편 모습이었다.

"나야!"

베이스를 조금 웃도는 음성으로 남편은 마치 퇴근길처럼 인터폰 속에다 그렇게 말했고 나는 그런 남편을 맞는 아내처럼 천천히 걸어 나가 아주 익숙한 손놀림으로 빗장을 풀었다.

그 익숙한 손놀림에 나 자신도 움찔 놀랐다. 털이 달린 모자에 얼굴이 묻힌 남편은 마치 에스키모인 같았다. 대문 앞에서 잠시, 아주 잠시이지만 멍히 서로를 바라보았다. 그렇게 바라보는 것으로 우리는 간단한 인사치레를 대신했다.

남편은 눈 속에 파묻힌 돌을 정확하게 찾아 밟고 현관을 향해 걸었다. 나는 퇴근하는 남편의 시중을 들듯 그의 뒤를 다소곳이 따라 현관문을 들어섰다. 그 역시 너무 익숙한 행동으로 벗은 신발을 발놀림으로 정리했고 미닫이 유리문을 밀어내어 마루로 올라섰다. 마루에 들어서자 안경을 벗어 손수건으로 닦았고, 그런 남편과 눈이 마주쳤다. 얇은 눈두덩이 사정없이 몰아낸 눈동자, 안경 없는 모습은 마치 그의 벗은 몸을 보듯 부담스러웠다. 모두 그대로였다. 신발을 발로 정리하는 것도, 들어서면 안경부터 닦는 남편의 버릇들이.

그는 휘, 집안을 일별했다. 그의 시선을 따라 다녀온 거실은 어찌된 셈인지 10년 전과 다를 바 없었다. 다를 바 없는 그 거실이 내 시야엔 무척 생소한 광경으로 펼쳐졌다.

이런저런 일에 들락거린 그릇들이 정물처럼 제 자리를 엄숙하게 지키는 찬장, 그 위를 소형 망원경이 마루를 향해 렌즈를 맞추고 있었다. 현관문 옆 관음죽은 키가 좀 자랐을 뿐, 붉고 긴 원통 화분에 뿌리를 틀고 있는 모습은 예전이나 다름없었다. 그 관음죽은 막 발아를 시작한 어린 나무였을 적에 남편이 들고 온 것이었다.

반투명 유리 창 속에 그려진 대나무 무늬 사이로 빠져나온 햇살이 마루에 힘없이 드러누워 있었다. 남편은 그 햇살 무늬를 밟고 멀거니 서 있었다. 아무것도 변하지 않은 집안에 남편은 잠시 놀라는 눈치였다.

나는 남편의 그런 마음을 헤아리며 아무것도 변하지 않은 거실에 미안하기도, 좀 부끄럽기까지 했다. 왠지 그에게 보여줄 게 이것뿐이라는 초라함, 가슴 밑에서 약간의 열패감이 꿈틀거리는 것 같았다.

2층으로 올라가던 남편은 세 번째 계단에서 걸음을 멈추었다. 삐거덕, 남편은 그 소리를 들어보려는 듯 계단에서 다시 걸음질을 했다. 삐거덕, 남편의 발놀림이 또 다시 소리를 만들어 내었다. 그 소리도 옛날 그대로였다. 화실이 있는 2층으로 살금살금 올라가는 남편의 늦은 귀가를 제대로 숨겨주지 못하던 계단소리였다. 신기한 듯, 아니면 그 옛날이 다시 생각난 듯, 남편은 잠시 그 계단에서 벽을 바라보았다. 벽에는 그가 걸어둔 그림이 그 자리를 지키고 있었다.

한 남자가 다리 위에 서 있었다. 맨머리의 그 남자는 몸을 비틀며 두 손으로 입을 모아 소리 지르는 중이었고, 뒤의 배경이 단호하게 생략된 그림이었다. 남편은 붉게 칠해진 배경 속에 '뭉크의 절규를 흉내내다'라는 글까지 삽입했다.

뭘 그렇게 부르짖고 싶었던 겔까, 유령 같은 남자를 빌려 남편은 어떤 절규를 하고 싶었던 것이었을까. 그림을 두고 계단으로 내려오는 밤이면 남자의 고함 소리가 내 등을 낚아채는 것 같아 뒤를 돌아보곤 했다. 그림도 남편을 기다린 듯 변함없이 마주보고 있었다.

남편은 그림 가까이에 다가가 손으로 쓸어내리다간 지그시 바라보기도 했다. 붉은 물결 같은 강렬한 노을이 배경의 전부인, 다리 위의 남자는 어제도 그랬고, 아니 그 옛날에도 그랬듯이 동그랗게 모은 입으로 뭔가를 외치고 있었다. 한참이나 그림 앞을 떠나지 못하던 남편은 등을 돌렸다. 2층으로 올라간 그는 화실 문을 열기 전 방문과 직각을 이루는 화장실 문도 살펴보았다. 문고리를 잡아당기기도 베니어판을 툭툭 두드려 보기도 했다.

화실 문을 열었다. 문 안에서 냄새들이 몰려 나왔다. 가끔 통풍을 하기도 했지만 어떻게 이름 지을 수 없는 야릇한 곰팡내가 늘 문 앞을 서성였다. 남편은 비켜서서 그 냄새가 빠져 나가기를 기다렸다. 그렇게 멍히 선 채로 미리 방안을 살펴보는가 싶었다. 너무나 온전하게 보존되어 있는 화실 앞에서 남편은 말문을 잃은 듯했다.

보존하려고 애를 쓴 건 아니었다. 나는 단지 건드리고 싶지 않았을 뿐이었다. 남편은 그런 내 뜻을 알았을까, 어쩌면 모를 수도 있었을 것이다. 암말 않기로 했다. 비행기를 타고 제 흔적을 추스르기 위해 먼 길 달려 온 그의 맘에 훼방 놓고 싶지 않았다.

화실은 옛날처럼 심하게 어질러 있었다. 굳어버린 유화 물감, 부러진 콩테 조각, 나이프들이 화구 사이를 함부로 흩어져 있는가 하면, 넘어진 이젤에는 그리다 만 그림이 그대로 걸려 있었다. 마치 어제 마친 작업 현장을 보는 것 같았다.

그는 잠시 유리창 앞에 서서 서쪽 하늘을 응시했다. 남편은 그 서쪽 하늘에서 잠깐 자신이 앓았던 상처 한 자락을 찾아내는지 몰랐다. 이젠 그럴 필요가 없음에도 나는 남편의 그런 모습에 습관처럼 주눅이 들었다.

이 집을 지을 때 남편과의 마찰이 많았다. 물론 집을 지을 때 뿐만은 아니었다. 남편과 나는 유난히 생각의 방향이 달랐다. 어느 한 쪽을 결정짓기 위해 상대의 상처는 감수해야만 했다. 노을을 좋아하는 나는 서향의 집을 원했고, 남편은 가장 합리적인 이유를 내세워 남향을 고집했다. 남편은 집을 지을 때만은 순순히 고집을 꺾었다. 할아버지의 유산으로 짓는 집 때문이었을까, 자존심 강한 마음에 누룽지처럼 눌러 앉는 그의 상처를 눈치 채는 건 별로 어렵지 않았다.

그는 자기가 두고 갔던 물건들을 뒤져내기 시작했다. 책상 서랍 속의 졸업장이며 사진첩 등, 성장의 흔적에 관한 것이라든가, 그려 둔 그림들을 분류하기도 했다. 십 년 만에 찾아온 남편은 마치 보관증으로 물건을 찾으러 온 사람처럼 수첩에 적힌 것을 일일이 확인하며 포장을 했다. 그러는 남편을 물끄러미 바라보았다. 그는 나이 먹는 세월을 피해 다닌 듯, 50의 중반이라기엔 너무나 젊어 보였다. 십 년 전의 얼굴을 온전하게 보존하고 있는 듯한, 어쩌면 떠날 때보다 훨씬 더 활기차 보이는 것 같았다. 세월을 쓸어안고 충실하게 나이를 먹은 건 내 얼굴뿐이었다.

남편을 보는 내 맘은 의외로 담담했고 별로 노여움이 일지 않았다. 수첩에서 빠진 것들을 찾아주기도, 먼지 묻은 것들은 깨끗이 닦아주기도 했다. 남편은 내가 찾아낸 것들을 챙겨 넣기도, 혹은 필요 없다는 말로 제자리에 갖다놓기도 했다. 거실 장식장 속의 화병을 꺼낼 때는 내게 양해를 구하기도 했다. 내가 가져가도 될까, 하는 말로……. 지금은 작고했지만 어느 시인이 손수 써넣은 시와 남편의 그림으로 빚어 구운 도자기였다. 나는 암말 없이 고개를 끄떡여 주었다. 모두 주고 싶었다. 그래서 남편의 맘에 뿌리내린 피해 의식을 조금이나마 걷어내어 주고 싶었다. 그런 자잘한 물건들이 남편의 맘에 크게 도움이 되진 않을 테지만 그렇게 해야만 내 맘이 편할 것 같았다. 남편 또한 피해자이다, 그 생각은 내 맘을 관대하게 하는 데 많은 도움을 주었다. 돈은 필요하지 않느냐고 물었고, 나는 이내 뱉어버린 그 말에 후회를 했다. 남편에 대한 오랜 습관 때문이었다.

10년이란 텅 빈 세월이 있었지만 불쑥 튀어 나온 그 습관에 나 자신도 깜짝 놀랐다. 남편은 위자료를 넉넉히 받은 이혼녀와 재혼했고, 그 여자의 가족이 모여 사는 호주로 떠났으며 들리는 소문에 의하면 큰 슈퍼마켓을 경영한다고 했다. 물론 잘 산다는 말이 내 맘 어느 자락을 아프게 건드렸지만.

예상대로 남편은 고개를 좌우로 흔들었다. 돈에 대해 고개를 내젓는 남편의 모습은 생소했다. 용돈 있어요, 하고 물으면 한 번도 내쳐본 적이 없는 남편이었다. 그런 모습에 익숙했던 세월이 고개를 내밀었던 모양이다, 나는 낯선 남편의 행동을 순순히 받아들였다.

남편이 짐을 다 챙겼을 적에는 이미 저녁을 다 넘긴 때였다. 저녁밥을 어떻게 할까, 망설이는 나를 눈치 챘는지 꾸려놓은 짐을 한쪽으로 밀쳐놓았다. 내일 다시 와서 가져 갈 게. 남편은 그 말을 뱉고는 계단을 내려섰다. 중간쯤의 계단에 서서 그림을 유심히 바라보았다. 우윳빛 불빛에 잠긴 남자의 부르짖음은 더 애절하게 들리는 것 같았다.

여전히 마지막 세 번째 계단에서 남편은 삐거덕, 소리를 잊지 않고 들려주었다. 얼마 만에 듣는 소리인가, 새벽이면 조심조심 2층을 올라가는 남편의 발자국을 전혀 도와주지 않던 저 삐걱거림.

현관문을 나선 그는 눈 속에 반쯤 묻힌 돌을 징검징검 밟아 나가기 시작했다. 대문을 열다 말고 윗집 할머니 집을 올려다보았다. 돌아가셨어. 내 말에 고개만 끄덕이던 남편은 눈이 수북한 뜰로 내려섰다. 그는 눈을 둘러쓰고 있는 키 작은 회양목 가지에 손가락을 벌려 빗질을 했다. 그의 손 사이로 눈송이들이 후드득 떨어져 내렸다. 잎이 다 떨어진 은행나무를 올려다보다간 앞 다투어 피어내던 장미 울타리 앞에서 암말 없이 한참이나 서 있었다. 할머니 집과의 비상구가 있던 언덕진 담에 눈을 주기도 했다.

비상구를 가려주던 탱자나무 가지가 없어진 걸 보며 할머니 집 주인이 바뀌었다는 것도 눈치를 챘을 것이다. 대문을 나서면서 말했다. 내일 아침엔 임진각을 좀 다녀올까 해, 하고.

임진각은 남편 가족의 고향이나 마찬가지인 곳이다. 화장한 그의 어머니 주검도 임진각 근처에 뿌려 주었다. 임진각에서의 남편 가족들은 비 온 뒤 화초처럼 생기가 돋아나곤 했다. 두고 온 부모 형제에 대한 죄송함, 돌아갈 수 없는 안타까움, 이런 고통들은 그들의 선천적인 지병이었다. 처절한 상처들이 가슴 깊이 자극하듯, 그들에게 잠깐 살아나는 생기는 어쩜 착색된 그들만의 고통의 흔적이었을 것이다. 가장 맛있는 것들을 조금씩 떼 내어 깨끗한 보자기에 정성스럽게 잘 싸서 그들은 있는 힘을 다하여 북쪽을 향해 던지곤 했다. 북쪽에 대한 기억 하나 없는 남편도 임진각에 서면 생생한 아픔으로 연기하곤 했다. 결국 아픔은 바이러스처럼 감염의 성질도 지닌 모양이었다.

다음날 약속한 시간에 남편은 짐을 가지러 왔다. 전화번호가 적힌 영문의 명함과 그림엽서 두 장을 식탁 위에 얹어두며 말했다.

"당신이 보고 싶어 했던 곳이야. 건강하고 행복하게 살길 바래. 물론 내가 걱정하지 않아도 될 터이지만."

엽서 속의 그림은 시드니 오페라 하우스와 피너클 사막이었다. 산호가 부서진 흰모래로 거대한 사구를 이루는 사막, 그 한가운데 석회암 돌기둥으로 우뚝 솟은 피너클이었다. 피너클은 수시로 색깔이 변한다고 했다. 구름이 햇빛을 가리면 잿빛, 직사광선이 내리 쬐면 황금빛으로, 석양을 받을 때쯤이면 주황색 몸을 둘러쓴다고, 오래전 남편이 말해 주었다. 가고 싶다고 말했던가, 그 기억을 더듬으며 남편이 두고 간 엽서에 눈을 빠뜨렸다. 피너클을 둘러쓴 몸빛은 온통 주황색이었고, 남편의 말대로라면 일몰의 시점에서 앵글을 맞춘 게 틀림없었다. 오페라 하우스는 그에 반해 푸른 바다에 눈부시도록 흰 날개를 젓는 아름드리 큰 새 같았다. 그 앞 바다엔 유람선 한 척이 흰 물결을 앞세우며 달려가고 있었다.

남편이 짐을 챙겨 떠난 후 2층으로 올라갔다. 반듯반듯하게 정리된 방이었다. 버릴 것과 그냥 둬도 괜찮을 것들을 양쪽에 편 가르듯이 구분지어 놓았다. 버려도 괜찮다는 허락이 떨어진 느낌의 왼쪽에는 그리다 만 그림이며 말라버린 물감, 거의가 남편이 쓰던 화구들이었다. 그 맨 아래엔 곰팡이 자국처럼 희끗희끗해진 걸레까지 드러누워 있었다. 남편은 책상 위에 사진 한 장을 얹어 두었다. 마치 제 책상 위에 제 물건을 두듯 자연스럽게……. 젊은 여자에게서 얻은 아이 사진이었다. 눈이 큰, 마치 혼혈아 같이 예쁜 사내 아이였다.

“왜 그 사진까지 가지고 왔대? 염장을 지르려고 아주 작정을 한 모양이구나. 빌어먹을 인간 같으니라고, 초등학교 선생질밖에 못해 먹을 인간을 공부시켜 대학교수까지 만들어 놓았더니, 뭘 핑계될 게 없어……. 처가 재산으로 출세를 했으면 얌전히 누리고 계실 것이지, 엉뚱한 년에게 호강 갖다 바친 꼴이니.”

“그 교수 짓도 내팽개치고 선택한 여자야.”

“어쭈, 생불 났네.”

“아무렴 어때. 니 말대로 그 사람 짐 치우게 된 것만 해도 맘이 가뿐해졌다. 함부로 버릴 수도 없는 거 였잖니.”

“나 같으면 확, 불을 질러 버린다. 빙충이 같이 속만 좋아가지고서는.”

매사에 너그러운 영조지만 유독 남편에게만 혼자씨름으로 몰아붙이곤 했다. 남편에게 호의적이지 못한 영조가 골을 내는 방법이기도 했다. 그러나 내 맘은 의외로 담담했다. 별로 노여움이 일지 않았다. 아무렇지도 않게 잘 대처했던 나는 남편이 떠난 그 후 무력증에 시달렸다. 힘이 모두 빠져나가 마치 중력이 느껴지지 않는 세상에 놓여 있는 것 같았다. 그 증세를 벗어날 수 있는 별다른 방법은 없다. 단지 절망의 늪에 빠져 그들이 원하는 것만큼 허우적여 주어야만 한다. 그 유별난 무력증은 내가 살아가기 위해 힘을 얻어내는, 어쩌면 그런 의식인지 모른다. 절대로 삶을 포기할 수 없다는 단호한 방법일지도.

영조가 졸라대기 시작한 건 그 무력증이 꼬리를 보일 때쯤이었다. 태안반도의 끝이라고 했다. 영목항이라는 그 이름을 앞세우며 바람 쐬러 가자는 영조의 말에 지난 봄, 은행장으로 승진한 그녀 남편도 후원했고, 이틀 동안의 일상 탈출이 목표로 정해졌다. 영목항은 열 장이 넘는 그 일정표 제일 끄트머리에 붙어 있었다.

'안면도 제일 땅 끝에 차지하고 있어 대천의 여러 섬을 구경할 수가 있다. 신선한 해물을 저렴한 가격으로 구입할 수가 있으며 횟집, 낚시, 민박집도 밀집해 있어 하룻밤을 쉬며 땅 끝의 빼어난 경관을 구경할 수가 있다.'

섬이 두엇 보이는 바다 위의 고깃배 한 척과 엉덩이에 하얀 물꽃을 매단 유람선, 여느 바다와 다를 것 없는 사진 밑에는 그런 글이 씌어 있었다. 단지 그것뿐이었다. 나는 그 마지막 장의 사진과 글을 번갈아 보며 읽고 또 읽었다. 영목항, 어디선가 본 적이 있는 듯한, 그도 아니면 내가 이미 알고 있는 포구……. 그 막연함이 나를 붙잡고 놓아주지 않았다. 왜 그랬을까.

꽃지 해수욕장의 낙조는 '꼭'이란 말로 손톱괄호 속에 묶여 있었다. 당진읍 은행에서 근무한 적이 있는 영조 남편이 맞추어준 일정표였다. 출발시간, 도착 예정지, 숙박정보, 안면도를 둘러보며 쉴 만한 길가의 간이공원까지도 사진과 함께 세세하게 실려 있었다.

별 이야기, 맑은 하늘, 하늘과 바다 사이, 추억 만들기, 까치노을, 여행 스케치 등, 예쁜 이름을 가진 숙박시설만도 B4용지 3장이었다.

— 수명을 다하고 떨어지는 해지만 눈이 부셔서 오랫동안 바라보기 힘들다. —

노을을 앞에 두고 등을 보인 사람들이 줄지어 선 사진 밑에는 영조 남편의 멋진 글이 관광표어처럼 적혀 있었다.

영조 남편이 안내한 일정표대로라면 영조와 나는 이원 식당에서 박속 낙지를 먹고 만리포를 향했어야만 했다. 일출과 일몰이 함께 연출된다는 왜목 마을의 파도에 너무 시간을 많이 뺏긴 탓도 있었지만 속이 먹을 것을 청하지 않았다. 파도는 왜 그렇게 기성을 부리던지, 제 성질을 다 부려대는 바람살은 바다 속을 발칵 뒤집어 놓고 있었다. 영조는 아이처럼 허연 뉘를 따라 내려갔다간 얼른 도망쳐 달려오곤 했다.

"우리 섬도 이렇게 자주 성깔을 부리곤 했다, 그지?"

"더 심했지. 사람도 자주 잡아가곤 했으니까."

"그래, 맞다."

원한과 두려움으로 단단하게 교직된 그 바다의 기억, 그것들과 화해를 하고 싶었던 걸까. 나는 영조가 바다 여행을 조를 때 별 갈등 없이 따라 나섰다. 성난 파도는 도무지 가라앉을 생각을 안했다. 결국 파도 앞을 물러 나와 차 안으로 들어 왔다.

"무슨 힘으로 저렇게 넓고 깊은 바다를 뒤집어 놓을까."

영조는 대답 같은 건 기대하지 않는 듯 혼잣말로 사납고 험한 파도를 험구하면서 시디를 뒤져 피셔 디스카우의 목소리를 풀어놓기 시작했다. '죽은 아이를 그리는 노래', 말러의 가곡이었다. 뜨고 지는 해를 공유한 왜목 마을의 바다, 그 언저리를 슬피 돌아나가는 디스카우의 목소리에 매달아 둔 내 맘을 나는 쉬이 거두어들이지 못했다.

"간다."

영조가 아무런 예고 없이 부르릉, 시동을 걸었다. 갑작스런 엔진 소리에 디스카우의 목소리가 심하게 흔들리는가 싶었다. 잊었던 말을 주워 담듯이 간다, 라는 말로 시동을 건 영조의 차는 스산한 바닷바람을 온몸으로 헤치며 꽃지 해변으로 달렸다.

꽃지 해변의 파도도 다를 게 없었다. 노을을 보려는 맘에 터무니없는 모랫바람은 빰까지 때려댔다. 꽃박람회 때에 만원을 이루었을, 영조가 주차한 자리는 그녀의 남편이 지시해준 낙조가 장관이라는 할미 바위와 할아비 바위 사이였다. 할아비 바위가 아슬아슬하게 세워둔 소나무 몇 그루를 향해 파도는 헛매질 하듯 으르렁거렸다. 그러다간 방향을 바꾸어 산더미 같은 몸체로 차창을 때려 부수려는 듯 맹렬하게 덤벼들었다.

"아무래도 날을 잘못 잡은 거 아냐?"

달려오는 파도에 움찔 겁을 집어먹던 영조가 말했다. 맹렬한 바다.

그런 바다를 참으로 오랜만에 바라보았다. 관망, 객관, 그런 말들을 마음자리에 마련해 두었지만 가슴 밑바닥 차곡차곡 쟁여져 있던 뭔가가 자꾸 뒤적질하는 것 같았다. 그것들을 건드리며 달려

드는 파도, 견디지 못해 눈을 부르르 감았다.

구름 사이로 빠져 나온 햇살이 수평선 틈새로 길게 드러눕기 시작했다. 은빛 띠로 깔린 그 바다에 눈을 빠뜨렸던 영조가 갈치 비늘 같다고 말했다. 영조 가슴이 숨겨둔, 빛을 바라보는 눈이었다. 개염 부리는 하늘의 구름, 세상의 모든 것을 집어삼키려는 듯 노한 파도, 그 앞을 어슬렁거리던 젊은 남녀들은 힐끗, 하늘을 살펴본 후 노을은 어림도 없다는 듯 모두 떠났다. 파도 앞에는 영조의 차뿐이었다. 얼마를 지났을까, 어리번쩍 하늘이 드러났다. 해 하나 누일만큼 몸을 비껴준 구름 때문이었다.

"세상에!"

마치 하늘에 고여 있는 우물 같았다. 그 하늘 주위로 회색구름들이 약속이나 한듯 붉은 띠를 두르고 있었다. 그 하늘에 넋을 놓고 있던 영조가 던진 말이었다. 세상에, 세상에.

그 옆으로 이글거리는 눈빛의 해가 쏙, 얼굴을 내밀었다. 가만 숨을 죽였다. 함부로 눈을 깜빡일 수도 없었다. 어쩌면, 정말 어쩌면 그 잠깐의 사이에 달아나 버리지나 않을까, 하는 불안 때문이었다.

— 눈이 부셔서 오래 바라보기가 힘들다. —

그 노을이 연출한 시간은 잠깐이었다. 노을을 거느린 태양은 은비늘 갈치와 함께 바다 속으로 숨고 말았다.

바다 속으로 숨고 말았다.

그 여운은 내 마음 한 쪽을 예리하게 할퀴며 지나갔다. 바다 속으로 숨어버린 태양과 노을, 그리고 영조의 은빛 갈치와 그 외 많은 것들.

까치놀까지 삼킨 바다는 어둠을 불러 모으기 시작했다. 그 어둠은 바다를 적시고 할미 바위와 할아비 바위의 안타까운 거리도 지워 버리고 말았다. 어둠의 지시였을까, 바다는 점점 노여움을 풀어내기 시작했다. 유순해지는 바다를 그렇게 바라보고 있었다.

"맨 처음 울었던 거 기억나니?"

하늘엔 별이 돋아나고 있었다. 몸을 낮추어 별을 찾던 영조가 마치 별을 향해 묻듯 입을 열었다. 내 대답을 기다릴 사이도 없이 영조가 다시 말했다.

"나는 도랑에 운동화 한 짝을 빠뜨렸을 때였어. 외갓집에 갔었거든. 어찌나 비가 많이 왔던지. 비 온 후, 그래 여름방학이었어. 그런데 말이야, 할머니가 그 자리에 나머지 한 짝마저 버리고 오라 하시는 거 있지. 도랑에 신발을 던지면서 내내 울었어. 돌아오면서, 저녁밥을 먹으면서, 잠자리에 누웠어도……. 할머니가 더 좋은 신발을 사주셨지만 그래도 울었어. 서럽게, 서럽게."

그래도 울었어. 그 말끝에 식 웃던 영조의 얼굴에 어쩜 별빛일지도 모르는 희미한 빛 한 줄기가 어른거렸다.

"넌 언제 울었어?"

고개를 돌려 그 빛줄기를 털어내던 영조가 물었다.

"공회당이었어."

나는 고개도 돌리지 않았다. 언제나 슬픔의 밑그림처럼 깔려있는 유년의 하늘이 떠올랐다. 그 하늘을 만났던 날 나는 울었다.

"너 기억 안 나니? 하얀 가운을 입은 바이올리니스트였어. 그가 몸을 구부려 포스터를 연주했지. 내가 생전 처음 만난 음악회였어. 밀가루 자루가 쌓여있던 무대와 가마니 자루로 깔아둔 객석이었지. 그날 내 몫의 가마니 자루는 칙칙하게 젖어버리고 말았어."

"아, 그래. 40여 년 전쯤 되었나, 그때 그 공회당에서 우리 공부했다. 맞다, 기억난다. 그렇게 슬픈 음악도 아니었는데……. '금발의 제니' 같은 거였지 않아?"

"음악을 듣다가 눈을 돌려 창을 바라보았어. 그때 흰 구름이 몰려오겠지. 그리곤 유유히 창을 떠났어. 흰 구름이 떠난 유리창 속에 파란 하늘만 남아 있었어. 그 하늘 때문이었나 봐. 막 울었어. 니 말 맞아. 그때 '금발의 제니'가 바이올린 선율로 함께 흐느끼더라."

"파란 하늘 때문에?"

"흰 구름이 떠난 파란 하늘 때문에."

"요즘도 그런 하늘이 슬퍼?"

"응."

영조의 말쯤이야 헤아릴 수 있었다. 이 나이에, 요즘도 그렇게 하늘이 슬픈 게니, 한심하게……. 하고 묻고 싶은 거라는 걸.

나는 암말 없이 어둠이 덮친 앞 바다를 바라보았다. 영조의 속맘을 짐작하지 못했더라면 나는 아마도 그 햇살의 슬픔을 털어냈을지도 몰랐다. 여름 날, 신작로 바닥에 쏟아지던 창백한 그 햇살의 기억이 후비고 들어오던 가슴 자락을, 그럴 때면 까닭도 잡히지 않는 슬픔에 눈시울을 적신다는 얘기를.

영조의 차가 또 아무 예고도 없이 꽂지의 모든 것을 두고 몸을 뒤척였다. 간간이 마주 달려오는 도로 위의 헤드라이트가 어둔 길바닥을 드러내놓곤 사라졌다.

영목항은 영조의 차가 멈춘 그곳에 있었다. 자그마한 야산을 등에 기댄 듯한, 그러나 영목 마을이 맘 놓고 기대고 있는 건 뜻밖에 저 혼자 불쑥 솟아오른 아스팔트길이었다. 바퀴에 짓눌린 흔적이 야트막한 둔덕을 만들어 놓은, 그 길로 뽀얀 먼지를 일으키며 달려오는, 그 마을엔 그런 신작로가 잘 어울릴 것 같았다. 그 마을이 제 앞에 아늑한 바다를 부려두고 있었다. 어둠 삼킨 섬들이 시커멓게 떠 있는 포구에는 하루 일을 끝낸 어선들이 몸을 풀고 있었다.

함부로 뉘를 불러들이지 않는, 그랬어도 몇 개쯤의 상처에 깊이 앓아본 적이 있을 듯한, 그래서 모호한 슬픔도 함께 품고 있을 것 같은, 영목항은 그런 바다였다.

"혼이 나갔니? 역시 바다가 좋긴 하나 보구나."

"에너지를 충전하는 곳이잖니."

"알지. 너 바다 냄새 못 맡으면 소증이 도진다는 거."

호도깝스레 내 어깨를 툭 친 영조는 길모퉁이의 횟집으로 걸어갔다. 오복 횟집, 그 밑엔 민박도 된다는 글이 붉게 씌어 있었다. 영조 뒤를 따라 유리문을 밀고 들어갔다.

주중인지라 손님은 별로 없었다. 마을 사람인 듯한 두 남자가 회 접시를 앞에 두고 술잔을 주고받는 중이었다. 술기로 불콰해진 남자가 술 한 병을 더 주문하기 위해 고함을 쳤다. 다분히 휘청거리는 목소리였다. 그 소리가 맘에 걸렸는지 영조는 구석진 자리를 찾아 앉았다. 영조 남편이 적어준 일정표대로라면 저녁은 갱개미 회였다.

"가오리 새끼야, 그것 먹을래?"

일정표를 읽어 나가던 영조가 픽, 웃음을 터뜨렸다.

"정말 이 남자 웃긴다. 별 걸 다 챙긴다. 우리가 어린앤가 뭐."

갱개미 회를 맛있게 먹고 영목 마을의 저녁바다를 둘러보고 맥주 캔 몇 개를 사들고 들어가라는 '추신' 란에 붉은 별표까지 그려놓았다. 영조 남편의 별표 때문에 갱개미 회를 맛있게 먹은 후 밤바다를 본 후 맥주 캔을 사기 위해 밖으로 나왔다. 가로등도 없는 해안 길의 어둠이 자꾸 발목을 잡았다. 그 어둔 길을 손님도 없는 횟집 불빛이 드문드문 전조등처럼 비추어 내었다. 느릿느릿 길을 지나 바닷물에 털썩 주저앉은 불빛은 시커먼 물 위에서 한없이 어른거렸다. 손을 내저으면 잡힐 것 같은 섬들이 띄엄띄엄 바다 위를 떠 있었다. 캔 맥주를 사기 위해 가게를 찾아 들어갔다. 낚시점이라는 글자가 더 굵고 또렷하게 씌어있는 가게였다.

영조가 거스름돈을 다 챙겨 나왔더라면 주인 여자를 다시 보는 일은 없었을 것이었다. 저만치 돌아 나오는 영조와 나를 불러 세운 건 유리문 밖에 얼굴을 내민 여자의 목소리였다. 약간의 경상도 억양을 숨겨둔 듯한, 남녘 사람이 아니면 눈치 채지 못할 목소리였다.

"저, 잔돈 받아 가세요."

걸음을 멈춘 내가 먼저 가게 앞으로 걸어갔다. 가겟집 여자는 내 손 안에 동전 몇 개를 집어넣었다. 동전을 집어넣는 여자의 손, 그 손은 그 섬과 어울리지 않게 고왔다. 알맞게 길었고, 알맞게 살이 오른 희고 가느다란 손가락을 거느린 손이었다. 나는 그 손 때문에 고개를 들어 올렸다. 얼굴을 반으로 가른 코 선이 고집스러워 뵐 정도로 분명하고 날카로웠다. 그 코와 잠잠한 눈매는 무리 없이 잘 어울렸다. 그렇지만 그 여자의 얼굴과 어울리지 않는 건 손이었다. 나이만을 살짝 비껴간 손이었다. 그 손이 건네준 동전을 쥐고 돌아서는 나를 다시 불러 세운 것도 가겟집 여자였다.

"저 혹시……. 아니예요, 아무래도 사람을 잘못 본 것 같군요."

물끄럼말끄럼 하던 그녀의 눈빛이 점점 응고되는 것 같았다. 그 눈빛을 거두고 가겟집 여자는 등을 돌렸다. 그 유심한 눈빛에 감염된 듯, 나 역시 까닭 모를 의심이 곤두서기 시작했다. 불빛을 걸머진 그녀의 등을 훔쳐보았다. 크지 않은 키였다. 허리가 생략된,

마치 드럼통 같은 그녀의 몸집, 어디서 봤던가. 그렇게 시작된 내 의아심 앞에 가겟집 여자는 황급히 문을 닫아 부쳤다. 소리 내어 닫힌 문 앞에 멍히 서 있었다. 왜 그러지? 그 의아심을 도와줄 기억이 떠오르지 않았다. 잠시 멍했던 정신을 수습하여 영조의 손에 거스름돈으로 돌려받은 동전을 건네주었다.

"왜 그래?"

거칠게 문을 닫아 부치는 여자의 문소리가 맘에 걸렸는지 영조는 조심스럽게 물었다.

"몰라, 정말 나도 모르겠어."

정말 모르는 일이었다. 너무나 순식간의 일이었고 그 황당함은 가게 안으로 꼭꼭 숨고 말았다. 왜 그럴까, 고개를 갸웃했다.

"맥주 안주로 땅콩이 낫지 않을까?"

"크래커도 괜찮아."

소금기 묻어나는 짭짤한 크래커였다. 남편과 함께 했던 그 작은 섬 분교였다. 학교 앞 너른 밭의 딸기가 붉게 익어가던 봄날, 할아버지가 섬으로 찾아 왔다. 할아버지는 두 상자나 되는 크래커를 양쪽 손에 쥐고 왔다.

"딸기가 잘 큰다 카더만은 증말이구나. 너거 할매 맹크로 니 손도 거는 갑다. 너그 할매 손끝을 청승스럽게 빼닮았구만."

딸기밭을 휘 둘러본 할아버지는 딸기잼에 찍어 먹으라며 크래커 상자를 마루에 부려 놓았다.

"그 많은 크래커를 딸기잼으로 먹어 치웠단 말이지?"

"그래 이 크래커만 보면 웃음이 나온다. 딸기는 날 새기가 무섭게 붉어지지 먹어 내지를 못했어. 나누어 먹을 데도 없었어. 열 몇 가호가 되는 그 섬엔 다 자급자족이었으니까. 맨날맨날 석유풍로에 잼만 만들어댔어."

"어 징그럽다. 그렇게 날 새면 만들어 내는 잼도 그렇지만 먹어 내는 것도……. 아유 징그러워라."

"그래 지금 생각해도 징그럽다."

할아버지는 할머니를 닮아서 그렇다고 했다. 할머니 손길은 걸어서 남새밭 푸성귀를 언제나 미친 듯이 자라게 했다. 그 딸기밭에 서서 할아버지는 세상 먼저 버린 할머니를 불러들였다. 구정물 한 바가지도 아까워 신작로 건너 남새밭에 쏟아 붓던 할머니. 그 할머니의 눈물은 언제나 손수건 안에 숨어 있었다. 마을 잔치가 있는 날이면 당신 입에 대지 않는 마른 음식은 그 손수건으로 싸 왔다. 치마 밑, 할머니의 속옷에서 나온 절편 한 조각은 그 손수건에 흡반처럼 붙어 있었다. 손수건을 뜯어내면 할머니의 눈물이 그 절편에 어지럽게 그려져 있곤 했다. 언제나 내 눈물이기도 했던 쌉싸래한 무늬가 그려진 절편 한 조각이었다.

할아버지가 그 섬으로 찾아온 건 세상에 혼자 남겨진 나와의 작별의식이었다. 정서방, 요즘도 니 에비를 걸고넘어지나? 절대로 니 에비 빨갱이 아이다. 정서방은 어데서 빗들어 갖구선…….

등이 더 많이 굽은 할아버지의 걱정은 곤히 자는 얼굴에도 스며 있었다. 쇠잔한 그 얼굴로 창을 뚫고 온 달빛이 내려앉았다. 그 달빛은 할아버지의 주름 골에 흘러들어 함부로 놀았다. 할아버지는 정말 당신의 남은 세상을 미리 알고 있었던 듯, 통통거리는 도선에서 얼른 올라가라며 그 거친 손을 휘저었다. 나는 그 배가 사라질 때까지 선착장을 떠나지 못했다. 아물거리며 사라지던 한 점, 그게 할아버지의 마지막 모습이었다.

영조는 바다가 보이는 방을 주문했다. 길게 트인 유리창이 영목항을 오롯하게 다 담아냈다. 샤워를 하고 나온 영조는 맥주 캔을 들어 올렸다. 왜목 마을의 일출을 위하여, 꽂지 해변의 노을을 위해, 영목항의 고적함을 위해……. 영조는 제목을 외칠 때마다 내 캔에 소리 내어 부딪쳐 왔다.

영조의 긴 발톱이 눈에 뜨인 건 맥주 캔에서 떨어져 나온 거품 때문이었다. 액체로 사그라지는 거품을 휴지로 닦아내던 영조가 발톱눈까지 다 들어난 발톱을 슬며시 이불 밑에 감추었다.

"발톱 깎아 달라는 말을 깜빡 잊고 만 거 있지."

영조는 그 나이가 되도록 제 발톱을 자르지 못했다. 영조 아버지는 딸을 출가시키면서 사위에게 발톱 자르는 일을 넘겨주었다. 영조의 발톱 자르기는 남편의 몫이 되고 말았다.

"나, 사실은 발톱 잘라본 적이 있어. 여경이 아빠가 잠시 그 여자와 함께 살 때 말이다. 그런데 웃기는 건 그이가 말이다, 그 동안 내가 어떻게 발톱을 잘랐는지 전혀 묻지를 않았다는 거야. 그게 너무 괘씸하더라."

슬슬 술기가 영조 얼굴을 덮치는가 싶었다. 영조는 비밀을 얘기하듯이 입에 손을 모아 나직이 말했다.

"별 걸 다 시비 건다. 여경이 아빠가 너처럼 한가한 사람이니?"

영조의 시비를 막기 위해 미리 배수진을 치기 시작했다. 맥주 캔 두 개를 연거푸 비운 영조의 볼이 홍시처럼 빨개졌다.

"나 이래서 술을 못 마신다니까."

손거울을 꺼내어 제 얼굴을 비추어보며 혀 꼬부라진 소리로 말하던 영조가 갑자기 얼굴을 찡그리기 시작했다. 울기 위한 준비였다.

"겁난다. 나 감당 못한다."

"뭘 감당 못해, 그냥 가만 두면 되잖아."

두 손으로 캔을 모아 쥐고 꿀꺽꿀꺽 맥주를 마시던 영조가 그예 울음을 터뜨리고 말았다. 영조의 그런 모습을 물끄러미 바라보았다. 아들을 낳지 못해 종가로부터 많은 압력을 받았던 영조였다. 영조 남편은 4대 독자였고 집안의 장손이었다. 딸만 둘을 낳은 영조는 자궁을 들어내는 수술을 받고 말았다. 아이를 생산할 수 없다는 것은 종가를 상대하기엔 너무나 불리한 조건이었다. 결국 남의 배를 빌려야만 했다. 씨받이였다. 그 아이는 지금 캐나다 유학 중이다.

그때 휴대폰이 울렸다. 인유였다.

"괜찮아?"

"괜찮지 않으면?"

"맘이 안 놓여서."

영조는 전화 소리에 잠시 울음을 멈추었다. 젖은 눈으로 인유니? 하고 물었다. 나는 빙그레 웃음으로 답했다. 그러지 말고 같이 살지, 왜 그렇게 쳐다만 보고 있는 거냐, 좋아했던 사람 나이 들면서 만나 사는 거 많이 봤다. 늙으면 의지할 사람 필요해. 나이 들었으면 어때, 시원하고 완벽한 싱글들인데. 암튼 그 호두 속 같은 두 사람 맘은 아무래도 이해가 안 돼. 영조는 술기로 사고조절 나사를 잃어버린 듯 함부로 헤살 놓았다. 나는 송화기를 두 손으로 움켜쥐고 흘러들어 가는 영조의 말을 막아내려 애썼다.

"영조 지금 운다."

"영조 술 먹었구나. 그런데 어디야?"

"영목항이야."

"영목항이면 태안반도쯤? 그래 잘 했다."

인유의 전화가 떠났고, 영조는 인유의 전화를 잊어버린 듯 다시 서럽게서럽게 한참이나 울어댔다. 그랬던 영조도 잠시 조용해졌다.

가겟집 그 여자를 기억해낸 건 두 사람이 휘저어 놓은 기억의 장애 때문이었다. 너무 오래되어 남루해진 기억이었다. 그 허름한 기억 속에 발톱을 깎지 못하는 여자 하나를 찾아낼 수 있었던 것도 인유 때문이었을까.

순지였다.

30여 년 전 순지의 얼굴을 더듬어 만든 기억 속에 가겟집 여자를 세워보았다. 마치 셀로판지 위에 도장을 겹쳐보던 은행원처럼 조심스럽게 맞추어내면서.

가로로 그어진 잠자는 듯한 눈과, 얼굴을 분명하게 반으로 잘라 세운 날카로운 콧날, 그리고 발톱을 자르지 못하던 여자, 틀림없는 순지였다.

너 순지와 그렇게 친했으면서 몰랐었느냐고 보험가방을 풀어내던 명자가 말했다. 새로 나온 노후 상품이 있는데 너한테 딱 맞는 것이다. 보험회사에 다니는 명자는 새로운 보험 상품이 나올 때마다 '혼자 사는 너에게 딱 안성맞춤이다'라는 말로 찾아오곤 했다. 순지 소식은 듣니, 하고 묻는 내 말에 이때다 싶은 듯, 저녁을 먹고 차를 다 마실 때까지 순지 얘기를 끝맺지 못했다. 넌 그렇게 친했으면서 몰랐었니, 정말 등잔 밑이 어둡기는 하구나. 명자는 건성으로 혀를 차는 시늉까지 해댔다. 그 키 큰 할머니 있잖아, 그 할머니는 첩며느리를 데리고 산 거야. 순지 엄마가 첩이었던 셈이지. 그에 기가 막힌 것은 그 할머니도 첩이었다는 거야. 그에 더 기가 막힌 것은 순지가 나이가 스무 살이나 더 많은 영감의 첩으로 앉았다는 거야. 뭐, 내림바탕인 게지. 물론 돈은 많았겠지. 걔가 어떤 애니? 물론 첨부터 첩으로 앉은 셈은 아니었지. 걔가 얼토당토않게 아주 괜찮은 집 남자를 물었단다. 그런데 괜찮은 남자 집에서 순지를 들이겠니? 천만의 말씀이었다 이거지. 그 후 몇 번인가 남자 실패를 본 모양이야. 지금 어디 대천인가 산다고 하더라. 물론 그 영감과 함께겠지. 그 많은 돈 아들들이 다 말아 먹었다는 말은 사실인지 모르겄다만 가스나 얼매나 성질이 더럽었노.

명자는 그날 노후 대책으로 내게 딱 맞는 보험 계약을 받아갔다. 명자에게 받은 증권만도 벌써 네다섯 개가 되는 셈이었다.

명자의 말을 기억해내지 않아도 순지는 틀림없었다. 순지는 제 발톱을 깎지 못했다. 나이든 할머니가 잘라주는 발톱이 맘에 안 든다며 발톱깎이를 돼지 여물통에 던져버리곤 했다. 그 순지가 여름방학 때 섬을 찾아오던 인유와 부딪쳤다. 순지는 그 인유를 열심히 쫓아다녔다. 그게 인유와 순지를 한꺼번에 잃을 뻔한 사건이었다. 내 유년에 처음으로 인유가 준 상처였고 주저앉은 상흔은 꽤 오랫동안 가슴 밑바닥에 머물러 있었다. 그러나 내 깊은 상처를 그들은 눈치 채지 못했다. 어쩌면 그들은 모른 채 흘려보냈을지 몰랐다.

영조는 자꾸 보스댔다. 낯선 곳에서의 하룻밤이 편하지 않는 모양이었다. 영조가 차낸 이불을 덮어 주었다. 기척이 없었다. 잠이 든 모양이었다. 가만히 일어나 시계를 보았다. 네 시였다.

꿈속이었던가, 포효하는 왜목 마을의 파도와 꽃지의 노을, 잠시 서울을 버리고 감행한 이 떠남, 그리고 황급히 등을 돌리던 가겟집 여자. 모든 게 꿈처럼 오버랩 되었다. 정말 꿈인가, 창가로 걸어갔다. 부유스름한 여명 속에 포구는 몇 척의 배를 안고 있었다. 아련한 슬픔이 내 감성을 포위하기 시작했다. 밤안개가 자욱한 어느 달밤, 그 밤에도 이런 기분으로 울었던 적이 있었다. 아카시아 나무에 걸린 달, 개울 건너 둑에 흰머리를 풀어헤친 듯 바람에 날리던 억새풀, 전생의 편린인 양 나는 그것들에 습관적인 슬픔을 앓곤 했다.

태안반도 꼬리에 달린 영목항, 그 이름이 안고 있는 느낌은 결국 편안함이었다. 길들여지지 않음에, 익숙하지 않음에 나는 늘 민감하게 대처하려 했다. 새롭고 낯선 것은 두렵고 힘이 들었다. 아주 어렸을 적, 새 운동화를 샀을 때처럼……. 그런 날이면 밤새 신발에 흙을 묻혀 털어내고, 또 묻혔다간 털어내었다. 그런 후면 맘 편히 그 신발을 신을 수 있었다.

영목항은 어렸을 적 흙을 묻혀 털어낸 그 운동화 같았다. 그냥, 배 몇 척이 묶여있고 그 위를 그림처럼 표표히 갈매기가 날아가고 구름 물고 있는 하늘이 가끔 바람을 불러들이는 그런 포구, 내 기억의 틀에 끼어 맞추면 한 치의 오차도 없이 꽉 들어맞을 것 같은 낯익은 마을이었다. 이곳을 다녀갔거나, 어쩌면 이미 이 포구를 알고 있었던 건 아니었을까.

밖엔 바람도 없이 조용했다. 해안을 끼고 앉은 길을 걸었다. 썰물 진 바다였다. 갯벌을 부끄럼도 없이 드러낸 바닷물은 너무 멀리 밀려나 있었다. 낚시라고 씌어 진 가게 앞에 섰다. 마치 여기까지 걸어온 내 모든 이유를 그 속에서 찾아내려는 듯이.

불도 없는 유리 안, 자잘한 꽃무늬 커튼이 바깥세상을 차단하려는 듯이 길게 내려져 있었다. 나는 하염없이 서서 그 창을 바라보았다. 순지는 지금 자고 있을까. 어쩜 순지는 나 자신을 알아보았던 건 아니었을까.

한참을 그렇게 서 있었다. 얼마를 지났을까, 커튼 자락에 불빛이 매달렸다. 환해진 가게 안에 그림자가 일렁였다. 나는 내내 그래왔던 것처럼 바삐 걸음을 옮기기 시작했다.

문을 열고 나온 사람은 남자였다. 밖을 나온 남자는 어느새 내 걸음을 앞질러 저벅저벅 걸어갔다. 허벅지까지 오른 장화 차림의 남자는 바다가 시작되는 갯벌에 발을 담그기 시작했다. 바닷살이가 몸에 밴 듯한 그는 할아버지처럼 등이 굽어 있었다. 흰 머리카락으로 나이 들어 뵈는 남자, 명자가 말했던 돈 많은 영감쟁이일까. 그 남자의 등은 할아버지의 환영까지 싣고 길게 열린 갯벌 길을 걸어들어 갔다.

할아버지는 마지막 그 며칠을 섬에서 보내기 위한 속셈이었던 모양이었다. 그때 할아버지의 등은 한없이 굽어 있었고, 눈꺼풀에 밀린 눈동자는 힘을 놓친 후였다.

'그래 니 애비는 그렇게 죽었다. 불쌍한 내 새끼. 나는 니 아부지에게 흙이불도 덮어주지 못했다. 그 시퍼런 물속에 굴비처럼 꽁꽁 묶여 빨갱이라는 죄목을 달고 그렇게 투신 당했다. 절대 너그 아부지는 빨갱이가 아니었다. 모함이었제. 정서방이 자꾸 그걸 물고 늘어진다카몬 큰 오해다. 니 아부지 그렇게 묻고 이때꺼정 그 바다랑 한 번도 고운 맘 주고받지 못했다. 행여 니 아부지 신발 없어 저승길이 힘들까봐 실한 가죽구두 사서 던져 주었다. 신발 없어 저승 못 가지는 안 했을 끼다. 바다는 너그 아부지 무덤이다.'

아버지의 무덤인 할아버지의 그 바다와 화해를 하기 위한 시간은 많이 필요했다. 그 먼 길 힘들 것 같아 신발을 던져 준, 누가 손짓해 올 것 같아 두리번거린다는 할아버지의 바다.

'나는 지금이사 인유랑 혼인 반대한 거 후회한다. 한동네서 훤히 알고 있는 니 아부지일 때문에 니가 맘 고생할 거 견딜 수가 없었다카이. 정서방 저렇게 나올 줄 알았으몬 차라리 아는 데로 보내 속아 볼 걸……. 그게 평생 한으로 남고 말았다.'

할아버지의 그 바다를 향해 남자는 부지런히 걸어가고 있었다. 내 시선에 등이 가려웠던 것일까, 갯벌의 남자가 힐끗 뒤를 돌아보았다. 나는 멀리에 서서 그 남자의 시선을 맞받아 내었다. 아무런 불안도, 두려움도 일지 않았다.

하늘은 푸름푸름해졌다. 그 하늘로 갈매기 한 마리가 날아들었다. 띄엄띄엄 떠 있는 갯벌의 바위서리도 점점 제 모습을 드러내기 시작했다. 남자는 어느새 바위너설 사이로 숨고 말았다.

천천히 가던 길을 되돌아 나왔다. 가게는 아직 잠을 자는 중이었다. 침묵으로 행하는 시위처럼 잔무늬 커튼만 창 전부를 가리고 있었다. 잠깐 그 앞에서 걸음을 멈추었다. 예쁘게 가꾸기 위해 순지는 지금도 제 손을 아껴 쓸까. 그녀가 애착하는 손을 나이든 그 남자도 이해해줄까. 그랬으면 좋겠다는 생각을 했다. 순지의 소유 중, 손은 어느것보다 소중할 터이니까.

가게를 두고 바다가 아침을 여는 해안 길을 되돌아 나왔다. 방문을 열어도 잠에 빠진 영조는 기척이 없었다. 천수만의 철새도 봐야하고, 천여 명의 가톨릭 신자를 생매장했다는 해미성지도 가야하는데 영조가 푹 잠을 잘 수 있도록 나는 이불 속으로 가만히 발을 밀어 넣었다.

황해여인숙

머리맡을 더듬어 물그릇을 잡아당긴다. 끌려오던 그릇이 출렁 물을 흘리고 만다. 비닐 장판 바닥에 흥건하게 흩어진 물이 손끝으로 젖어 온다. 걸레 더듬던 손을 놓곤 목을 축인 해주 댁은 물그릇을 윗목 제 자리에 밀쳐놓는다.

몸을 돌아 뉘어 손을 더듬어 본다. 잡혀 든 이녁 베개, 그대로 빈 채다. 그 밑으로 납작 달아 붙은 이불은 마치 이녁이 벗어둔 허물 같다. 베개도 이불도 늘 가만 제자리인 이녁의 잠자리.

봄이면 차렵이불로, 겨울이면 유난스레 추위 타는 이녁을 위해 솜이불로 철마다 갈아 뉘었다. 땀이 많은 이녁의 베갯잇은 자주 벗기고 온돌이 식지 않았나, 아랫목의 빈 이불 밑에 손을 넣어보곤 한다. 이제 이녁은 없다, 그런 맘으로 잠자리에 들어본 적은 없다. 자리끼 한 사발 머리맡에 두고 이내 코를 골기 시작하던 이녁의 잠버릇까지, 해주 댁 세월 속에 온전하게 살아있다.

아, 꿈이었다. 잠깐 팽개쳐두었던 그 꿈자리를 다시 끌어당긴다. 도대체 어디에서 온 것일까? 두벌잠 끝에 다녀왔던 꿈의 길을 되짚어 본다. 참 오랜만에 만난 이녁 꿈이었다.

또 뿌연 안개 속이었다. 뭐가 마땅찮아 그 희끄무레한 장막을 거느리고 오는가, 이녁은 한 번도 제 모습을 훨쩍 보여 줄 염도 없었다. 그러나 돌아보지 않았어도 이녁 기척이란 건 단박에 알았다. 이녁 아니면 누가 그렇게 해주 댁 등둑부터 찾겠는가. 그런데 참도 이상했다. 애달픈 대면도 없었건만 왜 이녁이 그렇게 선명한지. 서른을 눈앞에 둔, 허위단심 황해 바다를 노 젓던 건장한 허우대였다.

기다림에 지쳐 늙기만 했는데 이녁은 어느 세상을 살아가고 있기에 청춘인가, 해주 댁은 괜히 발끈거렸다. 그런 그녀의 몸을 이녁이 제 품으로 끌어당겼다. 아무 말꼭지도 떼지 않았다. 왜 돌아오지 못했는가, 자초지종 사연도 밝히지 않았다. 해주 댁을 안은 채 한참을 가만 있기만 했다. 혹여 이녁 사라질까, 해주 댁은 침 삼키는 것도 염려스러웠다. 묵삭은 그리움, 그 마음 앞에서 쟁여두었던 앙탈은 볕을 품은 눈처럼 녹아버렸다. 그냥 눈에서 주르르 눈물만 흘러내렸을 뿐.

난데없이 닭이 요란하게 울기 시작한다. 그 소리 때문에 이녁은 구름결에 사라지고 눈에는 꿈이 두고 간 눈물만 흘러내리는 중이다. 손등 위에 거늑한 눈물을 만지며 꿈이긴 했던 겔까, 정말로 다녀간 건 아닐까, 어둠을 살핀다. 꿈이었어도 그만이었다. 늘 허수한 바람소리만 서성이던 해주 댁 가슴은 반가움과 아쉬움의 여운으로 오랜만에 생기를 찾는다. 이녁 체온이 몸 어딘가에 남아있는 것 같아, 아니 그 흔적이 바람처럼 달아날까봐, 뒤채는 짓조차 조심한다. 번거한 차림 없이도 쉬 다녀갈 수 있는 길이련만 그 꿈길조차 인색한 이녁의 발걸음.

그렇게라도 만나고 난 날이면 숨 쉬는 것도 수월하고 밥 한 술갈도 먹는 듯이 넘어갔다. 그리고 사소한 거동에도 힘이 덜 들었다.

방문 밖엔 벌써 어슴새벽이 기웃거린다. 낡고 삭은 문살 속 창호지 구멍으로 하릴없는 바람만 들까부르며 바쁘다. 햇살 좋은 어느 하루 잡아 창호지에 풀을 먹여야겠다고, 다짐처럼 혼잣말을 한다.

바람이 선들거리고 가을볕이 무르익으면 이녁은 문살에 새 옷 입히는 것을 즐겼다. 마치 그 일 때문에 지루한 여름 빨리 지나기를 소원한 것처럼 .

방문을 죄다 뜯어내어 우선 수수 빗자루로 먼지를 털어내었다. 얼추 먼짓발이 잦아지면 젖은 걸레로 살피살피 닦아내어 볕 좋은 곳에 줄을 세웠다. 석쇠무늬 문살마다 묽은 밀풀을 뿌리고는 뽀얀 창호지를 붙여 나가던 이녁. 그리고는 어긋나지는 않았나, 고개를 갸웃거리며 살펴본 후 창호지 맨 얼굴에다 사정없이 풀물을 흩뿌렸다. 그 일을 끝낸 후 깨끗이 씻어 말려 둔 유리 한 조각으로 창구멍을 만들고 그 아래엔 금방 따온 댓잎 몇 장으로 멋을 부렸다. 다음 가을까지 바깥 기척의 궁금함은 그 창구멍이 해결해 줄 것이었다. 포르르 마당을 내려앉는 참새들의 날갯짓에도 이녁은 댓잎쯤에 코를 걸치고는 바깥사정을 먼저 살피곤 했다.

저 작은 구멍에 뭐가 보일 거라고……. 해주 댁은 이녁 없는 틈을 타 창구멍에 눈을 갖다 붙였다. 정말이지 그 조막만한 유리 속에 온 세상이 다 잡혀 들지 않는가. 삐딱하게 열린 대문 사이로 건너 경수네 마루는 물론, 길바닥에 오줌 싸는 경수 녀석 고추까지 드러났다. 그것뿐인가, 구렁 논배미 너머 시퍼런 바다와 그 위로 갈매기 몇 마리를 거느린 하늘도 훤히 담겼다. 이녁의 작은 유리 속에 그렇도록 큰 세상이 숨어 있는 줄 몰랐다.

그렇게 하루를 바쳐 단장을 한 이녁의 문들, 그것들 위로 가을볕이 지나가면 창호지는 탱글탱글 살아나기 시작했다. 볕바라기를 끝낸 창호지는 두드리면 금방이라도 옥구슬 소리를 낼 것 같았다. 이녁의 가을은 창호지 문으로 돌아왔다가 다시 다른 계절로 건너가곤 했다.

그렇게 호강을 누리던 문이었다. 이제는 아무도 보살펴줄 이 없으니 문살은 낡삭고 말았다. 여든 줄에 들어선 해주 댁 몰골과 별로 다를 바 없다. 문살도, 해주 댁도 세월만 하릴없이 받아먹어 이

제 석죽기만 했을 뿐이다.

벽을 더듬어 스위치를 올리고 비로소 엎질러진 물자리를 살펴본다. 바닥은 엔간찮게 젖어있었고 이불 끝자락은 꼽꼽하다. 걸레질을 한 후 등을 벽에 붙인다. 눈 너머에 걸려있는 액자, 누렇게 바랜 사진 속에는 잘 차려입은 이녁이 있다. 삽삽하면서도 과묵하고, 앞에 앉은 사람의 말에 귀를 잘 내주는 사람, 그런 이녁이 서른을 눈앞에 둔 여자의 어깨에 손을 얹고 섰다. 여자는 뭐 땜에 저렇게 주눅이 들었을까. 이녁 앞에선 언제나 그랬다. 잘못을 저지른 야단받이처럼 늘 서슴거리기만 했던 사진 속 여자.

식도 올리지 못했으니 사진으로나 격식을 차리자며 이녁이 먼저 청했다. 그때가 언제쯤이었던가, 해주 댁은 주먹셈으로 헤아려본다. 여기 섬에 안착한 지 칠팔 년을 넘겼나, 얼추 살림붙이도 알맞춤하게 자리를 찾았고 늘 북쪽에만 서성이던 이녁의 눈빛이 다문다문해지던 무렵이었다.

서너 달 만에 섬을 찾는 사진사 양반의 일정에 맞추었다. 오월을 지나던 때인가 보다, 구름옷 같은 치마저고리와 양복을 보면.

해주 땅이었으면 가당찮은 혼인이었을 게다. 부잣집 고명딸과 허드레 날일로 품을 파는 맨꽁무니 신분으로는 어림없는 수작이라 난리법석이었을 게다. 그런 일 또한 시대가 휘둘러대는 힘부림이기도 했다. 세상 돌아가는 대로, 함부로 맞칼을 잡지 않고 물 흐르듯, 그게 나약한 사람들이 살아내는 어쩔 수 없는 방법이기도 하다. 그랬어도 해주 댁은 이녁과의 살림바라지에서 차츰 살속을 알아나갔다.

그렇게 사진을 걸어 부부임을 섬에 고하고 이녁은 마을 사람들과 섞사귀며 돌아갈 수 없다는 걸 점점 마음으로 받아들였다.

북쪽 대처에서 배를 타고 들어온 난밖 사람에게 처음엔 선뜻 맘을 내놓지 않던 섬사람들이었다. 행색에서 드러나는 신분을 보더라도 이녁과 해주 댁은 남의 입살에 오르내리고도 남을 만했다. 그러나 이녁은 보태지도 덜어내지도 않고 사실대로 자신을 말했다. 정면 돌파였다. 그 진실은 동정을 받기도, 위로를 받기도 했다. 마음 붙이고 살면 그곳이 고향이라는 말로 섬사람들은 두 사람의 이웃이 되어갔다.

물론 이녁도 무던히 노력했다. 변변한 벗바리 하나 없는 타지에서 오직 그들과 같은 섬사람이 되기 위해 애를 썼다. 새벽걸음으로 이웃 일판에 끼어드는가 하면 까닭 없는 일에도 엎쳐뵈곤 했다. 제법의 세월이 문문한 이웃 만드는 데에 소용되었거늘.

그런데 자신이 애써 일군 이녁의 세상을 두고 왜 돌아오지 않는지.

사흘이 지나고 사흘 몇 개가 또 살걸음으로 달아났다. 몇 달을 넘겼지만 이녁의 배는 나타나지 않았다. 해질 무렵이면 해주 댁은 모랫바닥에 앉아 허허바다를 살폈다. 모두들 제 집으로 돌아오는데, 이녁 발동선만 감감무소식이었다. 별이 돋아나고, 달물결이 일렁거려도 바닥에 주저앉은 해주 댁은 몸을 일으킬 염도 안했다.

이웃들의 말질은 한결 같았다. 황해 땅으로 다시 돌아간 게 틀림이 없다고……. 예수남은 나이에 뭔 고향이냐며 말전주꾼들이 만들어내는 이녁의 이유를 견뎌내는 게 더 힘이 들었던 해주 댁이었다. 차라리 풍랑에 휘말리는 사고였다면 아프고 슬프고 그 마음만으로 버티어낼 수 있을지 몰랐다. 그러나 이녁의 배가 잠적할 무렵의 바다는 너무 얌전해서 핑계모조차 어설펐다. 이녁은 늘 황해 땅을 품고 살았고, 뜨내기 차림으로 속궁글은 삶을 살았다는 그 생각에 맞다들면 해주 댁은 앵한 맘을 가눌 수가 없었다. .

'내가 헛다리품으로 30여 년을 살았단 말인가.'

세상 모두가 이녁이 맘먹고 떠났다며 앞짧은 소리를 해대도 해주 댁은 이녁의 속탈을 믿고 싶었다.

그래, 방향을 잃었을 것이다. 이녁의 배는 남의 나라에 표류해 이 섬으로 돌아오기 위해 안간힘을 쓰는 중일 게다. 해주 댁은 그렇게 혼잣말을 중얼거리곤 했다.

이녁과 이룬 이 집에 방 몇 개를 들이고 여인숙이란 간판을 걸던 날이 엊그제 같은데 어느덧 60여 년 넘는 세월만 달아났다.

이녁은 제 성큼한 다리만큼 길쯤한 널빤지를 구해 와 섬질을 하고는 애깎이로 섭새기기 시작했다. 이녁 앉은 자리에다 널린 대팻밥, 끌밥 가득 널어놓더니 달망진 널빤지 속에는 점점 글자들이 몸을 뒤틀기 시작했다. 드디어 그가 허리를 펴고 일어섰다. 이녁

엉덩이에서는 나무 판이 토해낸 톱밥들이 주렁져 있었다.

널빤지 속에 나타난 글은 '황해여인숙'이었다.

"어때?"

멋 부리고 잘 다듬어진 글발은 아니지만 어느 글품쟁이의 것에다 비길 수가 없었다.

"맘에 들어, 황해라는 말?"

"옹진이라 새긴들 누가 뭐라 하나?"

"황해 땅에는 당신과 내가 다 함께 있잖아."

그래 황해 땅이었다. 꿈에도 잊지 못할 땅, 이 섬에 쉬이 맘을 준 이유도 고향 황해도 때문이었다. 어쩌면 황해를 쏙 빼닮았는지, 섬은 도도하게 높지 않아 타지 사람을 안심시켰다. 송마산을 닮은 야산 사이로 펼쳐진 구릉이며 온 골을 누렇게 물들이던 벼이삭을 섬 곳곳에 고향처럼 세워두고 있었다. 그래서 맘 놓고 주저앉은 섬이었다. 이렇게 이녁의 속멋은 남달랐다. 황해라는 글 속에 이녁과 해주 댁이 함께 있다는 것을, 본디 그 땅이 두 사람의 본바탕을 틀고 앉았다는 것을 그 간판 글로 대신 말해 주려 했으니.

그 간판을 대문 기둥에 걸던 날 이녁은 아랫집 정서방이며 이북 땅에서 피난온 이웃 몇을 불러 거나한 술판을 벌였다. 불콰한 얼굴로 대문 밖을 나가 간판을 애만지던 이녁, 비록 글속은 넉넉하지 않지만 간판 글은 어느 명필의 솜씨와 견줄 바 없이 훌륭했다. 이녁의 그런 모습이 엊그제의 일만 같은데.

교통이 제 몫을 하지 못하는 이 먼 섬에 찾아올 누가 있긴 하는가, 가끔은 묵을 데가 급한 뱃사람들 등 펼 자리라도 마련해주면 오죽 좋아. 이녁은 간판 앞에서 변명하듯 말했다. 흘러들어 오는 객중에 행여 황해 사람 하나쯤 있지 않을까, 그래서 안부라도 물고 오지 않을까, 하는 셈속도 미리 해두었는지 몰랐다.

이젠 자리에서 일어나는 일조차 노동처럼 힘들다. 아흔을 코앞에 두었건만 이녁을 기다리는 마음만 늙지도 않고 아직껏 예순 언저리에 머물고 있다.

물그릇을 챙겨 들고 방문 밖을 나서니 아침은 이미 댓돌 위 고무신 속에도 거늑하다. 하얀 고무신, 먼지 앉으면 닦고 그렇게 닦기만 했던 이녁의 신발이다. 해주 댁은 오늘도 그 신발 안에 발부터 넣어본다. 온기도 없는 신발은 해주 댁 작은 발을 헐렁하게 맞아들인다. 석시삭은 댓돌 위에다 이녁 신발을 벗어 가지런히 놓고 문설주를 잡는다. 몸을 겨우 세운 후 부엌으로 들어간다. 침침한 눈가에 잡힌 개수대 안에 그릇을 놓고 새시 대문을 밀어낸다.

"일찍도 일어 나섰네요."

경운기 시동을 걸던 경수 아비가 모터에 머리를 수그린 채 말만 던져 보낸다. 건너편 경수 아비는 이녁이 떠난 후부터 해주 댁을 보살펴 왔다. 아침저녁 기침 소리로 안부를 확인하고는 문단속이며 군불 지피는 것까지 잊지 않는다.

"새벽부터 밭에 나가려나?"

"콩밭에요, 어제 베 두었던 거 싣고 오려고요. 방은 따숩던가요? 새벽에 한 번 지피기는 했는데. 요즘은 일교차가 여간 심해야지."

"따뜻해서 이불꺼정 차버리고 잤다."

"그래요? 그래도 이불은 꼭 덮고 주무세요. 감기 드시면 어쩌려고……. 그리고 경수 어멈이 미역국 끓인대요. 아침은 집에 와서 드시고요. 다녀올 게요."

경수 아비가 요란한 경운기 소리를 남기고 조개골 농로를 향한다. 그 길 끝에는 긴 모래밭을 지닌 바다가 있다. 해주 댁은 경운기 소리가 헤쳐 나가는 길을 멍히 바라본다. 경수 아비가 말하는 콩밭은 이녁이 거두던 곳이다. 밭일을 하다간 땀이 지겨우면 풍덩 몸을 던지던 바다를 앞에 두고 있다.

경운기 가는 길에서 눈을 떼 낸다. 등을 돌려 간판 앞을 다가간다. 가만 그 간판을 쓸어 만져본다.

이 간판이 제법 일을 잘 해냈다. 기대와는 달리 적잖은 객들이 다녀갔다. 한철 고기잡이 어부며 가방 가득 책을 싸들고 온 고시생, 가출한 여학생, 그리고 바람 난 젊은 것들의 도피처가 되기도 했다. 저마다의 고달픈 사연을 끌어안고 들어와 시간을 앓아대는 그들에게 여인숙은 묵묵히 보듬어 주었다. 그들의 아픔에 함부로 간여하지 않았다. 마지막 도피처인 양 숨어 들어온 그 절박함을 허접스럽게 치부하지도 않았다. 남을 이해하고 위로해 주는 이녁의 방법은 그냥 지켜봐 주는 것이었다. 어떠한 경우에든 이녁은 그들 편이었다. 앓을 만큼 앓고, 사랑할 만큼 사랑하고, 하고팠던 일을 열심히 하고나면 그들은 제 스스로 떠났다. 누가 뭐라 하지 않아도 때가 되면 짐을 챙겨 언제 그랬냐는 듯 툭툭 털며 제자리로 돌아가곤 했다.

시간이란 어느 약국의 처방보다 효험 있을 때가 많다. 이녁은 상처를 가진 사람들에게 시간을 마련해 주었고 시간은 어긋난 이치들을 제자리로 돌려놓곤 했다. 얼마나 많은 사람들이 이 방을 다녀갔던가. 따지고 보면 세상에 몹쓸 짓이라 손가락질할 일들은 없다. 그 가슴에 들어가 보지 않은 사람들은 그 절박함을 이해하지 못하는 법이다.

방은, 이 여인숙 세 개의 방은 사람보다 훨씬 나은 구실을 한 셈이다.

그런데 딱 한 사람, 목에 가시처럼 걸려있는 이름이 있다. 해결하지 못한 채 제 의지로 걸어 나가지 못한 유일한 이름, 경조였다.

경조가 이곳을 찾아왔을 때는 겨울이 시작되려던 어스름 저녁이었다. 어떤 경로를 통해 섬에 들어왔는지 물어볼 수 없었다. 다른 객들처럼 문을 두드리거나, 주인을 찾는 격식도 앞세우지 않았다. 여인숙 간판 옆에 스물은 훌쩍 넘겼음직한 청년이 초췌한 얼굴로 떨며 서 있었다. 물론 가방 같은 것도 없었다. 여인숙을 찾을 목적으로 온 사람도 아니었다. 그저 여인숙이란 간판을 만났고 지친 몸 잠시 누이고 싶은 절박함만 빈손에 숨기고 있을 뿐이었다. 온몸에 냉기를 둘러쓴 그 아이가 황해여인숙 간판 옆에 우두커니 서 있었다.

객의 연유는 묻지 않아도 그 행색이 일일이 대답하고 설명해 준다. 이녁은 얼른 그 청년을 구석진 방으로 안내했다. 숨을 곳이 필요하다는 간절한 사연이 젊은이의 깊고 퀭한 눈빛에 숨어 있었다. 불안과 두려움이 엉겨 있는 눈이었다.

구석진 방은 뒷문과 가깝다. 다급할 적이면 우선은 그 문을 이용할 수 있다. 잠시 위기를 넘길 수도, 또 피할 수도 있는 비상구인 셈이다. 뒷문은 애솔을 내립떠보듯 키 큰 갈참나무들이 우거져 있다. 그 봉화산과 수월한 길을 터놓고 있는 셈이다. 야트막하면서 깊은 산은 곤란한 몸을 잠시 숨겨 줄 수도 있었다. 그 뒷방은 그런 사람들을 위해 유용할 참이었다.

경조는 그렇게 막다른 골목에 선 행색이었다. 주머니에 방값을 지닌 객이 아니라는 것도 알았다. 그가 세상에 손가락질을 받을 만한 흉악범일지라도 이녁은 일단 숨겨주었을 것이다. 이녁의 여인숙은 그런 사람들을 위한 도피처이기도 했으니까.

경조는 한동안 방구석에 처박혀 나오지 않았다. 그런 아이를 위해 이녁은 손수 밥상을 들고 들락거렸다. 낚시로 건진 생선이며 문어, 소라 등 바닷것을 부지런히 먹였다. 구석진 방에서 불러내어 이녁과 한밥상에 앉게 된 것은 달포를 넘기고부터였다. 경조의 얼굴에 낯꽃이 피어나고 허천들린듯 퍼 넣던 숟가락질 속도도 점점 늘어지는가 싶더니 몸은 중실해졌다.

서너 달을 보낼 무렵 빙그레, 경조가 처음으로 입가에 웃음을 달아냈다. 그냥 싱긋, 무의식 짓둥이였을 터였다. 그러나 이녁이 받아들이는 의미는 예사롭지 않았다. 어느 날부터는 경조가 제 웃음 꼬리에 소리도 매달아내는가 싶었다. 그 소리 끝에다 쟁여 있던 불안을 덜어내는 중이었다. 그건 이녁에게 경조가 보낸 믿음의 신호이기도 했다. 그러면서 당장 숙박료를 지불할 수 없다는 말도 당당하게 했다.

그럼 몸으로 때워야지, 이녁은 그런 경조에게 짓궂은 농담으로 답했다. 경조는 이녁의 진심을 쉬이 알아챘다.

경조는 의외로 두름성이 좋았다. 이녁이 경조를 지키는 시간은 이미 지나갔고 이녁은 경조의 보살핌을 받는 것으로 바뀌고 있었다. 훌렁한 이녁의 옷가지를 걸치고 밤낚시를 간다든가, 재바른 걸음으로 새참을 나르는 거며, 제 알아서 두렁서리까지 척척 잘해냈다. 경조와 함께 하면서 축복만 거늑한 이녁의 세월이 시작되는가 싶었다.

마을에는 남쪽에서 찾은 조카쯤으로 운을 떼 놓았다. 하루하루 일속을 익혔고 둘만이던 두레상에 수저 한 벌 더 놓는 것 또한 해주 댁의 대단한 설렘이었다. 둘 보담 셋은 눈셈만으로 충분히 배부른 숫자였다. 그 숟가락 세 개는 이녁과 해주 댁의 오늘이 어제

보담 더 의미 있고 내일을 기대하는 핑계처럼 길들어갔다.

어쩌면 이녁은 두고 온 제 씻줄에 대한 애틋한 정이었을지 몰랐다. 해주 댁 또한 몸에 실은 아이 둘을 세상 밖으로 내보내지 못한 상처를 안고 있던 터였다. 두 사람은 그렇게 다른 속맘으로 경조를 통한 대리만족을 취하고 있었다.

그런 행복도 영원할 수는 없었다.

어느 하룻머리, 건장한 두 남자가 조용히 여인숙 문을 들어섰다. 집안 구석구석 줄뒤짐하는 위압적인 거동에 주눅이 들고 말았다. 경조의 신분을 확인하는가 싶었다. 경조는 애줄없이 그들 수갑에 손을 내밀었다. 마치 무언극을 연출하는 배우만 같았다. 너무나 순간에 끝을 맺은 일이라 마지막 비상구인 뒷문을 쓸 여유조차 없었다. 이녁은 그걸 원통해 했다. 그 뒷문을 쓸 수 있었다면 잠시라도 그 아이를 애솔 빽빽한 봉화산이 숨겨줄 수 있었을 거라고…….

고개조차 들지 못한 채 경조는 그렇게 끌려갔다. 저만치 돌림길 앞에 서서 잠시 걸음을 멈추었다. 그리곤 몸을 돌려 지긋하게 이녁을 바라보았다. 가엾은 그 눈이 속눈물만 뒤떨구어 놓고는 우물가를 꺾어 사라졌다.

이녁도 막 순갈을 잡던 참이었다. 생선 미역국에 맛을 들인 경조를 위해 새벽부터 후릿그물로 잡아온 농어였다. 국그릇에는 그 아이의 숟가락만 빠져 있었다. 멍히 앉았던 이녁은 번쩍 정신을 찾아낸 듯 밥상을 박차고 쫓아나갔다. 제 고무신이 벗겨져 개골창으로 빠진 줄도 몰랐다. 아이의 배가 떠난 부둣가에 멍히 앉은 이녁의 손은 밥상에서 들고 간 숟가락만 부르쥐고 있을 뿐이었다.

이녁의 삶은 경조라는 돌대를 중심으로 돌아가는 모양새였다. 애저녁, 간판 앞에 주춤거리던 그 아이를 집에 들였을 때, 또 두 손이 묶인 채 섬을 떠났을 때, 이녁의 삶은 그렇게 두 편으로 가르면 깔축없는 계산이 될 것이다.

묵은 진티를 비로소 찾아낸 듯, 이녁은 섬에다 주먹벼락을 칠 기세였다. 웃동네 여수 댁 마당에서 곡괭이를 휘두르며 맞대들었다. 그렇게 가슴속에 맺힌 것들이 많은 줄 몰랐다. 이녁은 경조를 고해바친 여수 댁을 핑계로 세상 모두를 질타하려는 것 같았다. 아님 이 섬에서 쟁여두었던 상처를 죄다 쏟아내기 위해 트집바탈을 부리는지 몰랐다. 어찌 사람 좋은 이녁이라고 가슴에 맺힌 게 없을거나. 속으로 삼키고, 등뒤에다 감추고, 그랬던 모든 설움을 성마른 사람처럼 게워내었다.

여수 댁은 겁에 질려 옆집으로 숨고 말았다. 나중에 빌고 또 개개빌었지만 이녁은 절대 용서하지 않았다. 용서할 맘은 애시에 없었다. 경조는 이녁 목숨 줄에 빌밋한 이름이었으니까.

그런 후, 이녁은 늦은 담배를 시작하면서 속니를 갈았다. 얼마나 애가 탔으면 입에다 불을 지펴 연기까지 게워 낼까, 해주 댁은 이녁 옆에서 죄지은 사람마냥 안절부절 못했다. 이녁의 그런 모습은 사람이 아니라 짐승의 포효였고 괴물의 절규였다. 그리고 그 원한은 날이 갈수록 덩치가 불어났다.

이녁은 경조를 통해 두고 온 제 아들을 보고 있었다. 용걸을 대신해 맘껏 아비 노릇을 하고 싶었을 것이다. 그 아이를 통해 짐작밖에 못한 제 아들을 만들어 눈앞에 세워두고 있었다는 것을 어찌 모르랴.

그 아이를 몇 번 찾아갔지만 면회는 사절 당했다. 시국사범이라는 무거운 죄인이었다. 그 아이 얼굴 한 번이라도 보면 한이 풀릴 것 같다고 했다. 그 맘도 이해하고 또 이해했다. 경조는 이녁의 아들 용걸이었으니까.

한참 후에야 그 아이의 소식을 들었다. 경조가 집으로 돌아왔다는 전갈을 받았다. 의붓아버지 집이었다. 이녁은 부리나케 인천을 향했다. 죽음을 앞두고 경조가 찾은 사람은 이녁이었던 것이다. 사경을 헤매던 경조가 이녁 손을 잡고 말했다고 했다. 제 짧은 삶에서 섬 생활이 가장 행복했었고, 그곳에서 영원히 살고 싶었는데……, 라고.

이녁은 경조를 살리기 위해 용하다는 한의원을 다 찾아다녔다. 그러나 병원에서 단념한 경조의 숨을 돌아오게 할 의원은 어디에도 없었다. 경조의 마지막 세상 동안 이녁은 인천의 어느 여인숙에서 장기 투숙까지 했다. 결국 그 아이의 유골만 안고 돌아왔다. 앙버티는 이녁의 두 입술 사이로 신음 소리가 미어져 나오는 것 같았다. 충혈 된 두 눈 속엔 원이 이글이글 불꽃이 되어 타오르는 것 같았다.

경조는 밭 애두름의 늙은 호두나무 밑에 묻어주었다. 쉴참이면 풍덩 뛰어들어 물똥을 튀기며 땀을 식히던 조개골 바다를 앞에 둔 나무였다. 경조의 호두나무이기도 했다. 경조는 그 호두나무 그늘을 좋아했다. 오죽 했으면 이녁이 경조나무라고 이름 했을까.

“이 호두나무를 심은 건 주희 아씨가 처음 아이를 몸에 싣기 시작했을 때였어. 아이 한 놈 키우는데 들어갈 비용을 마련해 줄 나무였어. 이제 이 나무는 경조한테 줄게.”

이녁은 해주 댁을 말할 적이면 꼭 이름에다 아씨란 말을 붙여 썼다. 이렇게 늙은 아씨 봤어, 하고 해주 댁이 말타박을 해도 이녁의 말버릇은 변하지 않았다.

아름드리나무를 빙 둘러보던 경조의 입이 함박만큼 벌어졌다. 친구이듯, 아들이듯 맘을 바치던 경조였다. 해주 댁은 두 사람의 그런 모습이 참 보기 좋았다.

이녁은 잠시라도 경조가 제 눈을 벗어나면 그 나무 밑을 찾아갔다. 일더위에 익은 흙을 피해 경조는 그늘 바닥에 퍼질러 누워 있곤 했다. 두 팔을 베고 비스듬히 내려앉은 하늘에 하염없이 눈을 주거나, 지그시 감은 눈으로 뭔가에 골몰하는가 싶었다. 이녁은 옆옆이 경조의 그림자 구실을 했다. 경조와 똑같은 모양새로 눕거나 앉거나, 그렇게 따라 하곤 했다.

어느 날 이녁이 널찍한 평상을 만들었다. 맨땅보다 나을 거야. 이녁은 이것 또한 경조 거라 말했다. 경조 부자네. 해주 댁도 한 말 거들면 경조는 머리를 긁적이며 부끄러운 웃음으로 고마워했다. 아담한 몸을 평상에다 부려놓고 경조는 제 나무 그늘을 맘껏 누렸다. 이녁이 뭍으로 나가는 날에는 가끔 책이름을 적어주거나, 아니면 마른 커피 봉지도 주문했다. 커피 맛을 알게 된 것도 경조 때문이었다.

구석진 경조의 방에는 책 몇 권과 찌꺼기만 말라붙은 커피 잔, 이녁이 부지런히 사다 입힌 옷들이 벽에 걸려 있었다. 주인 없는 옷들은 허깨비입성처럼 허수룩했다. 이녁은 경조가 쓰던 모든 것은 손대지 않고 그대로 두었다. 경조를 묻고서도 돌아올 아이처럼 기다렸다. 경조는 호두나무 밑에서 영원한 잠을 청했고 그래서 돌아올 수 없음에도…….

이녁은 경조의 나무 밑에서 살다시피 했다. 가끔은 그 아래서 한뎃잠을 자기도 했다. 바닷일에서 돌아오거나 들일을 놓는 잠깐의 일참 때면 그 나무 밑을 찾았다. 평상에 올라 그 아이처럼 다리를 쭉 뻗어 비스듬한 하늘을 쳐다본다든가, 땅바닥에 쭈그리고 앉아 나뭇가지로 뭔가를 쓰던 경조를 흉내해곤 했다. 해주 댁은 경조가 땅바닥에 쭈그려 앉으면 힐끔힐끔 넘겨보았다. 뭘 쓰는 겔까, 썼다간 지우고 어떤 날엔 미처 지울 틈도 없이 이녁의 부름에 좇아가고 난 후면 해주 댁은 얼른 그 아이가 두고 간 비밀을 훔쳐보곤 했다. 흙속에 그려놓은 희미한 글자는 언제나 같았다. 이연우. 얼마나 그리운 이름이었으면 땅바닥에 새기고 또 새길까. 경조는 잠시 잊었던 그리움을 일깨우던 모양이었다.

이제 그 그늘 밑에서 글을 쓰는 사람은 이녁이었다. 눈에 밟혀 도저히 견딜 수 없다는 아이 경조일까, 먼발치기의 그를 바라보았다. 그러나 이녁의 글자는 훔쳐볼 수 없었다. 두려움이 막아섰기 때문이었다. 이녁 그리움의 정체 앞에서는 눈과 귀, 가슴까지 다 틀어막고 싶었다.

해주에 두고 온 그의 아내 복순일지도, 아니면 그녀 젖가슴을 옹골지게 빨던 용걸이일지도 모르는 이녁의 그리움.

복순이 젖가슴에서 용걸이를 떼 내어 둥개질하던 이녁의 뒷모습이 아련한 기억으로 떠올랐다. 이녁 가슴에 숨겨 두었을 행복이란 그림이었다. 이녁이 숨겨둔 모든 건 해주 댁 비밀한, 가슴 구석을 할퀴며 달아나는 상흔이었다.

이녁이 변하기 시작한 건 경조의 유골을 수습하여 손수 땅에 묻은 후부터였다. 사람이 저렇게 달라질 수 있을까 싶었다. 지금까지 살아온 이녁의 모습은 아니었다. 입고프지도 않는지 말 한마디 없이 종일을 보냈고, 앙버티는 그 속내평을 짐작할 엄두도 나지 않았다. 사람이 아니었다. 허깨비였다. 먼 바다에서 기센 바람이라도 불어온다면 이녁 몸뚱이도 그 바람에 날려 멀리멀리 날아갈 것만 같이 허수했다.

멀리멀리, 해주 댁은 제가 끌어온 그 말 앞에 움찔 놀란 가슴이 되고 만다. 멀리멀리, 마음속 그 거리쯤에 존재하는 이녁의 그리움이 있을 거라는 짐작 때문이다. 이녁의 멀리멀리 그곳에 있을 복순이, 한 번도 남을 미워해본 적이 없을 것 같은 그녀의 선량한 눈빛이 떠올랐다. 복순이의 등에 붙은 밀알진 용걸의 눈도 그러했으리라. 어떻게 잊을 수 있을까, 그쯤의 생각에 미치면 해주 댁은 남의 인생을 도둑질해 제 것으로 만들었다는 미안함, 그녀의 삶은 복순이에게 진 빚이었다. 이녁은 한번이라도 헤아려나 보았을까, 복순이에게 늘 채무자로 살아가고 있는 해주 댁 맘을.

이녁은 본시 옹진 사람이었다. 해주 부잣집 중서 씨와 이녁 아버지 성국 씨는 각별한 사이였다. 성국 씨는 늘 야심한 밤을 틈타 숨어들었다간 그 밤에 다시 만주로 떠나곤 했다. 성국 씨가 객지에서 상을 당하자 중서 씨는 이녁을 집으로 데리고 왔다. 그때 나이 일곱 살이었고 이녁이 온 다음 해에 해주 댁이 세상에 태어났다. 이녁은 해주 댁 어린 날의 살가운 오빠였다. 이녁 또래인 친오빠보다 해주 댁은 이녁을 더 잘 따랐다. 그 등에 업혀 잠이 들거나 그의 무릎에 앉아 밥을 먹거나, 그렇게 어린 날을 보냈다. 소학교를 졸업하고 진학을 권했지만 이녁은 극구 사양하며 제 분수를 지키려 했다. 중서 씨 댁 그 많은 토지와 일꾼들을 관리했고 눈에 거슬리는 일 없는 이녁에 대한 신임은 두터웠다. 이웃한 착한 복순이와 연을 맺어 논 몇 마지기와 함께 살림을 내보냈다. 그랬어도 이녁은 제 집 거두듯이 중서 댁 살림에 소홀함이 없었다.

해방이 되고 난 몇 해 후 지주의 몰락을 예견한 중서 씨는 서울에 유학중인 오라비에게 해주 댁을 보내기 위해 이녁을 불렀다. 이녁의 식솔까지 함께 가기 위한 배를 마련했다. 그러나 복순이는 용걸과 함께 기다리겠다고 했다. 결국 이녁은 해주 댁을 데려다주고 돌아온다는 계획으로 바꾸었다.

발동선을 마련하고 이녁은 기계 다루는 법도 열심히 배웠다. 중서 씨는 돈이 될 만한 모든 것을 그 배에 실었다. 서울에는 올케와 공부 중인 오빠가 해주 댁을 기다릴 참이었다. 그리고 마땅한 날을 받아 남쪽으로 향했다.

항해가 순조로웠다면 해주 댁을 남쪽에 풀어놓고 이녁은 돌아가야만 했다. 돌아가 중서 씨 곁에서 복순이와 용걸을 위한 삶을 살아야 했을 것이다.

그러나 모든 건 맘먹은 대로 잘 되지 않았다. 표류하던 배는 이 섬을 만났고 귀향을 시도했지만 번번이 되돌아오고 말았다. 해안은 점점 삼엄해지고 또 사변까지 만났다. 그가 돌아오는 것을 본 후 해주 댁은 그를 두고 서울로 돌아갈 수가 없었다. 감히, 네가 주제꼴도 잊었느냐……. 피붙이처럼 지냈지만 오빠의 노한 목소리가 이녁을 후려칠 건 분명했다. 이녁은 서울을 재촉했지만 해주 댁은 이녁을 버릴 수가 없었다. 돌아갈 수 없는, 그래서 어디 맘

줄만한 일가붙이도 없는 이녁이었다. 볼음도에 주저앉은 이유가 그게 전부였다.

그렇게 살았다. 아씨의 지아비가 되었고 아씨는 이녁의 지어미가 되고 말았다. 두 사람은 약속이라도 한 듯 지난 일은 함구했다. 돌아갈 수 없는 것들에 부질없이 악지부리지 말자, 무언의 약속이었다.

애옥살림을 면천할 수 있었던 건 해주에서 제법 실어온 돈거리 때문이었다. 물론 서울로 가야할 것들이었지만 그걸로 땅을 사고 집을 짓고 타고 온 배도 있었으니 그만하면 섬 살림으로 넉넉했다.

경조를 묻은 후 동네 사람들은 이녁이 정신 줄을 놓았다며 병원을 들먹였다.

그러던 어느 날 벌떡 일어나 어구를 손보기 시작했다. 물 위에서 필요한 생활 도구를 챙기고 배를 띄울 준비를 서둘렀다. 먼 길 떠났던 정신을 이제 찾아냈구나, 해주 댁은 안심하며 이녁의 거동을 거들었다. 제 정신을 추스르는 게 고맙고 또 고마울 뿐이었다.

그 아침, 날도 참 좋았다. 어떻게 햇살이 맑은지 노릇한 은행잎이 빛발을 쏟아내는 것 같았다. 발동선 소리가 허허바다로 향해 점점 멀어져 갔다.

그렇게 떠난 이녁은 돌아오지 않았다. 바람이나 모질었으면 험한 날 험구나 하련만 그것도 아니었다. 이녁이 약조한 사흘이 지나고, 그 사흘이 열 번도 더 달아나고……. 쉴 줄도 모르는 날은 자꾸만 흘러만 갔다.

이녁 없는 세월, 해주 댁은 조침조침 기다림 속에서만 살아왔다. 이녁 떠난 후 한 번도 통잠으로 밤을 새운 적이 없었다. 이녁의 뱃소리가 들려오는 환영에 시달리곤 했다. 이녁은 지금 몇 살로 살아가고 있을까, 두매한짝을 다 펴서 헤아려보다간 그 숫자에 깜짝 놀라고 만다.

이녁의 고무신을 들고 해주 댁은 수돗가에 주저앉는다. 낡삭은 신발은 가뭄 끝 논바닥처럼 갈라졌다. 그 실낱같은 선 사이로 세월의 묵은 때가 주저앉아만 있다. 닦아봐야 헛다리품인 줄만 알면서 이녁이 돌아올 거라는 믿음, 그것 때문에 하 많은 세월을 버티어 왔다.

기다림도 늙어 기력을 잃었지만 해주 댁은 거시시한 눈 속에 맞은바래기로 앉은 바다를 버리지 못한다. 황해여인숙 간판 앞으로 객이 들어오듯이 이녁 또한 그 객처럼 새시 대문을 밀고 들어올 것이라 믿기에.

씻가신 이녁 신발을 댓돌 위에 올려놓고 그 옆에다 해주 댁은 제 고무신 두 짝을 바투 붙여 놓는다.

홍점자의 비밀

손잡이 가운데에 열쇠를 후벼 넣는다. 이럴 때면 알 수 없는 불안이 손끝에 매달려든다. 우호적이지 못한, 마지못해 날름쇠를 오그라뜨려 출입을 허락해 주는 문이 나지막이 비명을 질러대는 것 같다.

남편이 지방 근무를 희망했을 때 우리의 관계는 극도의 균열에 시달리던 중이었다. 그는 약속된 3년의 햇수를 채우고도 몇 번이나 연장근무를 신청했다. 그의 외지 근무 동안 이 열쇠로 현관문을 열어본 건 손가락 다섯 개도 필요하지 않은 숫자이다.

스물네 평 아파트, 약간의 홀아비 냄새조차 배어있지 않는, 추호의 흐트러진 흔적도 없는 살림살이는 남편이 살아내는 모양처럼 경쾌해 보였다.

새삼스러울 것도 없는 일이다. 다행히 젊은 날처럼 심한 배반감은 일지 않았다.

손님처럼 우두커니 베란다 밖을 살피고 섰을 때 미처 잠그지 못한 문에 열쇠를 들이미는 소리가 들렸다. 남편이었다. 나는 꼼짝없이 창밖 풍경에 눈을 내주고 있었다. 비스맞은편 여고 운동장엔 하루를 비껴 앉는 가을 햇살이 고즈넉했다.

"준비 다 되었어? 저녁을 먹고 나서면 너무 늦은 길이 될 것 같아서."

입은 옷 그대로 신발을 껴 신고 남편을 따라 아파트 지하 주차장으로 내려섰다.

굳이 남편을 앞세워 점자의 병원으로 가려는 내 심보는 무엇일까. 점자가 문경의 병원에 입원중이라는 소식을 접했을 때 제일 먼저 떠올린 얼굴도 남편이었다.

중부 내륙 고속 도로를 빠져 나온 차는 어느덧 병원 주차장을 들어섰다. 드문드문 비워 있는 주차 라인 위엔 묽은 먹물처럼 어둠이 슬슬 몸을 풀고 있는 중이었다. 잠깐 들어가자는 내 말에 남편은 골집사나운 소리로 뱉어냈다. 밖에서 기다리겠다고.

남편의 단호한 거절은 내 맘 구석진 곳에 예리한 실망의 줄을 그어댔다. 들어가지 않겠다고 버티는 그의 뜻을 밖에 남겨두고 나는 혼자 등을 돌렸다.

시골 병원의 저녁은 느슨하게 풀어진 긴장이 주저앉아 쉬는 중이었다. 원무과의 창도 캄캄했다. 엘리베이터 쪽을 걸어가며 힐끗 바라본 바깥 풍경 속으로 남편 모습이 끼어들어 왔다. 담배를 피워 물고, 약간의 경계 태세를 갖춘 남편은 휴대폰 숫자를 누르는 중이었다. 걸음을 멈추고 남편의 그런 모습을 잠시 동안 훔쳐보았다. 신호음을 기다리던 남편은 웃음 번진 얼굴로 은밀한 입놀림을 시작했다.

음지식물처럼 볕을 두려워하는, 남편은 그런 은밀함을 독소주머니처럼 지니고 다녔다. 내 근접을 막기 위해, 때로는 분방한 자신의 자유를 고수하기 위해 그것들을 적절하게 사용할 줄도 알았다.

구겨 쥐면 채 한 줌도 안 되는 삶을 초라한 가방에 챙겨 넣고도 마땅히 떠날 곳 없어 망설이던 젊었을 적 불같은 애증도 이젠 부대낀 세월 속에 쇠락하고 말았다. 꼭 잡아 쥐어야 내 것이라는, 부질없는 그 집착에 헤어나기 위해 얼마나 많은 내 젊음을 쏟아 부어야 했던가. 시간을 보내버린다는 것, 그래서 나이가 든다는 것, 그런 삶의 순리가 절대 허술한 산수법이 아니라는 것도 터득했다.

점자의 병실은 7층이었다. 세상과의 단절을 의미하듯 튼실한 자물쇠가 굵은 창살에 매달려 있었다. 아래층과는 달리 창살 너머엔 야행성 동물의 소굴처럼 분주하고 활기찼다. 창살 왼쪽에 매달린

누름단추를 꾹 눌렀다. 창살 건너 안내 데스크에서 서류를 정리하던 간호사가 고개를 들어올렸다.

"홍점자씨 면회 왔거든요."

꽉 다문 자물쇠는 뜻밖에 아무런 검증 없이 내 출입을 허용해 주었다. 나는 간호사가 말하는 706호, 복도 맨 끝 병실을 향해 걸어갔다. 치렁치렁 굵은 쇠고리까지 거느린 자물쇠와는 달리 여느 병원처럼 병실 문은 자유롭게 여닫혔고 복도를 걷는 사람들 또한 안온하고 여유로웠다. 자물쇠가 전해주는 '감금'이라는 압박 같은 건 느껴지지 않았다.

"모서리 쪽 침대라예."

병실 담당 간병인이 걸레를 손에 쥔 채 일러 주었다. 그녀가 가리키는 곳엔 단발하여 흩어진 머리카락의 깡마른 여자가 누워있었다. 콧속에 호스를 연결한 채로.

처참하다.

그 말밖에는 당장 달리 떠오른 게 없었다.

"정말 홍점자 맞아요?"

"그렇다니까예."

나는 침대 속의 여자를 찬찬히 훑어보았다. 살이 다 빠져 내린, 살아있다는 기미마저 없는 여자는 단지 습관처럼 숨을 쉬고 있을 뿐이었다.

턱과 이마가 인색한 그 얼굴의 특징이 아니었다면 쉽게 알아볼 수 없을 것이었다. 벌름한 콧구멍에 꽂힌 호스가 그녀의 숨소리에 맞추어 기척을 부렸다. 세상살이 고단함에서 잠시 풀려난 듯, 점자는 깊은 잠속에 빠져 있었다. 그녀의 잠은 평온해 보였다.

누가, 무엇이 그녀를 이렇도록 참혹하게 만들었을까. 외제 향수만 고집하고, 엔간한 상표의 옷은 거들떠보지도 않던, 그녀의 화려한 젊은 날을 어떻게 들추어 낼 수 있을까.

"안 일어날 낍니다. 일어나 봤자 알아보지 못할 끼구요."

"정말 사람을 못 알아 봐요?"

"예."

"왜 이렇게 되었어요?"

문책하는 어투로 들렸을까, 초록 가운을 입은 여자는 불쾌한 표정을 숨기지 못한 채로 휑하니 병실 밖으로 나갔다. 나는 멍히 서서 잠에 빠진 그녀만 뚫어지게 바라보았다.

그때 왜 칸딘스키의 그림 '하늘색'이 떠올랐을까. 끝도 없는 싱그러운 푸른 바탕에 거북이며 물고기, 로봇……. 온갖 것들이 날아다니는, 퍽 동화적인 그 그림이.

그림 속은 고요뿐이었다. 속절없는 세상의 소유를 모두 놓아버리고 왔던 곳으로 다시 돌아가고자 하는 마음이 하늘 속을 날아다니는 듯한, 그 그림들이 그녀의 얼굴에 가만가만 노니는 것 같았다.

그날은 홍점자의 뜬눈을 보지 못했다. 눈앞의 것을 보지 않겠다는 듯, 절벽처럼 감은 눈에서 70살 고령에 그렸다는 칸딘스키의 하늘색 그림만 떠올리다간 돌아왔다. 밖을 나왔을 때 남편은 지루한 시간을 못견뎌한 짜증을 함부로 드러내고 있었다.

제천으로 돌아온 그날 밤, 우린 또 각방을 차지하고 밤을 새웠다. 잠깐 새벽잠에 빠진 탓일까, 눈을 떴을 때 남편은 이미 출근한 후였다. 비로소 집안을 세세히 훑어보았다. 가지런히 개켜놓은 속옷들, 다림질이 매끈한 바지들, 어느것 하나 흐트러짐 없는 단정한 살림살이였다. 내 도움이 필요한 부분은 어디에도 없었다. 마음 구석 자리에 숨어있던 열패감이 잠깐 꿈틀거리는가 싶었다. 남편에게 아무런 연락도 없이 서울행 버스를 탔다.

버스에 앉자마자 MP3 이어폰을 꽂고 눈을 감았다. 어둔 화면 속으로 점자의 잠든 얼굴이 떠올랐다. 굴곡 많은 그녀의 생애에 비하면 터무니없이 안연(晏然)한 표정이었다. 감은 눈 때문에 완전한 얼굴을 짜 맞추지 못해서일까, 예리하고 전투적인 눈빛을 숨겨둔 점자의 순한 모습은 도리어 생경했다.

사촌이면서 동갑내기인 점자는 너울가지가 변변찮은 나와 달리 퍽 오지랖도 넓었다. 어릴 적 내게 유일한 꿈은 그녀의 손아귀를 벗어나는 것이었다. 그녀에 대한 피해 의식은 언제부터 서리담아둔 걸까, 둥지를 틀고 주저앉은 그것들을 나는 내 몸의 일부처럼 내내 데리고 살았던 셈이었다.

내가 너를 해한 게 뭐니?

침대에서 벌떡 일어난 점자가 날파람스럽게 따진다면 우선 주눅 든 내 말투부터 우왕좌왕, 정신을 차리지 못할 게다. 그리곤 그 악스런 점자의 손에 머리끄덩이를 뜯길까 봐 짚무지를 찾으려 두리번거리지는 않을까. 점자가 쳐 놓은 질긴 올가미 속에 갇힌 내 의지는 함부로 운신할 수 없는, 한 마리 새끼 짐승에 불과했다.

코앞으로 슬슬 명절이 다가오면 엄마와 큰엄마는 둘자네 마루에다 풀어 놓은 도붓장수의 보따리를 뒤적이곤 했다. 벼 타작이 끝나면 쌀말이나 퍼줄 요량으로 엄마와 큰엄마가 골라잡는 명절 치레 옷은 어찌된 셈인지 점자 것과 늘 똑 같았다. 꽃무늬가 자잘한 무새 포플린 원피스나, 갑사 치마저고리 등이었다. 판에 박은 듯, 꼴이 똑같은 옷을 입고 한교실 안에 앉아 있는 날이면 곤혹스러움에 그날은 종일 선생님의 말이 귀에 들어오지 않았다.

차창 밖의 가로수가 불빛 열매를 매달기 시작했다. 버스가 용인 땅을 밟고 있었다. 문득 창속으로 한 남자가 스쳐 지나갔다. 몸을 돌려 차창 밖을 유심히 살폈다. 가로등 불빛이 줄을 선 둑길이었다. 검은 비닐봉지를 손에 쥔 남자가 터벅터벅 걸어가고 있었다.

여린 불빛 앞에 놓여있는 어둡고 아득한 둑길.

무슨 심보였을까, 나는 그 남자의 굽은 등에서 어떤 절망을 훔쳐보고 말았다. 굳이 그 남자의 등에서 읽어내려는 절망의 연유는 뭐였을까.

곰곰 생각하니 결국 열한 살 계집아이였던 나의 상심이었다.

어둠이 밀려드는 시간이면 버릇처럼 불러들이는 단절감, 외로움……, 결국 그 상처의 범인도 점자였다.

찔레꽃머리 여름날이 다가오면 섬 아이들은 죄다 바다에 빠져들기 시작했다. 바다는 섬 아이들이 여름 한철 지내기엔 더없이 훌륭한 놀이터였다. 그날도 점자는 무명 고무줄 팬티 차림으로 사립짝 밖에서 나를 불렀다. 튜브 때문이었다. 침대처럼 넓죽한 튜브는 큰골 상길이 오빠가 갖다 준 것이었다. 아버지가 성당 공소 회장인 상길이 오빠네는 구호물자가 넘쳐 났다. 그 튜브는 바닷가에 노는 동안 내 어깨에다 썩 무거운 힘을 실어주곤 했다.

그날도 모심기 품앗이에 나선 엄마 대신 나는 동생을 데리고 바닷가로 나갔다. 여섯 살박이 내 동생을 데리고 놀겠다는 빌미로 점자는 사정없이 튜브를 뺏어갔다.

그날 어찌된 셈인지 들녘 바람은 바다 쪽으로 죄다 몰려왔다. 점자가 내 동생을 태우고 노닥거리던 튜브가 먼 바다로 떠밀리는 걸 알아챈 건 한참 후였다. 튜브도 차지하지 못한 나는 물속의 잘피를 캐느라 자맥질에 열심이던 중이었다.

공포에 질린 동생의 울음소리가 아득하게 들려왔다. 결국 물속에 뛰어내린 동생은 복어처럼 둥둥 떠 다녔다. 어디서 그런 힘이 생겼을까, 나는 개헤엄까지 보태어 깊은 바다로 내달렸다. 물먹은 동생의 몸은 내 손 끝에 풍선처럼 끌려 왔다. 날마다 술에 절어 살던 신의사가 뱃속의 물을 빼내고 동생의 목숨을 건져냈을 때 어둑살은 벌써 마을을 뒤덮기 시작했다.

'쪼깬만 늦어도 큰 일 날 뻔한 기라.'

신의사의 그런 말이 아니더라도 동생을 건져내지 못했더라면……. 그런 상상은 지금도 오금을 저리게 한다. 나는 그날 발가벗은 몸으로 골목쟁이에 숨어 서서 신작로 건너 사립짝만 힐끔거렸다. 하늘은 총총 별을 달아냈고, 그것들은 점점 선명한 빛을 품었지만 내 이름을 부르며 찾아 나서는 사람은 아무도 없었다. 길가로 난 창호지 문 속에 불거지 같은 불빛이 매달렸다. 그 문 안에 어른거리는 그림자를 바라보며 그 속의 모든 것이 얼마나 안락하고 소중한 것인가를 뼈저리게 느꼈다.

"저건 혼을 낼라치면 우선 도망부터 치지 않고, 그 고집 때문에 더 혼나곤 했어."

가끔 제삿날이면 무용담처럼 늘어놓는 오빠는 내게 고집이라 했다. 그렇지만 대문 밖에서 어둠을 맞이해 본 적 없는 그가 어찌 내 맘을 헤아릴 수가 있었을까. 나는 맨몸으로 문밖에 서서 벌벌 떨던 그 어릴 적을 가끔 꿈으로 만나곤 한다. 그래서일까, 지금도 어둠 내릴 무렵이면 까닭 없이 슬프고 불안해진다.

두 번째 그녀의 병원을 찾아가는 날이었다. 버스가 음성을 지날 때쯤 비바람이 창을 때리기 시작했다. 창밖은 음산했다. 그 비바람으로 길가에 널브러진 나무 이파리들이 휩쓸리고 있었다.

점자는 눈을 뜨고 있었다. 그러나 눈 속은 텅 비어 있었다. 아무 것도 담아내지 못하는 그 눈이 점자의 안색을 편안하게 꾸며 주었다. 내가 기억하던 점자는 흔적도 없었다. 나는 가만 침대 앞으로 가 몸을 구부렸다.

"홍점자."

어렸을 적 그녀를 흉내 내어 보았다. 점자는 내 이름 앞에다 유달리 홍가 성을 붙여 부르는 걸 즐겼다. 우리는 홍가 성씨의 사촌이다, 꿈에도 그걸 잊지 말라는, 점자의 엄중한 경고였을 것이었다. 두 번째 불렀을 때도 눈 속은 기척 없이 멍했다.

"나 홍수호야."

나를 알려주는 방법도 별 효과가 없었다.

"홍점자, 나 홍수호야. 알아보겠니?"

두 말을 한데 묶어도 보았다. 빤히 바라만 볼 뿐 역시 말귀는 막혀 있었다.

세 번째 방문했던 날도 마찬가지였다. 무의미하게 움직이는 점자의 동공을 유심히 지켜보았다. 말을 잃어버린 그녀에게서 캐낼 수 있는 비밀을 어쩌면 그 눈 속에 숨겨둔 건 아닐까, 물론 폰돌이, 그 이름까지도.

폰돌이.

이젠 잊어도 괜찮을 세월에 살고 있는 나였다. 그런데 점자와 마주치면 왜 그 이름이 먼저 떠오를까. 점자와 내가 함께 만들어 둔 지난 날의 주인공, 아무리 밀어 내려 해도 몸집 큰 짐승처럼 턱 버티고 앉아 꿈쩍도 안 하던 이름, 폰돌이었다. 그녀의 멍한 눈앞에다 폰돌이를 집어넣었다. 그냥 버릇처럼 네댓 번을 거푸 외쳤을 뿐이었다. 아 그런데 어쩌면 좋아!

갑자기 점자의 동공이 경직되는가 싶었다. 의심에 찬 그녀의 눈빛이 나를 뚫어지게 쳐다보았다.

"나, 홍수호야. 알겠어? 폰돌이 알아?"

"읔!"

차라리 괴성이었다. 마치 불편한 짐승이 내지르는 소리처럼 점자는 몸까지 부르르 떨어댔다.

분명 점자는 몇 개의 의식을 남겨 두었고, 그것들 모두가 그 눈 속에 숨어 있다는 게 분명했다. 그걸 끄집어내기 위해 나는 수없이 폰돌이만 외쳐댔다. 내 몸 속엔 어느새 야비하고, 음흉한 핏줄이 뜨겁게 흐르고 있었다.

나이를 먹으면서 나는 유년의 그 꿈대로 점자를 벗어났다. 나는 점자를 멀리에 두려고 애를 썼다. 다른 공간에서 내 삶을 꾸려가면서 비로소 가능했다. 가끔 친척의 장례나, 예식장에서 어김없이 부딪히곤 했지만 나는 일부러 데면데면 대했다. 멀찌감치 떨어져 앉은 자리에서 그녀를 슬쩍슬쩍 훔쳐보곤 했다. 그러나 내 의지와 관계없이 남편은 달랐다. 혼자 사는, 그것도 허튼계집처럼 암 냄새를 풍기고 다니는 점자에게 남편의 눈빛이 곤두서고 있다는 걸 알아채는데 오랜 시간이 필요하지 않았다.

"폰돌이 보고 싶지?"

가만가만 그녀의 눈이 젖는 것 같았다.

틀림없었다. 점자의 의식은 폰돌이와 함께 그 눈 속에 숨어 있었던 게.

폰돌이는 어릴 적 우리의 우상이었다. 물론 우리라는 건 점자와 나, 둘을 말한다. 얼토당토않게 적의부터 갖게 된 시원도 아마 폰돌이 때문이 아니었을까, 싶다.

폰돌이는 큰댁, 정확하게 말하면 점자네 꼴머슴이었다. 그의 성씨가 김인지 박인지, 아니면 희귀성 중 어느 하나인지, 나는 지금도 모른다. 그가 할아버지 손에 잡혀 오던 때는 장독간 옆 돌배나무 밑 그늘이 무르익던 여름날이었다. 무릎이 닿을까, 말까한 삼베 잠방이 아래 큼직한 군화가 생뚱맞았다. 터무니없이 큰 군화 때문이었을까, 폰돌이 발은 한없이 가여워 보였다. 고아원에서 온 폰돌이, 그는 둘자네 뚝머슴 곤칠이와는 많이 달랐다. 다북눈썹 밑에 자리한 눈, 마치 슬픔이 고여 생성된 호수처럼 깊고 검은 눈동자는 애잔하게 출렁이곤 했다.

보리누름이 시작되려던 초여름이었다. 그가 쇠코잠방이 차림으로 논두렁에 앉아 보리피리를 만들고 있었다. 불덩이처럼 서산마루에 걸려있던 해는 제 앉은 자리에다 슬며시 노을을 깔던 중이었다. 그 노을을 다 쓸어안고 앉은 폰돌이가 피리를 불기 시작했다.

고향 땅이 여기서 얼마나 되나 푸른 하늘 끝닿은 저기가 거긴가……. 애조를 실은 그의 피리 소리가 저물녘 들판에 가만가만 스며들었다. 그 먼 고향 땅에 두고 왔을 많은 이름들, 역광으로 앉은 그의 등에는 애별(愛別)의 아픔이 그림자처럼 돋아났다. 나는 멀찌감치 숨어서 그의 슬픈 등 때문에 숨을 죽여 울었다.

그의 등장은 발악스러운 점자와의 싸움에 충동질을 해댔다. 점자가 나를 해한다는 피해망상증에 시달리기 시작한 것도 아마 그 때부터였을 것이다.

제삿날이나, 할아버지 생신날이면 우리는 아랫방 폰돌이 방에서 만화책을 보다가 잠이 들곤 했다. 겨울밤은 별스럽게 길었다. 오줌이 마려워 눈을 떴지만 마당을 가로질러 갈 뒷간이 아득해서 엄두가 나지 않았다. 부스럭거리는 소리가 들려온 건 그때였다. 점자와 폰돌이었다. 그 둘은 마주보고 누워 서로의 몸을 더듬고 있었다.

'너그 뭐 하는데?'

'니는 이때꺼정 안자고 뭐 하노?'

나는 그게 뭐 하는 행위인지는 어렴풋이 알았다. 그렇지만 신경질적인 점자 고함 소리에 마렵던 오줌까지 잊고 돌아서 누웠다.

열두 살 점자는 나를 앞질러 그렇게 혼자 폰돌이를 차지해갔다.

“홍점자, 너 울아버지 주머니 뒤져 오라 했던 거 생각 나?”

해묵은 내 투정에 점자는 눈만 멀뚱거렸다.

“그때 말이다, 정호가 물에 빠졌을 때 말이다, 어쩌면 내게 홀랑 다 둘러 씌웠니? 솔직히 말해 봐라. 정호는 니가 물에 빠뜨린 거나 마찬가지잖아.”

“응.”

대답이 퍽 씩씩하기도 했다.

“홍점자, 그때 어쩌면 그렇게 뻔뻔스럽게 시치미를 뗐냐? 앙큼한 것 같으니라고.”

느낌이었을까, 내 말에 점자가 매섭게 째려보는 것 같았다. 그리고는 고개를 돌렸다. 잠시 시선을 피하고 싶은 거다, 라는 건 주제 넘는 내 짐작이었을 게다.

“폰돌이!”

점자 앞에다 그 이름을 또 들이밀었다. 점자는 그 말에만 무섭게 반응했다. 잠시 내 말을 흘려듣는다 싶으면 나는 약이 올랐다. 그럴 때마다 폰돌이, 하고 소리쳐 다시 내 앞으로 불러들였다.

“너그들 둘이서 도망갔을 때 말이다, 나 얼마나 울었는지 알아? 못된 것들, 철도 안 들은 것들이 엉덩이에 뿔만 나서는 …….”

“응.”

내 심문에 그녀가 또 큰소리로 대답했다. 대뜸 내지르는 고함에 옆자리 할머니들이 다 돌아보았다. 나는 그들을 향해 아무것도 아니라는 눈신호를 보냈다. 점자의 눈가에 붉은 핏발이 돋는 것 같았다.

생각해 보니 그때도 가을이었던 것 같다. 그 가을날 아침 문득 그들이 사라지고 없었다. 단지 없어진 건 두 사람 뿐이었다. 그런데 세상이 온통 다 비워버린 듯한 적막감이 밀물처럼 몰려왔다. 절골 길을 혼자 걸으며 나무들은 내 눈물로 단풍 옷을 입는다, 생각했다. 그 나무들 사이로 빠져나온 하늘도 내 상심으로 푸르디푸르게 젖어버린 거라, 믿었다. 연기처럼 증발한 두 사람, 이쪽저쪽 열모로 훑어보아도 허허벌판뿐이었다. 지선암 마당의 은행나무 잎은 폰돌이가 없는데도 떨어지고 쌓이고, 저들끼리 여린 바람에도 몸을 들썩이곤 했다.

"폰돌이랑 도망갔을 때 말이다……."

내가 설정해 둔 점자의 비밀은 많았다. 폰돌이와의 야반도주, 그리고 그녀의 이름, 점자가 지시하는 점, 추궁하고픈 건 그뿐 아니었다.

오래전부터 점자의 몸 어디 내밀한 곳에 점이 있다는 건 알고 있었다. 그렇지만 그게 어디에 그려져 있는지 본 적은 없었다. 온종일 빠져 지내던 여름날 바다에서도 점자는 팬티와 셔츠로 해수욕

복 흉내를 냈다. 물론 우리 또래는 발가벗고도 부끄러움을 모르는, 넘치지 않는 정신을 간수하며 어린 시절을 보내는 중이었다. 그러나 점자는 달랐다. 젖몸이 넉넉했고, 달거리를 먼저 시작했고, 검지 두 개를 나란히 세워 M이라는 약자를 만들어 보이며 그게 달거리의 약칭이라며 어깨를 으쓱이곤 했다. 물론 우리는 그게 무슨 뜻인지 이해 없이 고개만 끄떡였을 뿐이었다. 그녀가 굳이 몸을 가리고 물에 빠져드는 건 조숙한 몸에 대한 부끄러움일 거라며, 별스런 의심 없이 넘겼다.

일 년에 두 번 하는 목간 날에도 그랬다. 큰댁에 걸린 목간통에 물을 채우는 일은 늘 점자와 내 몫이었다. 도깨비 소굴로 소문난 밤이면 무섬증에 오금 저리던 갈대숲, 여름날이면 희다 못해 푸릿한 하늘 수박꽃이 레이스 자락처럼 늘어져 내린 춘자네 울타리, 그것들을 지나야만 고수버들을 세워 둔 한데우물이 얼굴을 내밀었다. 점자와 나는 양동이를 이고 한나절쯤 그 길을 왔다갔다, 하며 물을 길어 날랐다. 물이 데워지면 할아버지가 먼저 몸을 담그고, 서열대로라면 점자와 나는 함께 목간통에 빠져들어야 했다. 그러나 점자는 언제나 제 엄마의 목간에 꼽사리로 끼어들곤 했다. 그래서 점자의 몸에 그려진 점 같은 건 볼 기회도 없이 세월만 달아났다.

"폰돌이랑 난질갔을 때 말이다, 너그들 삼년 동안 어디서 뭘 하고 지냈니?"

그 점은 잠시 밀쳐 두기로 했다. 점자가 쉬이 반응하는 폰돌이와의 사건을 앞세웠다. 가슴속의 묵은 앙금들이 소리로 변해 불쑥불쑥 감정을 실어 날랐다.

그들이 사라진 지 3년, 끌려온 점자는 곧바로 부산 고모네로 보내졌다. 부산은 점자가 몸을 숨기는데도, 허화(虛華) 끼 넘치는 그녀를 받쳐주는 데 안성맞춤한 곳인 듯싶었다. 점자의 행색은 나날이 달라져 갔다. 사람들의 의혹과 경멸에 보복이라도 하려는 듯 요란한 차림에다 뜬금없는 뜯개말 일색이었다.

마흔을 훨씬 넘긴 어느 늦가을이었다. 혼자 살던 점자가 결혼을 한다고 했다. 내가 살고 있던 마흔은 참으로 혼란스러운 시대였다. 아들 우현이 대입 준비에 코피를 쏟아대더니 삼수 중에 자원입대했다. 그리고 지뢰사고를 당했고, 두 다리를 잃은 아이는 결국 제 목숨을 제가 버렸다. 외방자식인 아이와 피 한 방울 섞지 못했지만 내 마음 모두를 바쳐 키웠다. 그 아이가 떠난 후 남편과 난 뭔 경쟁이라도 시작할 셈인지 제 몫으로 남은 고통을 쓸어안고 상대를 향해 튼실한 빗장을 질러두고 있었다. 절망적인 내 마흔의 시대와 달리 점자는 당당하고 화려한 싱글 시대에 바야흐로 막을 내리는 중이었다. 홀로 40을 살아오면서 만만찮았던 남성 편력, 그 분방한 삶을 어떻게 무 자르듯 버릴 수 있을까, 그녀는 주위의 우려에 오금을 박듯, 결국 웨딩드레스를 입었다. 결혼식장, 신랑은 식장을 가득 메운 그 많은 호기심들 앞에 절뚝절뚝, 다리를 절며 등장했다. 그녀의 등을 긁어 줄 남자는 봉충다리였다.

돈이 많은 남자인가 보지.

모두들 그런 뒷소리로 점자의 홀로살이 탈출에 이유를 껴 맞추려 안달했다.

점자는 내 앞에서 꼭꼭 형부라는 호칭으로 제 남편을 말했다. 그래서 두어 달 남짓 일찍 맞는 생일을 깔축없이 우려먹곤 했다. 형부, 라는 그 호칭은 별로 부담스럽지 않았다. 아랫사람 보담 윗사람 행세가 결코 낙낙치 않다는 세상살이 법칙을 이미 익힌 후이기에.

결혼한 후 6년쯤 되었을까, 그녀의 이상 증후를 눈치 챈 건 친구들이 먼저였다. 제집도 잘 찾아가지 못한다는, 꾀죄죄한 행색부터 전 같지 않다는 등, 말결에 나온 점자의 형편은 그다지 순탄해 뵈지 않았다. 결국 결혼생활이 그녀의 말과 일치하지 않았다는 결론이었다. 한번 말꼬가 터지자 점자의 삶은 두레상 중심에 얹힌 간장종지처럼 발가벗겨지기 시작했다. 공직에 몸담았던 훌륭한 시아버지, 운동권 대학생인 딸, 돈을 책상 서랍에 쌓아두고 맘대로 쓰게 한다는 법대 출신의 남편, 잘 배운 시누이 등, 점자의 입을 통해 번지레하게 포장된 그 모양의 실체가 드러나는 중이었다.

애초에 그녀 말들이 거짓이었거나, 아니면 신혼기에 후했던 그들 식구들이 본색을 드러냈다던가, 어느 것이든 혼자 자유롭게 살던 점자에게 형벌일 것이었다.

그녀가 치매 초기 증상이라는 것을 짐작했지만 아무도 함부로 그 말을 내뱉을 수는 없었다. 그런 증상을 앓고 있기엔 터무니없는, 우선 그녀의 나이가 아까웠다. 그게 확실하다면 불리한 그녀의 주변 환경, 그래서 치유를 보장받는다는 것이 퍽 어려울 것이었다. 이런 조건들이 불 보듯 뻔한 현실이기에 걱정들을 앞세웠다. 제 뱃속에 실어 본 자식 하나 없고, 그녀의 형제들은 무슨 꿍꿍이 속셈인지 하나 둘, 세상을 다 버리고 떠났다. 남은 건 점자뿐이었다. 올케 몇이 남아있었지만 점자와 사이는 원만하지 못했다.

그 비바람 부는 날, 나는 점자를 그렇게 만나고 돌아왔다. 더 이상 폰돌이라는 이름으로 그녀의 괴성을 끌어내지 않았다. 그녀는 침대에 붙잡힌 몸이었고 그래서 맘대로 다그칠 수 있는 유리한 위치 때문이었을까, 은근히 여유가 생겼다.

돌아오는 차안에서 내내 어느 겨울밤을 생각했다. 할아버지가 돌아가신 때였다. 그 혼란스런 틈을 이용해 남편과 점자가 증발했다. 그들이 비운 세 시간 동안 할 수 있는 일이 무엇이었을까, 그건 아직도 미스터리로 남아있지만 내 의심을 개운하게 해줄 어떤 근거 또한 없었다. 두 사람은 시간을 잰 듯 차례차례 들어왔다. 두려움 때문이었을까, 나는 여태껏 그 의심에 구체적으로 근접한 적은 없다. 남편은 내 정확한 짐작을 눈치 채고 있었다. 물론 점자까지.

네 번째 찾은 병실이었다. 점자의 눈빛은 편안해 보였다. 세상의 모든 것을 악착같이 담아내던 그 눈은 슬프도록 고요했다. 왜 그걸 헤집어 놓고 싶었을까, 항상 내몰리던 내 어린 날과 그 여름 밤, 의심스런 기억의 소행이었을 게 틀림없었다. 나는 그녀의 고요한 눈 속에 돌을 또 집어 던지기 시작했다.

"폰돌이!"

그렇게 폰돌이를 빠뜨려 두곤 눈 속을 퍼져나갈 파문을 가만 지켜보았다. 모두들 점자의 의식에 손을 놓고 있었지만 나는 알았다. 얼마간의 의식을 교묘하게 감추어두고 있다는 것을……. 교활한 내 심보를 눈치 챈 겔까, 그날 점자는 심통 부리듯 눈을 내리깔았다. 그리곤 아예 뜰 생각을 안 했다.

"홍점자. 폰돌이랑 도망간 3년 동안 어디에서 뭐 했니? 정말 폰돌이가 꼬셔서 끌려간 거 맞아?"

붙잡혀 돌아왔을 때, 점자는 폰돌이 꼬임에 빠졌다는 말만 앞세웠다. 나는 그때에도 폰돌이 만은 믿고 싶었다.

점자의 눈빛이 무엇을 담아내기 시작했다. 경계하듯 도사리는 눈빛으로 나를 바라보았다. 우선 점자가 숨겨둔 의식을 다시 끌어내는데 성공한 셈이었다. 읔, 그 괴성은 곧 그녀의 의식이었으며 내 존재를 인정하는 신호이기도 했다.

그녀의 몸을 닦기 위해 이불을 젖혀두곤 물수건을 갖다 댔다. 기저귀 밑으로 드러난 두 개의 다리엔 살 한 점 구경할 수 없었다. 마른 삭정이처럼 앙상한 발을 더듬어 올라가면 주암옹두리 같은 무릎이 허벅지와의 경계 표시처럼 박혀 있었다.

점자의 점은 허벅지가 끝나는 사타구니 사이에 흩어져 있었다. 마치 깊은 계곡, 바위 바닥에 씌어있는, 해독 불가능한 고대 문자 같았다. 한 번도 별 구경을 못했을 가엾은 점은 헤진 천 쪼가리 같은 살갗에 쭈글쭈글 숨어들어 있었다. 많은 세월 유난을 떨며 감추어 두었던 비밀, 그녀의 점을 나는 맘 놓고 닦아댔다.

점자는 내 손놀림에 짐승 같은 고함을 쳤다. 아프다는 표현이었을까, 아니면 점 앉은 자리를 들켰다는 억울함이었을까. 자꾸 몸을 움츠리며 괴성을 질러댔다.

"원래 그래요, 고함을 치면서 이빨을 밤새 빽빽 갈아대곤 해요, 뭔 원한이 그렇게 많은지……."

건너편 자리 할머니가 말했다. 가끔 발이 저리다며 나를 불러대던 할머니였다.

"젊은 남자가 하나 왔다 갔는데."

"언제요?"

"어젠가, 아, 그젠가 보다. 그제 맞제?"

할머니는 옆자리의 침대를 돌아보며 동의를 구했다.

"나이는요?"

"젊었어."

"점자가 알아보던가요?"

"몬 알아 보제. 암말도 안 하고 울더만."

"울어요?"

"그리곤 몸을 닦아 주더만."

"누구라고 말은 안하구요?"

"그냥 울면서 몸만 닦아주던데."

친척 중의 여러 얼굴들을 그려보았다. 성국이가 다녀갔을까, 그럴 것 같지도 않았다. 집안의 장조카인 성국이가 이 먼 길을 찾아왔을 리 만무했다.

그러니까 점자의 큰오빠인 성국이 아버지가 간암으로 세상을 떠난 후였다. 그 무덤에 풀뿌리가 채 발을 뻗기도 전에 애발스런 점자는 제 동생과 함께 사촌들 매수에 발 벗고 나섰다. 올케 몫으로 남은 재산을 가로채기 위해 법을 들이밀었지만 할아버지 대의 재산이었기 때문에 법은 점자 패거리들에게 우호적이지 못했다. 그 과정이 무척 요란했고 볼썽 사나왔다. 그 동생 또한 얼마 전 간암으로 세상을 버렸다.

그런 고모를 위해 몸을 닦아주고 울어줄 성국이가 아니라는 것은 분명했다. 누굴까. 점자의 인생에 그런 사람이 있다는 것은 의외였고 궁금했지만 어떤 단서를 잡을 만한 얼굴이 떠오르지 않았다.

그렇게 점자의 비밀, 그 점만 닦아주다가 돌아왔다. 돌아서는 귓가로 점자의 고함소리가 따라오는 듯했다. 비밀한 곳의 제 점을 맘대로 주물러댄 내 머리끄덩이를 낚아채기 위해 뒤쫓아 오는 것만 같았다. 자꾸 등이 가려웠다. 나는 뒤도 돌아보지 않고 서둘러 병원 문을 나섰다.

'홍점자의 뇌 세포가 죽고 있다.'

점자의 뇌는 이미 70세 노인을 넘어섰다 한다. 그렇게 쉽게 몸이 망가진 건 남편이 선심 쓰듯 주도한 뇌수술의 실패가 치명적이었고, 보호자 없는 오랜 병실에서 영양실조 또한 한몫했다 한다. 그녀가 하루에 섭취하는 영양은 겨우 호스로 통한 두유 몇 봉지였다. 그녀를 덮친 병난(病難)을 살갑게 바라지해 줄 친지 하나 없었다는 게 악화의 원인인 게 자명한 일이기도 했다.

누구 하나 없다, 그 말 뒤에 나는 버릇처럼 한 남자를 떠올렸다. 몸을 닦으며 울고 간 남자. 홍점자의 인생에 어떻게 닿아진 인연이었을까.

홍점자는 내가 여섯 번째 병문안을 가기 전에 제가 잡고 있던 세상을 놓아 버리고 말았다. 뼈마디만 앙상하게 남아 볼 것도 없는 그녀의 몸은 6년 정도 함께 살 섞었던 남편의 연고지인 부산으로 옮겨졌다. 장례의식은 생의 말미에 그녀가 잠깐 의지했던 성당에서 행해졌다. 환히 웃는 점자의 젊은 사진 앞에서 성당 사람들은 끊임없이 미사를 드렸다. 역시 치밀하고 영악한 홍점자, 그녀는 죽음이라는 마지막 잔치를 위해 하느님을 미리 제 편으로 끌어들일 줄도 알았다.

거동이 더 불편해진 남편, 저년이 칼을 들고 날 죽이러 온다며 정신을 놓친 점자를 구석으로 내몰던 의붓딸은 꼭 상복을 입어야 하느냐고 떼를 썼지만, 그런 것들도 그녀 하느님의 너른 가슴 안에서 흔적을 감추었다. 그래서일까, 점자 가는 마지막 길은 그렇도록 초라해 뵈지는 않았다.

홍점자의 몸은 화장하기로 했다. 화장이야말로 점자를 보내는 가장 알맞은 방법일 것이었다. 점자의 육신을 재로 사르기 위한 시간은 얼마 소용되지도 않았다. '화장완료'라는 전광판의 글자를 확인하기까진 불과 몇 십분, 그녀의 굴곡진 삶에 비하면 보잘것없는 시간이었다. 점자를 실은 장례차는 어린 날, 그녀의 흔적이 남아있는 섬을 향해 시동을 걸고 있었다.

결국, 한 줌 가루가 되어 제 유년의 무대로 돌아가는 점자의 마지막 길, 연민이었을까, 내 눈가가 젖기 시작했다. 횡단보도에서 잠깐 머뭇거리던 차가 등을 돌리고, 제 그림자까지 쓸어 담고 사라졌어도 나는 장승처럼 노박이로 서 있었다.

부재중이었던 내 의식을 불러들인 건 남자의 울음소리였다. 남자는 모서리 진 벽에 기대서서 어깨를 들썩거리며 울고 있었다. 울음소리는 장례 행렬이 빠져나간 괴괴한 가을 낮에 약간의 긴장을 풀어놓았다.

물끄러미 남자의 울음을 건네다 보았다. 누굴까. 누구이기에 점자의 마지막 길을 저렇도록 서럽게 울어 주는 걸까. 정성 들여, 마음먹고 차려 입은 검은 양복은 정갈하고 반듯했다. 목을 감싼 깃에 흘러내린 곱슬머리와 이마를 경계하는 다북눈썹, 서른을 넉넉하게 넘겼을 튼실한 어깨, 오랜 노동으로 다져졌을 성싶은 믿음직한 두 다리는 애와치는 남자의 슬픔을 잘 지탱해 주고 있었다.

딱히 꼬집어낼 수 없었지만 남루해진 기억을 붙잡고 다가오는 느낌이 낯설지 않다는 것, 어디서 봤을까. 잡혀들지 않는 기억에 안달하다 결국 포기한 채 발걸음을 돌려야 했다. 예매해둔 기차표 때문이었다. 택시를 탔고, 부산역 광장을 걸어가면서도 내 머릿속은 꽉 들어찬 남자의 울음소리로 스산했다.

기차가 밀양을 버린 지 오래였다. 멀리 길가엔 은행나무들이 떨어뜨린 이파리가 소복하게 쌓여 있었다. 그 순간 노란 이파리 위로 울고 있는 남자의 뒷모습이 천천히 겹쳐 떠올랐다.

폰돌이었다.

점자가 밝히지 않았던 3년, 그 물음표 속에 존재할 수 있는 사람. 어쩌면 그의 흔적이며 핏줄이 아닐까. 또한 점자의 몸에 실려 세상을 만났음직한, 그런 추리가 충분한 남자, 내 생각은 의심 없이 그쪽으로 몰아붙이고 있었다. 은행나무 때문이었다. 폰돌이를 불러들여 모자이크하듯 지난 일을 꿰맞추기 시작한 건.

가을걷이가 끝날 때쯤이면 절골 마당엔 유난스레 노란 이파리를 떨어뜨리는 은행나무 한 그루가 서 있었다. 서리가 내리기 시작했던가, 신작로 건너 들판은 쌀뜨물을 들어부은 듯 보잇한 낯빛이었다. 책가방을 들고 나서던 그 아침, 지게를 짊어진 폰돌이가 사립문 앞을 서성였다. 땀이 얼룩진 그의 이마 언저리에 곱슬곱슬한 머리카락들이 들붙어 있었다. 그리곤 주머니를 뒤지기 시작했다. 은행나무 이파리였다. 어쩌면 그렇게도 맑은 노랑이었을까. 손바닥, 그 노랑 빛깔에 눈만 빠뜨린 채 서 있기만 했다.

뭐신데?

그때 점자의 목소리가 마주 선 폰돌이와 내 앞에 날카롭게 꽂혀 들었다. 폰돌이 얼굴은 금방 햇노랗게 변했다. 은행잎은 결국 홍점자가 낚아채가고 말았다.

내 유년을 껴묻고 있는 폰돌이의 기억은 가을날, 그의 손바닥에 놓여있던 노란 이파리 속에 살아 숨 쉬곤 했다. 은행잎을 갈취당한 그 아침 때문에 나는 점자를 평생 내 미움 속에 가두어두었던 건 아니었을까. 그래서 그 유년의 미움이 제대로 성장하지 못하고 불구의 응어리로 남아 피해 의식만 키웠는지 모른다.

한 번도 그녀를 이겨본 적이 없었던 유년, 홍점자는 내 앞을 버티고 선 안타까운 암벽이었다. 그녀가 제 정신을 놓치고 죽음을 안고 있을 때, 내 생에 처음으로 찾아온 호기(好機)라 여겼다. 억눌리는 자의 기분은 어떤가, 홍점자 너에게 맛보기로 보여줄게, 남편의 이름을 비수처럼 품은 채, 폰돌이를 수없이 들이밀어 보았다. 그래서 운신 못하는 그녀 앞에서 나는 우월감을 함부로 누렸다. 더 솔직히 말하자면 그녀의 불행을 미끼로 내 유년에서 유래한 상처를 말끔히 치유하려는 심보였는지 몰랐다. 적어도 그때까지는 그 계획이 퍽 순조로운 항해를 하고 있다고 믿었다.

그러나 점자는 항상 한 수 위였다. 나를 이기는 방법쯤이야 훤히 꿰차고 다녔다.

죽어 세상을 떠나는 마당, 그럼에도 아직 새끼 한 번 품어보지 못한 내 상처 앞에 제 핏줄 당당하게 세워 놓고는……. 그녀가 날린 한 방의 린치에 나는 또 보기 좋게 당하고 말았다.

구차한 육신을 벗어던지고 높은 곳에 오른 홍점자, 내 꼴을 지켜보며 어쩌면 지금 까르르 웃고 있는 건 아닐까.

별 이야기

불영을 보듬고 앉은 천축산의 기척이 느껴졌다. 은엽의 몸은 버릇처럼 긴장을 급조해내기 시작했다.

불영사에 도착했을 때, 햇살은 이미 기운을 놓고 있었다. 산문 앞, 매표소에서 입장권을 손에 쥘 때부터 상습적인 염증처럼 가슴 한 쪽이 쓰라려 왔다.

산문을 지나 메숲진 길을 걸어 올랐다. 서름한 눈빛으로 입구를 내어주는 불영사, 늘 그러하듯 어려운 집 문턱을 넘듯 발길이 지레 눈치를 보기 시작했다.

은규의 승복이 잘 어울린다는 사실을 깨달았을 때부터, 은엽은 이 불영사를 찾지 않았다. 막 스물아홉을 살아내기 위해 안간힘을 쓰던, 그해 초파일이었다. 불현듯 차를 몰고 새벽길을 달렸다. 이제 은규를 놓아주라는 부처님의 계시가 그의 맘을 건드렸던 것인지 몰랐다. 승가대학을 졸업하고 불영사에 안주했다는 소식을 들었을 때부터 은엽은 그녀를 자주 찾지는 않았다. 멀리에서 그녀의 회색 옷차림을 보는 것만으로도 족했다. 이른 봄날 메주를 씻는 모습, 가을날이면 김장 준비로 앞뜰 배추를 고르고 있을 때나 아니면 해질녘 긴 그림자를 거느리고 대웅전으로 걸어가던 그녀의 뒷모습을 훔쳐보고는 했다. 그때에만 해도 그녀의 옷과 몸은 티격태격 서로 다투는 듯 보였다. 남의 것을 빌려 입은 양 생경스러웠던 그 승복에서 은엽은 은규가 아직 두고 온 세상을 버리지 못한 거라고, 그렇게 주제 넘는 짐작을 하곤 했다. 옷과 몸이 불일치한 은규를 바라보면서 어쩌면 어느 날 갑자기 가출했던 것처럼 옷을 훌훌 벗어던지고 그 산문을 등지고 나오지 않을까……, 부질없는 생각에 혼자씨름하곤 했다.

그러나 그 초파일, 은규의 모습은 여태껏 본 것과는 사뭇 달랐다. 우선 걸음걸이가 그랬다. 뭔가 익숙하지 못해 서먹하던 걸음걸이가 아니었다. 지난한 삶은 그녀의 부처님에게 모두 공양한 모양이었다. 그렇게 시간이 지나면서 은규를 가슴 아파하지 않아도 된다는 것을 깨달았다. 세월은 놀고먹는 한량만은 아니었다. 지나고 보면 시간은 언제나 우호적이었다. 상처를 치유하는 데 흐르는 세월만큼 훌륭한 처방은 없었다.

색깔의 중립에서 더러는 절망을, 더러는 희망을 내비치던 회색, 그날 승복이 은규의 몸에 그렇도록 잘 어울릴 수가 없었다. 그녀가 세상에서 입던 청바지나, 체크 남방보다도 훨씬 멋스러운 맵시였다. 연못가에 앉아 겨울 햇살을 모아 쥐었다가 다시 빠뜨리는 허전한 그녀의 손가락에서, 도량천수를 행하며 허적허적 짚어대는 걸음짓에서, 무시로 새 나오던 허수한 마음자리는 뵈지 않았다.

그런 차림으로 은규는 바삐 절간을 돌아다녔다. 엉킨 연등을 바로 고쳐놓는가 하면, 초파일 준비에 열심인 그녀의 걸음이 조용하면서 분주했다. 그녀의 몸에는 비구니가 자연스레 붙어살았다. 세상에 대한 미련을 모질게 끊어버린 스님이었다. 반질거리는 머리에 무르익은 봄 햇살이 다급스레 미끄러지고 있었다. 얼굴빛은 계곡 물보다 투명했다. 분명 그녀는 스님이었다.

마음이 놓였다. 이제 뒤를 돌아보지 않아도 될 것이다, 은규가 선택한 삶을 존중해주자, 은엽은 그런 마음으로 슬그머니 사찰을 빠져 나왔었다.

연못 속의 돌 위에 해쪼이 하러 올라앉은 자라들을 한참이나 바라보다간 그냥 차를 몰고 저물녘을 달려오곤 했던 적도 있었다. 은규를 생각하면 낡고 삭아버린 어리석음이 마음속 병자리에 똬리를 틀고 앉아 있는 것만 같았다. 이제 삶을 관조할 나이에 들어섰고 그 구태한 굴레의 허물을 벗어던질 때도 되었지만 묵은 기억은 가끔 가슴에서부터 파상을 이루며 은엽의 전신으로 퍼져나가곤 한다.

그 초파일 후 처음 찾아온 불영사이다.

고적하고 단정한 사찰.

부처님 모습이 그림자로 내려앉았다는 연못가를 빙 둘러보았다. 머리가 푸르스름한 비구니 둘이 대웅전 계단을 내려서는 중이었다. 무의식중에 은엽은 고개를 돌렸다. 그 스님이 은규가 아니라는 걸 알면서도 은엽의 의식은 저 먼저 방어 자세를 취했다.

그러나 은규를 만난 건 전혀 뜻밖의 장소였다. 마음의 긴장을 풀고 걸어 나오던 길이었다. 절간 입구, 꼭 닮은 건물 둘을 요사채로 세워 둔, 가을이면 은규가 배추를 뽑던 채마밭 앞이었다. 겨울에 몇 번이나 눈을 둘러썼을 그 밭엔 무지렁이 배추 몇 포기가 삭은 듯이 뒹굴고 있었다.

그곳에서 은규와 딱 마주치고 말았다. 두 사람은 그냥 멍하니 서로를 바라보았다. 정신을 먼저 수습한 쪽은 은규였다. 은규가 두 손으로 합장을 하면서 싱긋 웃었다. 은엽은 절간 앞으로 걸어가는 은규를 뒤따랐다.

"스님 뒤를 밟긴 왜 밟아?"

"중생이 짊어진 업을 좀 벗어볼까, 하고."

"오빠는 지금도 여전하네."

"은규야."

"……."

"그냥 불러보고 싶었어."

"실없기는……. 나이 들어도 달라진 게 하나도 없어."

은규의 입가에 조용한 웃음기가 맺혔다. 두 사람 사이를 이어주던 긴장이 누그러지고 있었다.

"오늘 별 보는 날이야. 가는 길에 들렀어."

"정연 씨가 보낸 초대장 받았어. 정연 씨는 해마다 보내. 언젠가 여기 한 번 다녀 간 모양이야. 만나지는 못했어. 책 몇 권을 두고 갔더라. 고맙다고 전해 줘. 엄마는 좀 어때? 요양원 생활에 적응은 잘 하셔?"

"인간 세상의 우리는 다 무고해."

인간 세상이라는 은엽의 말에 은규는 피식, 웃음을 터뜨렸다. 그녀의 볼에 피어난 볼우물은 참 오랜만에 보는 반가움이었다. 웃는 모습을 본 적이 언제였던가, 기억이 너무 아득해서 잠깐 가슴이 먹먹해왔다.

은규의 맘에 병소를 키우기 시작했던 건 아마도 그 가을이었을 것이다. 엄마의 화실이 있는 마당이었다. 꽃밭 위를 날고 있는 고추잠자리를 채에 잡아 담느라 얼굴이 벌겋게 달아올랐다. 유리창으로 고추잠자리가 날아들지 않았더라면 쌍둥이의 인생이 좀 달라졌을까. 그 아홉 살에 보지 않아도 괜찮을 장면을 보게 된 건 분명히 고추잠자리 때문일 것이다.

고추잠자리는 유리창에 꼼짝없이 붙어 있었다. 소리를 죽여 은엽과 은규는 창 가까이 다가갔다. 죽은 듯 붙어있던 잠자리는 은엽의 손에 쉬이 잡혀들었다. 그러나 잠자리를 잡은 손을 움직일 수가 없었다. 잠자리가 앉았던 창 너머 거실, 분명 심상찮은 사건이 벌어지고 있었다. 왜 저럴까, 이마에 손차양을 만들어 안을 살폈다.

아버지는 벌건 얼굴로 엄마를 때리고 있었다. 풀어헤친 혁대로 내리치는 아버지, 발가벗긴 그녀는 그 매를 오롯하게 받아들이고 있었다. 아버지의 폭력은 차라리 원한이었다. 은규는 비명을 질렀다. 얼굴이 노랗게 변해갔다. 도저히 아홉 살 힘이 미치지 못하는 곳이었다. 은엽은 엄마에게 아무런 도움이 되지 않는 나이를 살고 있었다.

무력감으로 몸은 부르르 떨렸고 바지 아래로 오줌은 염치없이 흘러내렸다. 은규는 울기만 했다. 쌍둥이, 두 아이의 눈으로 담아내기엔 한없이 버거운 현실이었다. 아버지의 폭력은 무엇으로도 당해낼 수 없이 거대했다.

은엽은 두 손으로 얼굴을 감싸 안고 눈을 꾹 감았다. 그날 은엽은 저주이듯 퍼붓는 아버지의 고함에서 엄마의 부정을 알았다. 그런 후 아버지는 떠났다.

정신을 차렸을 때에 은엽은 젖은 바지가 부끄러웠다. 창에서 등을 돌렸다. 은엽 손에 들린 잠자리는 이미 죽어 있었다.

기억은, 아니 상처는 제멋대로 부상하여 몸을 키워 나갔다. 떠난 아버지의 이유도 함께 나이를 먹어갔다.

"이제 나에 대한 염려는 좀 놓으시고 오빠 삶이나 챙겨. 도대체 언제 안주할 거야. 날마다 남의 집짓기하느라 떠돌지 말고 이제 무하랑 제 둥지도 틀어. "

은규의 말에 은엽은 지난 시간에서 헤매던 정신을 챙겼다. 은규의 표정은 온화했고 말은 아무런 티가 묻어나지 않았다. 은엽은 아직도 아픈 기억의 틀을 벗어나지 못해 끙끙거리지만 은규는 남은 삶을 가벼운 걸음으로 걸어가고 있는 것 같았다.

"그래, 이제는 맘 편히 널 놓아 줄 게."

"도대체 우리들 아버지는 누구일까, 처음엔 엄마의 추한 비밀이 내 고통이었지만 아마도 그것들은 내 방황을 위한 빌미에 불과했을 거야."

은규가 두 번째 가출을 한 날은 모의고사를 치르는 날이었다. 가방을 챙겨 학교에 갔지만 도무지 시험 문제를 읽어낼 수 없을 것 같았다. 다시 집으로 돌아왔다. 은규의 방으로 올라가 가출의 단서라도 될 만한 흔적이라도 찾아볼 양으로 서랍을 뒤적였다.

서랍 속에는 그녀의 속마음이 담긴 일기장 몇 권과 제법 두꺼운 스케치북이 있었다. 스케치북은 제법 두꺼웠다. 그녀의 시간이 오롯하게 담겨 있는, 마치 그림밖에는 아무것도 하지 않은 것처럼 여백이 없었다. 뜻밖에 그림 뒷면에 긴 글이 있었다. 낙서라기에는 내용이 퍽 진지했다. '쌍둥이 성좌' 를 그리스 신화로 설명해 놓은 글이었다.

은규는 온통 그런 내용의 가슴을 폭탄처럼 숨겨서 가출한 것이었다. 가족 모두가 산산이 흩어져버린 그해, 은엽은 대학진학도 포기했다.

가출한 은규의 전화를 받았을 때 홀몸이 아니라는 것도 알았다. 은엽은 은규와 병원으로 갔다. 그때에도 은엽은 아무것도 묻지 않았다. 아니 물어볼 수가 없었다. 은규는 그 후 골 깊은 상처의 후유증과 내내 투쟁해야만 했다. 목표였던 미대를 포기했고, 끝내는 출가를 하고 말았다.

"그 아이, 내가 생명줄을 끊어버렸던 아이 말이야. 짝사랑하던 남자의 아이였어. 나는 쫓아다녔지만 그 사람은 늘 그만큼 도망가더라. 그를 포기하는 데도 많은 시간이 필요했어. 이 말은 어쩌면 엄마가 더 궁금해 할 말인지 몰라. 세상을 살아내는 힘이 오직 사랑에만 있다고 믿는 엄마이니 말이야."

그 말을 던져놓고 혜원 스님은 등을 돌렸다. 발걸음이 어느 때보다 가벼워 보였다. 은엽은 한참이나 그녀의 등만 바라보았다. 그리곤 서둘러 시동을 걸었다.

벌써 별마로 천문대가 가까워지고 있었다. 은엽은 천문대 오르는 좁은 도로를 가까이 두고 장릉 앞으로 차를 돌렸다. 허름한 초가를 개조하여 식당으로 바꾼, 산채 비빔밥이 맛있는 집 앞에 익숙하게 주차했다. 무하는 그곳에서 기다리고 있었다.

별을 보러 오는 날이면 무하와 이곳에서 만나 저녁을 먹은 후 함께 천문대를 출발하곤 했다. 무하는 차에서 내리는 등뒤에서 은엽을 안았다. 보고 싶었어. 무하의 첫말은 늘 그랬다.

식사를 마친 후 운전 끝의 피로가 털렸다 싶을 때에 일어섰다. 무하의 차는 식당에 세워두었다.

천문지대의 훌륭한 배경은 암흑천지이다. 별을 찾아오는 이들을 위해 하늘이 배려한 보호 장치일 것이다. 별은 왜 어둠에서만 빛을 낼 수가 있을까. 언젠가 심각하게 은규가 물었다. 그냥 어둠으로 빛은 존재하겠지. 은엽의 대답은 치장이 없었다. 은규보다 훨씬 단조롭다. 이런 문답의 한 예로 은엽과 은규는 분명히 구분된다. 은규의 속은 호두 속 보담 복잡하고 묘했다.

천문대를 오르는 길은 그야말로 어둠의 터널을 뚫는 기분이었다. 헤드라이트는 가로막는 어둠길을 매몰차게 찢어낸 자리에 빛을 분사했다. 빛이 빠져나가면 어둠의 입자들은 다시 원래대로 봉합을 서둘렀다.

“너무 순수한 것은 변질될 우려가 많다고 했어요.”

“무엇이 순수하다는 건가요?”

“별요, 별이 순수하다고 그러대요. 내 누이 은규가 말입니다.”

“별은 순수하다……. 사람들 손에 잡히지 않아서일까요? 사실 뭐든 오염이라는 말끝에는 항상 사람들 책임이 따르니까요.”

겨울이 가려고 할 때쯤이면 은규의 맘은 들썩이기 시작했다. 2

월 하늘에 나타나는 쌍둥이 별자리 때문이었다. 혼자놀이를 즐기는 은규가 별에 빠진 건 별로 의아스러운 일은 아니었다. 스스로 자신을 구속하면서 위안을 받는, 가슴 한 구석에 음지 한 자락을 간직하고 사는 은규, 그녀의 속앓이는 유별나다 못해 치열했다. 상처 받는 것에 민감한, 그래서 그 상처를 누구보다 오래 간직하는 은규에게 가족들은 아무 도움을 주지 못했다.

산마루에 다 올라와서야 온 길을 되돌아보니 어둠을 가르는 수많은 빛이 길을 메우고 있었다. 별마로 천문대에서 실시되는 아마추어 천문학회의 총회를 향해 달려오는 불빛이었다. 긴 겨울을 기다린 회원들의 발길은 끝이 없었다. 2월이 지나가는 겨울 하늘, 별자리 관측으로 이렇도록 훌륭한 날이 언제 또 있을까, 싶었다.

은엽의 차는 천천히 어둠을 가르며 800m 정상의 봉래산 별마로 천문대에 몸을 풀었다. '별을 보는 고요한 정상'이라는 뜻을 가진 천문대, 그 산에서 아래를 바라보면 영월읍이 한눈에 들어온다. 별을 많이 거느린 탓일까, 영월의 땅에도 별이 가득 움을 틔우고 있었다. 동강을 끼고 앉은 마을 집집이 어둠 속으로 쏘아내는 불빛들이다. 그 마을 사람들도 하늘처럼 빛을 발하는 별을 키우고 있다.

"어 오랜만입니다."

천문교육관 앞 주차장으로 내려오는 은엽의 걸음을 붙잡는 목소리였다. 지회장이다. 인천의 고등학교에서 과학을 가르치는 안

홍수 선생, 그가 은엽의 등을 돌려세웠다.

손을 잡고 인사를 나누는 중에 한 무리 별지기들이 어둠 속에서 나타났다. 천문학을 전공하는 용희 씨, 일산의 중학교 물리 교사 승우 씨, 올해 대학 4학년에 올라가는 명희 씨, 초등학교 교사인 정연 씨……. 별을 좇은 눈에는 이미 별들만 가득이었다.

숙소 배정을 맡은 정연 씨가 남자들의 짐은 큰곰별자리 방에 다 풀어 놓으라고 지시했다. 얼추 30여 명이 함께 기거할 수 있는 큰 방이다. 은엽은 망원경 등, 장비를 방안에 부려놓고 문밖을 나왔다. 무하는 어느새 팀들과 어울려 가방을 옮겨놓고 방문을 나서는 중이었다. 무하가 기거할 방문에는 작은곰자리 별자리가 그려져 있다. 그리고는 여자 몇과 간단한 간식거리로 과자나 음료수 등을 휴게소에 배치하고 있었다. 그녀의 얼굴에도 별빛 생기가 감돌았다. 이런 날이면 발걸음도 재바르다. 느릿느릿 굼뜬 행동으로 '춘향이 걸음'이라는 놀림 받는 무하였다. 그러나 별지기들과 어울리는 날이면 사뭇 달랐다.

연락부를 맡고 있는 용수 씨는 인원을 점검하고, 아직 얼굴이 안 보이는 몇몇 회원들의 도착시간을 휴대폰으로 일일이 확인하는 중이었다. 무하는 무슨 이야기가 그렇게 재미있는지, 정연 씨 손을 잡고 깔깔거리는 중이었다.

9시가 다 되어갈 무렵, 참석한 회원들은 천체투영실로 향했다. 전망대로 오르기 전에 행하는 필수 워밍업이다. 8M 돔 스크린의 가상 별자리로 먼저 하늘 자리를 살펴보고 실전에 들어가는 순서가 별을 관찰하는 유익한 코스이다.

"오징어먹물 같아요."

무하는 이런 어둠을 곧잘 먹물에 비유하곤 했다. 정말 먹물 속을 걷는 듯한 완벽한 암흑이었다.

돔 스크린이 설치된 천체투영실은 별빛을 풀어놓은 듯 푸르스름한 기운이 감돌았다. 그 빛을 헤집고 겨우 자리를 찾아 앉았다. 투영실의 인공 하늘엔 3,500개 정도 가상의 별이 투영된다. 비록 인공의 별이지만 날씨와 무관하게 감상할 수 있는 장점도 있다. 하늘이 투영되자 무중력의 지대에 진입한 우주인처럼, 갑자기 몸무게가 부재한 듯 둥둥 떠다니는 기분이었다. 진공 상태, 아니 부유하는 느낌이랄까.

눈앞에 주저앉아 내린 하늘이 손을 내밀면 잡힐 듯 가까웠다. 옆 좌석의 무하는 팔을 길게 펴 올려 별을 움켜쥐는 시늉을 했다. 그러다가 한 손을 은엽의 다섯 손가락에 끼워 넣었다. 그녀의 몸은 온기로 사람을 맞아들이는 방법을 안다. 그녀가 손을 잡아주면 세상에 보이는 모든 것들이 너그러워지곤 한다. 숭굴숭굴한 성격의 무하는 유난히 손잡기를 좋아했다.

영월군청 소속이라 했다. 머리숱이 무성한, 턱이 네모로 각진 별 가이드인 김영민은 자기소개를 그렇게 했다. 아주 오랜 옛날 메소포타미아 사람들에 의해 최초로 만들어진 88개의 별자리는 결국 이집트와 그리스로 전해졌다. 이집트와 그리스는 물론 신화의 왕국이기도 하다. 황도 12궁과 별자리 찾는 법, 그 별이 지니고 있는 신화도 곁들여 설명했다. 전천에서 가장 아름다운 오리온자리로 시작된 신화는 포세이돈과 에우리알레드 사이에 태어난 오리온의 사랑이며 숙적이 되고 만 전갈과의 관계로 풀어 나갔다. 2월, 쌍둥이별자리를 시작할 때에는 형제애 없이는 이야기할 수 없다고 말했다.

별 가이드는 은엽이 알고 있는 것, 은규에게서 숱하게 들어 온 쌍둥이들에 대한 이야기를 세세하게 했다. 물론 2월이었고, 2월의 대표적인 별자리가 쌍둥이성좌이기 때문일 것이다.

남동쪽 방향을 향해 눈을 돌려보라는 가이드의 지시가 아니었어도 은엽은 벌써 그 별자리에 눈을 맞추고 있었다. 2개의 밝은 별이 비스듬한 간격으로 늘어서 있어 눈여겨보지 않아도 바로 알아볼 수 있었다. 쌍둥이자리는 눈을 감아도 마음으로 떠오르는 별이다. 오래전부터 은규에게 세뇌당해 온 은규의 별자리이기도 하다.

두 별에서부터 각각 별의 줄이 오른쪽 아래 방향으로 이어져 있었다. 이들 별의 줄은 다정하게 어깨동무를 한 쌍둥이 모습을 자연스레 만들어 내었다.

"제우스가 말예요, 스파르타 지방을 여행하다가 그 나라 왕비 레다와 사랑을 했다네요. 그때 이미 남편 틘다레우스 아이를 임신 중이었던 레다가 말이예요, 제우스의 아이를 함께 품게 된 거랍니다. 레다는 두 개의 알을 낳았어요. 쌍둥이 알이지요. 한 알에서는 카스토르와 크리타임네스트라는 여자 아이가, 또 다른 알에서 폴룩스라는 아들과 헬레네라는 여자아이가 태어났겠지요."

은엽은 나직이 무하에게 말했다. 별에다 시선을 둔 무하는 은엽의 말에 가만한 귀를 내주었다.

"카스토르, 저건 내 별이래요. 폴룩스, 저 일등성은 은규의 별이구요. 카스토르와 폴룩스는 비록 핏줄은 달랐지만 우애는 그만이었다는 것. 형제는 황금 양피를 찾아 나섰던 아르고 호의 일행으로 항해를 하게 되었지요. 그런데 갑자기 폭풍우에 휩쓸리게 된 겁니다. 오르페우스, 알죠? 아, 에우리디케와 사랑으로 유명한……, 그 오르페우스의 하프 연주에 파도가 잠잠해 진겁니다."

그렇게 가상 우주를 30여 분쯤 헤매었을까, 갑자기 별은 희미해지고 하늘이 멀어졌다. 꿈에서 방금 깨어난 듯 옆 사람들의 얼굴 윤곽이 슬슬 살아나기 시작했다. 불이 들어 온 것이다.

꿈을 털고 일어나듯 일행은 4층 관측실로 올라가기 위해 밖을 나왔다. 밤이 제법 깊었는데도 1층 매점은 여전히 북적거렸다.

영월지역은 쾌청 일수가 연중 192일쯤 된다. 그래서 별을 보기가 알맞은 곳이다. 아마추어 천문인을 위해 심야개방을 하는가 하면 여러 첨단 시설로 별지기들에게 친절을 베푼다.

4층은 아직 별이 돋지 않은 미지의 지대였다. 가이드의 간단한 주의사항이 끝나자, 공연 시작을 알리듯 스르륵, 보조 관측실의 슬라이딩 돔이 열리기 시작했다. 어둑하던 실내는 갑자기 옥외로 변하고 머리 위엔 또 하나의 암청색 하늘이 펼쳐졌다. 밤하늘에 심어 놓은 별들이 빛을 매달고 얼굴을 쏘옥 내밀었다.

와!

누가 먼저 외쳤을까, 모두들 기다렸다는 듯 함성을 내질렀다.

굴절망원경, 반사 망원경 등, 10대의 망원경이 순서를 기다리고 있는 보조관측실, 은엽은 무하의 등뒤만 따랐다. 그녀가 두고 나온 별을 만나기 위해 망원경에 눈을 갖다 댔다. 그녀의 체온이 아직 가시지 않은 렌즈는 은엽 가까이에 별을 데려다 놓았다. 렌즈에 숨은 별은 은엽의 온몸을 빨아들이는 것 같았다. 우주, 어떤 산술로도 계산이 안 되는 공간이다. 과거로부터 미래로의 시간적인 연결 속에 놓인 공간, 별은 그 속에 존재하고 있다. 은엽은 망원경이 맞추어 둔 별자리를 다 관찰한 후, 자리를 옮겼다. 토성을 보기 위해 주 관측실로 이동을 했다.

사실, 영월은 굳이 망원경이 아니더라도 별보기가 수월한 하늘이 있다. 렌즈 속에 담기는 한정된 공간의 하늘보다 은엽은 툭 트인 하늘의 별을 한꺼번에 보는 걸 더 즐겼다. 공해도 광해도 없는, 별보기에 완전무결한 영월 땅에 오면 그런 맘을 알아주는 하늘이 있어 좋았다. 언젠가 은규도 영월 하늘을 좋아하는 이유가 그렇다고 했다.

천문과학관에는 벌써 아마추어 천문학회 회원들이 자리 잡기 시작했다. 아마추어천문학회는 2년마다 총회를 개최한다. 물론 그 사이 별보기 행사는 많지만 총회는 임원들의 임기가 끝나는 주기에 맞추는 게 관행이다. 과학교육관으로 돌아온 회원들은 2년 임기가 끝난 임원들의 재임명에 대한 의제를 다루었다. 모든 임원은 재임명 동의안에 통과되었다. 단지 결석 중인 행사진행 책임은 은엽이 맡았다.

공식적인 회의가 끝나면 천문학회는 본격적인 별 이야기 프로를 진행한다. 이 프로가 정착한 지는 오래되었다. 천문학회 인기몰이로 각광받게 된 '별 이야기' 는 열두 별자리를 담당하고 있는 대표 회원들의 몫이다. 신입 회원들을 향한 이만한 러브콜은 드물 것이다.

"8월 무렵이면 남쪽 하늘에서 볼 수 있는 전갈은 오리온자리의 천적이기도 하죠. 안타레스를 포함한 그 전갈자리는 S자 커브가 특징을 이루는 여름을 대표하는 별자리입니다. 그러나 5만년 후이면 그 아름다운 S자 커브를 볼 수 없게 됩니다. 그건 지구의 자전, 공전에 의한 '일주 운동'과, '연주 운동' 때문이죠. 별들은 이런 운동 이외에도 '고유 운동'에 의해 각각 다른 방향으로 이동을 하게 됩니다."

안홍수 회장은 열두 별지기들의 발표가 있기 전에 움직이는 별자리로 이 프로그램에 대한 인사말을 대신했다. 연단 아래로 내려서는 그의 안경알에서 반짝 별 하나가 튀어 달아났다. 형광등에서 빠져 내린 불빛이 안경알에서 부딪친 것이다.

별의 세계로 들어서면서 은엽은 과대평가하던 자신의 존재를 겸허하게 받아들였다. 별, 그 이름부터 신비로움이었다. 어느 누가 주관하는 원리일까, 별의 거동이 빚어내는 사건, 다이내믹한 그 스케일에 입을 다물 수가 없었다.

별자리이야기는 사실 은규와 정연 씨가 개발한 프로그램이다. 은규와 정연은 손발이 척척 잘 맞는 환상적인 별지기 커플이었다. 발표를 시작하기 전, 별지기 두목, 정연 씨가 연단 위에 섰다. 활달한 정연 씨는 시원한 목소리로 올해도 좋은 이야기를 많이 갖고 온 회원들을 환영한다는 인사말과 담당 별지기들의 차례와 이름을 발표했다.

1월, 오리온자리는 무하의 몫이다. 무하는 별의 일생을 먼저 다루었다.

그녀는 별에게도 일생이 있다는 놀라운 사실에 가슴이 뭉클했다는 이야기로 시작했다. 연단에 선 무하에게서 초등학교 교사 냄새가 물씬 풍겼다. 습관 때문일까, 그녀는 마치 어린 학생들 앞인 양, 알아듣지 못하면 어떡하나, 그런 염려를 담뿍 담은 목소리였다.

"일생에 대하여 관념적으로 풀이한다면, '목숨이 다할 때까지의 동안'이란 말이 될 것입니다. 백여 년도 채 못 채우는 우리 인간에게도 일생은 대단한 의미이며 그걸 빼고 말할 수 있는 어떤 무엇도 존재하지 않습니다."

챙이 긴 모자를 쓴 채 연단으로 올라선 무하는 퍽 감성적으로 차근차근 풀어나갔다.

일생, 무하가 던진 화두는 별지기들 마음자락을 살짝 건드려놓기에 충분했다. 무하의 별은 듣는 이의 가슴 어디엔가에서 날아온 한 알의 꽃씨처럼 박혀 발아를 시작했다. 그것이 자라면 틀림없이 별꽃이란 이름으로 피어날 것이었다.

"사람과 비교하면 별의 수명은 영원한 것처럼 생각되지만, 수소를 연료로 해서 빛이나 열에너지를 만들어내고 있는 한, 별도 죽음이란 것이 찾아옵니다. 수소를 핵융합으로 태워서 탄소나 질소, 규소 등, 좀 더 무거운 원소로 바뀌게 하죠. 핵반응 뒤에 재가 생기고 무거운 재가 차츰 중심부로 고여 갑니다. 태양의 8배 이상 되는 아주 무거운 별은 일생의 마지막에 별 전체를 날려 버리는 대폭발을 일으킵니다. 말하자면 과격한 지구인들이 자주 자행하는 자폭이란 거죠. 이 폭발 현상을 초신성이라 합니다. 우주 공간으로 날아간 가스와 먼지가 중심에 남은 별에 비치거나 성간 물질과 충돌해서 빛나는 것을 초신성잔해라고 우리는 말합니다. 행성상 성운이나 초신성 잔해는 우주의 쓰레기와 함께 흩어져서, 다시 다음 세대의 별을 만드는 성운에 거두어들여 집니다. 저는 개인적으로 이 과정을 '별의 윤회'라는 이름을 선물하고 싶습니다."

무하는 그 말쯤에서 숨을 돌렸고 숨 돌림과 동시에 박수를 받았다. '별의 윤회'라……, 무하가 명명한 말이 별처럼 신선한 느낌으로 전해졌다. 숨을 돌린 무하는 다시 씩씩한 사냥꾼 오리온성좌를 신화의 측면에서 말해 나갔다. 무하의 별 이야기는 제법 인기를 얻었다. 몇 번의 상쾌한 웃음과 두 번의 박수, 그 정도면 퍽 성공적이었다. 무엇보다 진지했고 내용이 신선했다. 그리고 조리 있고 설득력 있는, 차분한 말투 때문이었다. 그녀의 지휘봉 끝에는 두 개의 1등성과 5개의 2등성으로 이루어진, 별자리의 왕인 오리온성좌가 그려 진 그림이 있었다.

오리온자리는 특히 겨울에 볼만하다고 했다. 별은 동쪽에서 서쪽으로 이동한다. 설날의 오후에는 남동쪽에 있지만, 한 시간 반 뒤에는 남남동쪽으로 이동한다. 그 이동에 무하는 또 '별의 흐름'이라는 표현을 써서 마지막으로 박수갈채를 받았다.

발갛게 상기된 얼굴로 무하는 제자리로 돌아와 앉았다. 앉자마자 은엽의 손을 꼭 잡았다. 열기 때문일까, 상승한 그녀의 체온 속으로 서서히 빨려 들어가는 기분이었다. 애썼다는 말 대신 은엽은 그녀의 손을 힘껏 잡아 주었다.

두 번째 2월의 별자리는 은엽의 몫이다.

은엽은 카스토르와 폴룩스를 그리스 신화로 풀어 나갔다. 단상에서 들려준 쌍둥이 성좌는 은규의 각본이었다. 은규의 이야기를 한마디 가감 없이 그대로 옮겼을 뿐이었다. 이야기를 하면서 은엽은 내내 은규의 표정을 떠올렸다. 목이 잠겨왔다. 잠시 말을 쉬고 물 한 컵으로 마음을 달랬다. 그리고 이야기를 전환하여 쌍둥이

별자리 아래에 위치한 겨울의 대삼각형에 대한 해설도 끝냈다.

2월 별지기 은엽이 단상에서 내려오자 3월의 별지기 용희 씨가 큰곰자리를 설명하기 위해 일어섰다. 용희 씨는 제 손을 은엽의 손에 부딪치면서 바통터치를 흉내 냈다. 후드 점퍼 차림인 그의 몸이 날렵하게 단상을 훌쩍 뛰어올랐다. 단아한 용모인 그의 얼굴은 미리 별빛을 깔아둔 듯, 맑았다. 용희 씨는 천문학과 출신답게 우주의 극적인 천문현상을 언급했다. 무거운 별이 죽음을 맞이하는 최후의 순간인 초신성 폭발에 대한 설명이었다.

11월의 별, 안드로메다자리를 중학교에서 과학을 가르치는 김경수 선생이 맡았고 마지막으로 안홍수 회장이 12월의 별, 황소자리를 끝냈을 때는 얼추 12시가 다된 무렵이었다.

긴 시간이었지만 자리를 지키는 회원들의 눈은 초롱초롱했다. 그들은 슬슬 움직일 채비를 서둘렀다. 별지기들의 활동시간은 깊은 밤이다. 옷을 두껍게 껴입고 개인 장비를 챙겨 어둠 속으로 무리지어 숨어들기 시작한다.

은엽과 무하는 그들 틈을 비껴 나와 산책로로 이어진 계단을 내려섰다. 가만 눈을 떴다간 감았다. 잠깐의 워밍업 후면 슬며시 어둠이 길을 열어준다. 날가지만 거느린 나무들이 무리지어 선, 그 숲을 양팔로 껴안고 앉은 계단 끄트머리에 주저앉았다. 어둠을 말아먹은 먼산주름이 스카이라인을 그리고 있었다. 장비 같은 게 없어도 별은 얼마든지 제 모양을 맞추어 볼 수 있었다. 무하의 손이 그의 파카 주머니 속으로 들어왔다. 따뜻했다. 두 사람은 후미진 곳에서 한참이나 정물처럼 앉아있었다.

“은엽 씨가 쌍둥이였다는 게 참 신기해요.”

어둠의 휘장을 걷어내며 걸어오는 듯한 무하의 말이었다.

“쌍둥이들은 늘 시선을 집중 받죠. 어렸을 땐 재미있기도 했어요. 관심 받는다는 게 싫지는 않았거든요.”

“차림은 어땠어요. 어렸을 적 은규 씨와 쌍둥이 연출 말입니다”

“물론 우리 쌍둥이도 피해가지 못했답니다. 그런데 은규와 제가 초등학교에 입학하던 날이었어요. 그날은 쌍둥이 형제가 기념해도 좋을 거구생신(去舊生新)의 날이었죠. 태어나서 처음으로 쌍둥이의 분리가 시도되었기 때문입니다. 우선 입은 옷부터 모양이 달랐어요. 은규는 붉은 색 점퍼에 감색 치마, 저는 병아리 색 윗도리에 초록 바지, 둘은 서로의 다른 모습을 바라보며 입을 다물지 못했지요. 나와 다른 사람이 앞에 서 있다, 그건 경이롭다 못해 반란이었어요. 한 번도 다르게 갖춘 입성으로 밖을 나서보지 못한 쌍둥이들이었으니까요. 양말, 모자, 신발 심지어는 속옷마저도 판에 박은 듯 똑같았어요. 그리고 은규가 처음으로 여자 옷을 입었던 날이기도 했어요.”

“은규 씨가 그럼 남장 스타일이었단 말이죠?”

“네. 머리 모양까지도요. 어찌된 셈인지 엄마는 한 번도 은규에게 여자아이의 분장을 허락하지 않았어요. 은규 또한 남자 아이에 길들여져 있었고 그걸 더 편하게 받아들였어요. 그날, 입학식에 은규는 자신의 변신에 무척 당황한 눈치였어요. 치마를 입고 쑥스러워하던 은규가 입학식 이후 '형'이란 호칭을 감추어두고 둘만 있을 때만 몰래 꺼내어 사용하곤 했어요. 엄마는 입학 날까지라는, 금을 미리 그어둔 모양이었습니다. 은규와 저는 그때부터 둘로 완벽하게 분리되었어요. 학급을 달리했으며, 그래서 친구가 달랐고, 가방이며 학용품 색깔 모두가 달랐죠. 처음엔 달라짐을 잘 받아들이지 못해 쩔쩔맸어요. 습관이란 것은 마약과 같은 독성을 가지고 있는 모양입니다. 그 중독에서 벗어나는 데는 많은 시간이 필요했어요."

은엽은 무하의 손을 꼭 잡았다. 여전히 손은 따뜻했다.

"엄마의 손이 따뜻했다는 기억은 여덟 살, 입학식 날이었습니다. 엄마를 새롭게 발견했던 날이기도 했어요. 홀로일 때는 비교라는 게 불가능하잖아요. 꼬맹이들 손을 잡고 줄을 선 많은 학부형들 무리 속에서 엄마는 완연 돋보였어요. 목이 긴 구두에, 짧은 울 치마, 그리고 벨벳 망토, 그뿐인가요, 새 깃털이 꽂힌 모자를 쓴, 그런 엄마를 닮은 사람은 아무도 없었어요. 모두의 시선이 엄마에게로 모여 들었죠. 엄마는 정말 예쁘다, 은엽과 전 하루 내내 우쭐댔죠. 엄마는 그날, 정말 엄마 역할을 훌륭히 해내더군요. 담임선생님을 차례로 찾아 우아하게 인사를 했으며, 쌍둥이 두 손을 잡고 다정스레 교문 밖을 나섰어요. 모든 눈길이 쌍둥이와 엄마에게로 쏠렸어요. 선망을 받고 있다는 것은 기분 나쁘지 않았습니다. 엄마의 자식이라는 것이 세상 무엇보다 자랑스러웠어요. 그때 잡았던 엄마의 손, 매니큐어 붉게 칠해진 엄마의 손은 지금도 제일 따뜻한 기억으로 남아있어요."

주머니 속, 무하의 손이 꼼지락거렸다. 먼 길로 달려갔던 생각들이 일순간 깨어나 기지개를 켰다. 어느 골짜기에선가 함성이 터져 나왔다. 망원렌즈에 뭐가 잡혔을까. 무하는 함성의 흔적 쪽으로 고개를 빼돌렸다.

은엽은 머리 위에 있는 쌍둥이성좌를 살피는 중이었다. 눈은 멀어도 마음이 미리 가서 그 별자리를 잡아냈다. 머리 위에서 빛나는 두 별은 어깨동무를 하고 있는 듯 다정했다. 전술에 뛰어난 카스트로와 격투기의 달인인 폴룩스, 그들의 우애에 제우스조차 손을 들고 말았다는, 쌍둥이의 형상을 그려내기 위해 은엽은 별을 따라가 보았다.

남쪽 하늘에서 유성인가, 빛 하나가 떨어져 내렸다. 흐르는 별, 그렇게 이름 지어 부르지만 사실, 유성은 별이 아니다. 흐르는 별의 정체는 초속 수십 킬로미터의 초고속으로 지구에 돌입하는 먼지 입자이다.

새벽이 그렇게 다가오고 있었다. 밤하늘은 여전히 아청빛 바탕이었고 수많은 별들이 연출되는 무대였다. 그 하늘에 눈을 둔 채 무하가 말했다.

"저 많은 별들에게 이름을 불러주기 시작한 건 인간의 장난기에서 시작된 건 아니었을까요, 그저 별을 별로 두지 못해 안달하여, 별의 주체를 무시한 채 제 마음에 드는 전설까지 붙여 이름 짓기 시작한 게 말입니다."

두 사람이 계단 끝에서 일어선 건 새벽녘의 추위 때문이었다. 몸을 일으켰을 때 모든 기관이 얼어버린 듯 뻣뻣하게 굳어 있었다. 잘못 건드렸다간 뿌드득 소리 내며 뼛조각들이 부서져 내릴 것 같았다. 조심스레 몸을 일으켜 계단을 타고 올라오면서 철수하는 별지기들과 맞부딪쳤다. 모두의 얼굴들에는 별보다 더 영롱한 빛이 흐르고 있었다. 그들을 물끄러미 바라보던 무하가 혼잣말처럼 뇌까렸다.

"우리 언제 오로라를 찾아 떠나요?"

"오로라, 그거 좋지요."

캐나다의 오로라 관광마을인 옐로 나이프에는 무하의 습관적인 꿈이 있다. 그 마을의 원주민들은 전기를 띤 입자들이 대기권의 기체와 부딪쳐 발생하는 빛 에너지를 '신의 정신'이란 이름으로 신성시한다.

산주름을 거느린 어딘가의 하늘에서 어슬어슬 여명이 흔적을 드러내기 시작했다. 점점 바래지는 산 아래로 붉은색, 혹은 녹색의 오로라가 금방이라도 피어날 것 같은, 환상적인 예감이 일어났다.

별지기들이 슬슬 숙소를 찾아든 것도 그 새벽이었다. 작은곰 별자리가 그려진 문을 열고 들어가는 무하의 등이 사라졌을 때, 은엽은 큰곰자리 방문을 열었다.

비애선

사실 세상을 긍정적으로 바라보는 건 내 많은 취미 중의 하나이기도 하다. 하느님을 믿는다고 주일이면 성당에서 묵주 알을 굴리지만, 그렇다고 하느님에게 내 인생의 운영을 도맡아 달라고 억지를 부리는 축도 아니다.

사후의 삶까지 욕심 부리는 인간들의 질긴 허영의 결정체, 그 상상의 유토피아 천국은 물론, 스스로를 벌하기 위해 만들어낸 하데스의 지옥 같은 것도 깊이 믿지는 않는 편이다. 적당한 눈발림으로 크게 도리에 어긋나지 않으면서 우선 내가 속한 현재의 영역에 더 애착과 무게를 두고 있는 편이라고 할까, 그래서 나라는 존재는 현실적인 인간의 아류라고 분류해 버려도 어느 누구도 나무라지 못할 것이다. 그런 말도 있지 않은가, 개똥밭이라도 이승 삶이 훨씬 낫다는.

손금이라니!

그렇게 눈에 보이고 손에 잡히는 것에만 믿음을 부여하던 내가 미혹의 틈바구니에서 허우적거리게 된 것이다. 손바닥에 그려진 자잘한 금들이 운명을 주도한다는 말에 귀가 여려지더니, 그 금에다 이미 살아버린 내 인생까지 거슬러 올라가 아귀를 맞추어 나갈 염을 했으니 말이다.

흩어진 퍼즐을 껴 맞추듯 그 손바닥에 적당한 운명의 의미로 짝을 지어 놓고는 고개를 주억거리며 옳거니, 맞장구를 쳐대기까지 하는……. 이건 분명 내 삶의 말미에 일어난 반란이며 용납하기 어려운 모순이다. 그렇지만 문제는 그 손금과 내 운명이 기찻길처럼 평행선을 이루며 함께 달려왔다는 것에 대한 확신이 섰다는 것이다. 어쩌면 그것 또한 내 마음의 모의인지도 모르겠다. 하지만 터무니없다고 딱 부러지게 내치지 못하는 뭔가가 분명 존재했다. 음지에만 기생하는 그림자처럼, 늘 내 뒤를 추적당하는, 그 뭔가에 대한 막연한 추측, 아니 느낌이라는 게 더 적당한 표현이 될 것이다. 눈을 감으면 그 아득한 세월을 툭툭 걷어내며 선연하게 그려지는 누군가의 손바닥이 있었다.

내 삶 어느 길목을 지키고 있던 잔흔, 아니면 기억의 일부에서 장기간 유숙했던 존재였는지 모른다. 큰 의미를 두지 않았든가,

아니면 외면하고 싶었던 내밀한 자아의 소행이었을지는 모르겠다. 유달리 생명선이 짧았던, 그 선만큼 세상을 살다 떠난, 여자아이의 손금이었다.

눈을 뜨는 아침이면 빗살에 끼인 머리카락으로 조금씩 빠져 달아나는 내 삶과 조우하곤 한다. 내 생명이 하나씩 둘씩 빠져나가는, 그 진행을 느낀다는 것은 약간의 비애감 없이는 어렵다. 마치 밀린 숙제를 해치워야겠다는 중압감처럼, 생뚱하게 남겨진 그 손금에 매달려 수선을 피우기 시작한 것도 그 머리카락이 주도하지 않았나, 하고 생각해 본다. 얼마 남지 않은 쌀독을 들여다보는 것처럼, 살아온 것 보다 훨씬 더 적은 양의 나날들에 대한 아쉬움 같은 것.

과거를 다시 들추어낸다는 것은 현재를 지배하고 있는 그것들의 그림자를 들어내고 싶은 욕망 때문이라 한다. 삶의 흉터로 숨겨 둔 지난 것들을 정리하려는 걸 보면 내가 그 손금에 어지간히 기억을 저당 잡혔던 모양이다.

소위 일류 대학이라는 곳을 나와 손금 연구에 미쳤다는, 그래서 그럴 듯한 미래까지 포기했다는, 그 남자의 이야기에 두 귀를 쫑긋 세운 것부터 우연이 아니었을 것이다.

한 번이면 우연, 두 번이면 필연, 세 번이면 운명이란다.

묵은 일기장 속에는 누구의 말을 베껴 왔는지 굵은 글씨체로 적혀 있었다. 이 세 개의 낱말이 우리의 인연을 주도하고 삶의 틀을 만들어 나간다는 암시와 함께 그 많은 세월을 견뎌 나온 흔적을 숨겨 두고 있었다. 일기장 페이지 마다 어둠처럼 숨어 있는 삶의 궤적 속에서 나는 내가 앓았던 한 시절을 만나고 말았다. 왜 새삼스레 그걸 뒤질 생각을 했던가.

- 손금: 손바닥의 살 거죽이 이룬 잔무늬의 금. 수문(手紋).

손금이란 말을 사전 용어로 명료하게 정리해둔 그 일기책을 뒤져보게 된 연유도 '손금에 미친 남자', 라는 신문 광고 때문이었다. 이것도 어쩌면 '우연'이란 말의 음모일지 모르겠다. 그날 아침, 내가 뒤져보던 신문 광고란에는 그 책이 제법 그럴듯한 위치에서 비중 있게 다뤄지고 있었다.

우연은 그쯤에서 그치지 않았다.

남편이 즐기는 텔레비전 프로그램은 산돼지를 자식처럼 키우는 한 남자를 소개하고 있었다. 훔치개질을 하던 중, 귓속을 후림불처럼 찔러대는 이름에 놀라 고개를 돌렸다.

김귀돌, 남자로 착각하기 쉬운 그녀의 이름이었다. 결코 흔하지 않은, 독특한 그 이름을 가진 한 남자가 산돼지를 안고 서 있었다. 나는 걸레를 쥔 채 멍히 화면 속을 응시했다. 남자의 얼굴 위로 천천히 그녀가 오버랩 되고 있었다.

잠자리에 들었어도 그 화면만 눈앞을 서성거렸다. 뒤척이던 몸을 일으켜 바느질함을 뒤적거렸고, 그렇게 밤잠을 설치며 하지 않아도 될 바느질감을 주섬주섬 챙겨 들었다. 새로 산 남편 셔츠의 단추에 다시 여물게 바느질을 시작할 때였다.

바늘에 손가락을 찔리고 만 것이다. 손가락에 검붉은 핏방울이 맺혀 들었다. 검지 끝에 맺힌 피는 슬슬 제 몸을 부풀려 나갔다. 그러다간 더 이상 무게를 지탱할 수 없던 핏방울은 툭, 굴러 떨어지고 말았다. 가느다란 실개천이 되어 흘러내리던 핏방울은 미로처럼 그려진 손바닥의 금 안에서 몸을 풀었다. 한평생 손바닥에 가두어 두었던, 그녀가 쿡쿡 눌러대며 상처를 예시하던, 내 손금 안에 편히 드러누운 핏방울.

가만 그 방울이 머문 손바닥을 유심히 들여다보았다. 그 핏방울을 중심으로 내 손금이 은밀하게 펴져나갔다.

이만하면 우연이 필연을 불러오고 그래서 운명으로 이어지기에 충분한 사건으로 구색을 맞춘 셈이 된 겔까?

총총 달아나버린 하루를 되짚어보았다. 손금에 미친 남자, 산돼지를 키우는 남자, 내 손금 안으로 흘러내려 안주한 핏방울…….

얼마마한 운명을 보았으면 그랬을까. 손금 세계를 장악한 그 남자의 미스터리부터 파헤치기로 했다. 그 책을 구입하기 위해 책방을 찾았다. '손금에 미친 남자'라는 두 권을 가까운 책방에서 구입 신청을 했고 이틀이나 기다린 끝에 거머쥐었다. 책의 부피에 비해 다소 버겁다 싶은 금액이었다. 운명이란 말의 수수께끼 때문이었을까, 사실 여느 책보다 무게감이 훨씬 더 강하게 전해졌다.

돋보기안경을 콧등에 걸치고 주요문서를 밝혀내려는 비밀요원 처럼 진지하게 책을 펼쳤다.

— 손금은 두뇌사진이다. 즉 두뇌를 찍은 사진이란 뜻이다. 그 두뇌가 의식적 또는 무의식적으로 보고, 느끼고, 생각하거나, 태생적 유전적으로 가져오거나 후천적으로 개발된 재능들, 성격적이거나 체질적 특성, 무의식의 세계 등등이 모두 손금에 반영되어 나타나고 있다는 말이다. 그리고 사람의 손금만큼 그 사람의 두뇌를 잘 반영하고 있는 것은 없다고 한다. 임신 초기 뇌신경이 만들어진 후, 그 신경선이 뻗어나가 손바닥의 신경을 구성하는데, 임신 3개월째에 이미 손금의 주요선이 자리 잡기 시작하는 것이다. 두뇌를 구성하고 있는 약 2억의 신경세포 중 상당히 많은 세포가 손바닥을 거쳐 가고 있다. 따라서 손은 정말로 가치 있는 많은 정보를 가지고 있다고 할 것이다. —

붉은 볼펜으로 밑줄까지 그었다. 빨간 줄을 깔고 앉은 글들이 꿈틀거리는 벌레가 되어 금방이라도 벌떡 자리를 털고 일어날 자세였다. 의미를 둔다는 것은 생명을 부여한다는 뜻일까, 산 몸뚱이가 되어 책 밖으로 빠져나올 것 같은 그 글들을 음미하듯 읽고 또 읽었다.

"찾았다, 여기!."

"뭘 찾아? 뒷등 번지수를 찾아낸 거야?"

엉겁결에 뛰쳐나온 내 고함에 읽던 신문을 내려놓은 남편이 참

견을 하고 나섰다.

"뫼등이라니……."

뫼등이라니, 하고 말을 물어내다가 피식 웃고 말았다. 언젠가 부모님 산소에 들렀던 고향 길이었다. 공동묘지라 그만그만하게 누워 있는 묘지 사이로 겨울 내내 꽃을 피워내었던 동백나무 가지가 자두만한 씨알들을 매달고 있었다. 씨알 두엇을 따서 호주머니에 넣고 어림짐작으로 산소 앞에 앉아 술 한 잔 따라 올리고 나니 어인 셈인지 눈물까지 모양새를 갖추기 시작했다. 울었던 건 내 설움 탓이었다. 어린 날의 아픔들이 갑자기 내 감정을 주도했기 때문이었다. 실컷 울고 나서 비석을 더듬다보니 생판 모르는 이름이었다. 재미있어 죽겠다는 듯, 남편은 심심하면 그 사건을 알겨먹곤 했다.

안경을 고쳐 썼다. 손금의 한 사례가 내 눈을 강렬하게 붙잡았기 때문이다.

『꽈리 형 막쥔 손금』

— 막쥔 금은 생명선이 좋아야함이 필수적인데, 이 손금에선 생명선이 가다가 끊어지며 바깥쪽의 생명선이 허물어지고 있는 모습이라 급병, 급사의 위험요소가 있는 모습이다. —

잉크에 멱을 감고 나온 듯한 사진 속 까만 손바닥엔 굵고 여린 지문이 하얀 선으로 표시되어 있었다. 신체 기관 중 심장기능을 대표하고 있는 감정선이 소지 쪽에서 검지 방향으로 뻗어가면서 위로 오르지 않고 오히려 아래로 내려와 있었다. 뇌신경을 대표하는 두뇌선을 끊어버린 경우였다. 기억을 더듬어내려는 듯 내 손을 한 번 펼쳐 보았다. 오래 살겠네. 비아냥거리듯 뱉던 그녀의 말이 내 손바닥에서 꾸물거리는 것 같았다. 굵고 선명한 내 생명선은 손바닥 끝에서 더 나아갈 길이 없나, 끝없이 두리번거리고 있었다. 한 마리의 지렁이가 긴 여행의 시작을 위해 꿈틀거리는 같았다.

그 페이지는 내게 주요 문서였다. 그 속에 어떤 기억이 똬리를 틀고 숨어 있었다. 분명히, 내가 밝혀내고자 했던 그 손금에 대한 해독이었다.

감정선의 주선과 두뇌선의 주선끼리는 절대 만나지 말아야 하는 것이 손금의 기본 원칙이다. 감정선이 두뇌선을 자르게 되는 것은 심장기능의 불안정함에서 비롯된다. 말하자면 심장기능이 나빴다 좋았다 반복하다가 어느 순간 심하게 불규칙해지면서 뇌신경 계통을 교란시킨다. 결국 실신하거나 돌연사, 뇌졸중 같은 증세를 일으킬 수도 있으며 정신분열증이나 여타 심각한 정신질환으로 이어질 수 있어 주의를 요한다, 대강 이런 주석(註釋)을 거느리고 있는 손금이었다.

그럼 심장에 문제가 있었을까? 아니면 내가 모르던 세월에 정신을 앓았나?

그때, 그녀의 소식을 접했을 때, 나는 내 스물일곱 인생을 아등바등 살아내고 있었다. 연년생 두 사내아이가 내게 준 삶은 찌들고 누추해서 어느것 하나 반듯한 모양을 이룬 게 없었다. 그냥 자고 먹기만 하는 내 일상은 개구쟁이들 치다꺼리에 밀려 발생하는 물리적 반복운동일 뿐이었다. 그 당시 '나'라는 존재는 없었다. 당연히 빛나고 생기 있어야 마땅할 내 인생의 황금기, 그 청춘이 서서히 황폐해서 마모되던 중이었다. 그 건조한 삶에 설렘은커녕, 굳어버린 가슴은 식탁에 뒹구는 메마른 빵조각 같았다.

그녀가 스물둘을 다 채우지 못하고 세상을 떠났다고 했다. 그러니까, 정확히 말한다면 5년 전부터 그녀가 이 세상 사람이 아니었다는 것이었다. 그러나 내 기억은 그녀를 5년의 세월 속에다 생명을 부여해 주고 있었던 셈이었다. 그녀의 손도 물론 함께 살아 숨을 쉬고 있었다. 세상 떠난 지 오년 후에 받은 소식임에도 그 죽음은 마치 한 장의 전보처럼 긴박하게 내게로 왔다. 급사(急死)의 모양을 제대로 갖춘 소식이었다. 의외였고 급작스러웠기 때문이었다.

20대 초반, 죽음을 맞이하기엔 너무 아까운 나이였다. 헤어진 후의 행적을 수소문해보았지만 연고가 시원찮았던 그녀를 추적하기란 쉽지 않았다. 죽음이라는 그 소식만 몸체 없는 머리처럼 뜬금없이 내 앞을 달려왔을 뿐이었다.

그녀의 죽음 앞에서 내가 먼저 떠올린 것도 손이었다.

여느 사람들과는 조금 다른 손금을 거느린, 그리고 인간의 모든 손을 상대로 콘테스트를 한다면 당연히 상위권에 분류될 그 손은 어떤 치사의 말로도 성에 차지 않을 것이었다. 그녀를 기억해 보려면 얼굴보다 우선 두 개의 손이 먼저 떠오른다. 그녀의 트레이드마크이기도 했던 손은 신이 빚은 신체 부위 중 가장 으뜸의 조각품이기도 했다. 이제 낡고 희미해진 세월의 그 막을 걷어 내며 유유하게 떠오르는 그 손이 나에게 자꾸 손금해독을 부추겼다면 그럴듯한 변명이 될까.

내 손바닥과는 전혀 다른 금을 가진 그녀, 그건 그녀와 내가 분명히 다른 모양의 삶을 살아가야 한다는 어떤 예시이기도 했다. 다른 삶이라……. 그건 당연한 귀결이었다. 닮은 구석이라고는 전혀 없는 나와 그녀가 같은 삶을 배정받는다는 건 가당찮은 상상이었다.

그녀가 죽었단다. 자살, 그것도 신분 차이로 거절당한 결혼 때문에.

나는 몇 번이나 이 말을 중얼거리며 그녀의 죽음에 의심을 밀어내지 못했다. 어떻게, 어떠한 방법으로 모질게 제 목숨 끊을 생각을 했을까. 내가 생각하고 있는 그녀는 그렇게 쉬이 삶을 포기할 만큼 유약하지 않았다.

한동안 허방을 짚는 듯 허수했다. 찡찡거리는 아이들 엉덩이를 사정없이 후려치고는 자지러지게 울어대는 아이들일랑 아랑곳없이 나는 내 손을 물끄러미 바라보았다. 아이를 때린 그 손에 지나치게 힘을 몰아넣었던, 여전히 잡다한 일에 시달려 볼품 없는 추레한 손이었다. 그 험한 손등 위로 하얗고 가느다란 손 하나가 포개졌다.

그녀의 손 앞에서 맹목적이고 상습적으로 앓던 모멸감이 고개를 쳐들기 시작했다. 어깨를 움츠렸던 날들에 대한 그 이유 앞에는 언제나 그녀의 손이 당당하게 나를 기다리고 있었다.

"손 내 봐라. 어제는 손금 공부를 좀 했지."

"뭔 손금?"

"우리 옆집 고시 총각 말이다, 자꾸 손금 좀 봐 준다면서."

나른한 오후를 부추기는 지리 시간이었다. 그녀가 또 손 타령을 시작했다. 기어코 내 아킬레스건을 건드려 보자는 심사임에 분명했다. 나는 그 말을 흘려들으며 칠판에 그려진 아시아 지도를 베끼는데 정신을 빼앗긴 척했다. 연필로 허리를 쿡 쿡 찔러댈 때까지 아무런 기척을 보이지 않자 그녀는 아예 연필 잡은 내 손을 낚아채 가고 말았다. 그까짓 손쯤 내놓는 일에 샐쭉해질 게 뭐냐는 투였지만 그녀와의 사이에 손은 퍽 민감하게 작용하는 부분이었다. 그리고 내 손의 입장이 그녀와 퍽 달랐다. 솔직히 말하자면 창피함이었다. 보잘것없고 결함 투성이기 때문에 다른 사람들에게 외면 받을 거라는, 그런 두려움으로부터 보호받기 위한 마지막 수단이라는 창피함.

내 손은 누가 굳이 일깨워주지 않아도 잘 알았다. 반면 그녀의 손은 늘 화려한 스포트라이트 속에서 시선을 집중 받았다. 그녀가 휘두르는 손의 영향력은 대단했다. 물론 그녀는 자신의 손의 가치를 분명히 알고 있었으며 그 능력을 부려 쓸 줄도 알았다. 그녀의 손은 내게는 차라리 폭력이었다.

손을 단지 일을 하기 위한 도구 이상으로 생각해본 적이 없었던 나였다. 주인의 뜻에 의해 온갖 노동으로 비위를 맞추는 노예근성만 배어 있는, 솔직히 나는 그 손을 부려 먹는 데만 급급했었다. 그런 대접만 받으면서 자라온 손이니 그 꼴이 별수 있었겠는가. 내 손이 제일 먼저 창피함을 배우기 시작한 것도 그녀를 만나면서부터였다.

고시 공부를 하는 옆집 총각에게서 배우기 시작한 손금이라 했을 때, 또 알량한 손을 무기로 발림수작을 걸었으려니, 코웃음을 쳤다. 어디 핑계가 귀해서이지, 난전에 비단 펴 놓듯 제 손을 전시 못해 늘 안달이던 그녀였다.

뭉특하고 거친 내 손을 강탈해 간 그녀의 집요함에 이길 재간은 없었다. 결국은 그런 각본으로 끝날 줄 알면서 잠시나마 주머니 안에서 시위를 벌인 건 내 어리석은 융통성 탓이었다. 그럴 때마다 내 맘 언저리에는 늦가을 날 뒹구는 나무 이파리 같은 추레한 모멸감이 걸려들곤 했다.

교실 안은 아직 진정되지도 않은 소요의 잔흔들이 먼지처럼 떠돌아다니는 중이었다. 그림으로 풀어보는 심리학 강습을 받고 왔다는 지리 선생님 탓이었다. 키만 멀쑥하게 큰 그 선생님의 실험 대상엔 언제나 맨 앞자리의 내가 단골로 잡혀 나가곤 했다.

백묵을 쥐고 선 내게 뭔 그림이든 맘대로 그려 보라고 했다. 차라리 토끼라든가, 나무라든가, 어떤 지시가 있었다면 좀 수월했을 것이었다. 미술 과목이 약간의 허영과 사치로 대접 받았던 건 너나할 것 없이 어려운 시대에 얹혀살고 있던 때문이었다. 먹고사는데 별로 도움 되지 않는다, 고 밀쳐 둔 그림, 그런데다 타고 난 재주도 없는 나에겐 당연히 감당이 힘든 주문이었다. 나는 멍히 서서 선생님의 그 큰 키만 바라보았다. 암말 없이 빤히 바라보는 표정으로 재촉을 전하는 그 선생님을 위해 내가 그린 것은 동그라미 두 개와 삼각형, 그리고 네모 몇 개, 그런 거였다.

갸웃, 고개를 움직이던 선생님의 표정이 묘하게 변해 갔다. 싱긋 웃음까지 물고서는 칠판 앞으로 걸어간 선생님의 해석이라니!

"소정연이는 지금 사랑을 구하고 있습니다."

와, 하고 큰 웃음이 터져 나온 곳은 남학생 쪽이었다. 짓궂은 남학생들에게 심심풀이 땅콩을 와락 던져주고 만 것이었다. 쉬는 시간이면 얼씨구나, 한판 벌어질 놀림감일 게 분명했다. 자리로 돌아와 앉았어도 잔망스런 남학생들의 시선이 뒤통수에 걸려 자꾸 머리가 무거워지는 것 같았다.

그 소요쯤이야 아랑곳없는 옆자리의 그녀는 내 손금에 아주 심각하게 빠져들었다.

"니는 오래 살겠다. 이게 생명선이거든."

엄지와 검지 사이의 중간쯤에서 시작하여 손목 아래로 뻗어가는 선 하나를 주시하며 툭 뱉어낸 말이었다. 그녀가 유심히 드려다 본 내 생명선이란 게 유달리 선명하고 길었다. 금방이라도 손바닥을 차고 나갈 듯 힘차게 달려가고 있었다. 그렇게 말하고는 제법 그럴싸한 표정으로 손바닥에 유심히 빠져들었다.

"그런데, 이건 무슨 선이지?"

닭 모이 쪼듯 콕콕 찍어대는 매끈한 그녀의 검지 끝에 꼬리처럼 붙은 금 하나가 붙들려 있었다. 약지와 소지 중간쯤의 감정선에서 두뇌선 쪽으로 내려오고 있는 지선, 짧았지만 분명한 금 하나가 옆으로 비껴 나가고 있었다.

탈선이었다. 모두 앞을 향해 달려가는데 저 혼자 옆으로 슬며시 빠져나가는 짧은 선, 가출을 시도하는 문제아 같았다.

"야, 이거 개미 꼬리 같다."

그녀가 그 지선에 개미 꼬리로 비유했다. 나는 그때 개미에게도 이만한 꼬리가 있겠거니 짐작했다. 내 손금 안에 개미 꼬리가 살고 있다, 그녀는 내 손바닥에 그런 믿음과 의심을 함께 심어주었다.

내 생명선을 부러운 듯 쳐다보다간 슬며시 펴 보던 제 손바닥을 오므려 감추던 그녀, 그 수상스러운 기미를 놓치지 않고 이때다 싶게 받아 쳤다. 너는 어때, 하고는.

대답을 꼭 받아내야겠다는 맘은 없었다. 그러나 그녀는 필요 이상으로 입을 굳게 다물었다. 대화중임에도 입을 닫아버린 그녀, 꽤 중요한 말을 감추려는 의도임에 틀림없었다. 당황한 듯 손을 감춘 그녀가 서둘러 연필을 잡았다. 급히 흘러내린 단발머리가 그녀의 자존심 강한 코와 다문 입을 잘 가려주었다. 흘깃 넘겨보니 그녀의 지리 공책에도 내가 그리고 있던 지도, 아시아 대륙이 얼추 모양을 갖추어가고 있었다. 왜, 넌 안 보여 주니? 채근하는 내게 눈을 돌리지 않은 채 대답했다. 나는 너와는 좀 달라. 단지, 너와는 다르다는 것뿐이야.

그러면서 여전히 대륙에 보금자리를 튼 나라이름들을 써 넣고 있었다. 다르겠지. 나 또한 등뒤에서 조용해진 남학생들을 힐끗 쳐다보다간 필기에 들어갔다.

다음날이었다.

자리에 앉자마자 그녀가 또 손바닥을 펴보라 재촉했다. 그럴 때면 나는 어김없이 주눅이 들었다. 아마도 그녀는 주눅부터 드는 내 버릇을 재미있어 했을 것이다. 그런 나에 비해 그녀는 좀 무거웠지만 분명했다.

제 손을 선전하기 위해 내 손을 이용한다, 나는 오직 그녀를 그렇게밖에 몰아붙이지 못했다. 고시 총각에게 들은풍월일까, 손에 대한 생물학적인 이론도 장황하게 늘어놓곤 했다.

손이란 건 가장 섬세하면서 가장 많은 골짜기와 구릉을 가지고 있다. 어두운 부분과 밝은 부분의 대조가 두드러진다. 그리고 주름은 얼마나 많은지 아니? 수다한 마디들, 가장 많은 관절, 이거야 말로 신이 만든 예술품이란 거다, 라면서.

그녀와 함께 한 3년의 학교생활에 가장 많이 노여움을 탔던 적을 꼽아 보아도 역시 손을 언급할 때였다. 그러나 그녀는 내 노여움조차 무시했다. 돌이켜 생각해보면 그렇게 견딜 수 없었던 노여움들은 어쩌면 나 자신 때문이었는지 모르겠다. 왜 그녀의 손 앞에서 먼저 기부터 죽을 생각을 했던가. 왜 내 손을 당당하게 대접해주지 못했던가.

그즈음 내 불행은 내 손의 정체를 너무 잘 알고 있다는 것이었다. 설거지물에 절어있는, 걸레 훔치기에 이력이 난, 투박하고 마디 거센 내 손.

모멸감이 개입되지 않았더라면 그녀의 요구를 무리하다고까지 치부하지 않았을 것이었다. 무리하다, 그 잣대를 만들어 자신을 억울한 입지로 몰아넣은 것도 그 모멸감이 저지른 음모였을 것이다. 살짝 삼인칭 의자에서 봐준다면 그녀에게 횡포라는 말까지 합세하여 몰아붙일 필요는 없었다. 그녀의 손 타령은 지극히 정상이었고 나뿐 아니라 누구 앞에서든 그랬다. 문제는 내 열패감이었다. 내 가여운 손에게는 고급한 그녀의 손이 충분히 폭력으로 작용될 수 있었다. 우월감과 열패감은 상대를 서로 이용해야만 효과를 보는 셈이기에 말이다.

가무잡잡하고 짧은 손가락, 푸짐하게 살 앉은 손등이며, 잘 발달된 근육으로 똘똘 뭉친 내 손에 굳이 변명 하나쯤 끌어들인다면 일찍 엄마를 여읜 탓이었다. 늘 아침밥을 지어먹고 등교해야만 하는 내 손은 사실 살아가는 일에 더 급급했다. 한 번도 일의 그늘에서 벗어난 본 적이 없는, 시쳇말로 휴가라는 걸 누려본 적이 없는 내 손은 노동에 시달려 늘 힘들고 지친 세월을 보내고 있었다.

에고 부지런하게 생겼네.

자주 듣는 그 말이 내 손에게 큰 위로가 되지 못했다. 얼마나 안쓰러웠으면 어린 손에다 그런 치사의 말을 생각해 냈을까. 그 말을 들을 때면 나는 버릇처럼 손을 등뒤로 감추곤 했다.

그날의 손금 강의는 두뇌선이었고 비교적 간단했다. 공부 잘 하는 이유가 여기 있었네. 한마디 던져 놓고는 버릇처럼 그녀는 제 손을 다듬기 시작했다.

생각해 보니 분명 가을날이었던 게 틀림없다. 학교 언덕 위에 빙 둘러선 미루나무 노란 이파리들이 배경 화면처럼 기억에 깔려 있는 걸 보면 말이다.

박목월 선생님의 구두를 닦아주며 행랑채에서 배운 시라고 너스레를 떨어대던 국어선생님의 발상은 늘 파격적이었다. 아직도 전쟁의 잔해처럼 돌아가지 못하고 주저앉은 피난민들로 북적대던 섬, 돼지 꼬리처럼 꼬부라진 북녘 사람들의 말투와 관습에 얼추 익숙해 가던 때였다.

시인 선생님이 주도한 시화전이 터미널 근처 '길' 다방에서 열리던 날이었다. 다방에서 시화전이라니. 그 시인 선생님의 발칙한 시도로 다방 문턱을 넘나들 수 있는 티켓을 공짜로 따냈다는 들뜬 마음, 풋내 나는 단발머리와 까까중머리들의 호기심이 우르르 다방을 향해 몰려가는 오후였다.

보릿자루처럼 밀려들어온 바다와 맞물려 있는 버스길을 내려서고 있었다. 양말에 밴 핏자국을 본 후, 그때서야 절뚝거리던 희영이를 놀려먹으며 웃음을 터뜨리던 중이었다. 돼지 먹이를 머리에 이고 식당 문을 나서는 여자와 부딪친 건 그때였다. 그 여자를 알아챌 수 있는 사람은 그녀와 나뿐이었다. 그녀의 엄마였다.

인사를 하기 위해 앞으로 달려 나갔다. 그때 내 손을 낚아채어 제지한 건 그녀였다. 손에서 흘러나온 힘은 분명했고 완강했다. 어떤 언어로도 감당할 수 없는 힘이었다.

나는 결국 그녀의 엄마를 외면하고 말았다. 그녀 또한 무심으로 포장한 표정이었다. 어느 가수를 흉내 내는 그녀의 노랫소리를 듣고 나는 정신을 가누었다. 러브 포지션 넘버 나인……, 핏대 높이는 그녀의 목소리가 신작로 길 위로 가증스럽게 흩어졌다. 소신 없이 모의에 가담하고 만 역적이 된 기분이었다. 내 맘속에 끓고 있는 건 분노였다.

그날 나는 다방에 걸린 시들을 제대로 눈에 담아낼 수 없었다. 붉은 단풍이 마구 뒹구는, 내 시화 앞에서 한참이나 서 있다간 나왔을 뿐이었다. 입성이 추레한 한 여자의 뒷모습이 자꾸 눈에 밟혀 들었다. 불쌍하다 싶을 정도로 제 소리를 갖지 못한, 음전한 여인이었다.

읍내 학교로 통학이 시작될 무렵 이웃했던 한 사내아이는 뭍으로 진학했다.

바다는 진작 그 물속에 들어가면 보이지 않는다. 산도 마찬가지다. 먼 곳에서 봐주어야만 비로소 그들은 산이, 바다가 되어 우리들 시선 앞에 서게 된다. 그 애가 떠나고 나서, 멀어진 그 거리에서 바라본 내 마음의 정체가 선명하게 드러났다. 풋내 나는 사랑이었다.

그 아이가 없는 섬은 허허벌판, 아무 것도 없음이었다. 많은 사람들이 우글거리는 세상이 그렇도록 완벽한 무(無)의 지대로 변해버릴 수도 있다는 것에 놀랐다. 내 마음이 주도한 화학적 반응이었을까. 한 아이의 존재가 변화시킨 세상, 그건 어떤 원소로서도 납득되지 않는 미스터리였다.

라디오에 귀를 기울였다. 그 라디오에서 흘러나오는 음악을 종일 들었다. 그리곤 혼자 걸었다. 바닷길을 걸으면 정박해 있는 군함에서 색소폰 선율이 아련하게 울고 있었다.

Why! Oh, why, must I go on like this!

Shall I just be alonely, stranger on the shore

하나도 어긋나지 않는 내 아픔이었고 사연이었다.

나는 왜 이래야만 하나! 마치 해변의 길손 같구나!

열여섯 봄, 내 인생에 최초로 앓았던 상실감이었다.

여름 방학, 신작로를 향한 내 방 유리창 두드리는 소리가 들렸다.

"나 왔어."

그 아이의 환한 얼굴이 창에 걸려 있었다. 저물녘이면 애잔한 뱃고동 소리를 앞세우고 포구로 들어서는 여객선이 그를 실어다 준 것이었다. 허허롭고 상처 났던 내 세상은 그 아이로 인해 치유가 시작되었다.

그 아이가 방학 동안 잠시 머무르던 때에 제일 먼저 한 일은 내 짝지를 보여주는 것이었다. 손이 예뻐. 하고 그녀를 미리 소개할 때부터 미진(微震) 같은 불안이 내 마음을 훑고 지났다. 후회가 내 등을 집적거렸다. 그러나 이미 약속은 톱니바퀴처럼 척척 소리내며 잘도 돌아갔다. 졸라대는 그녀를 내치지 못한 것 또한 그녀 앞에서 매몰차지 못한 내 버릇 때문이었다.

팥빙수 가게였다. 그녀와 나, 그리고 그 아이가 만났던 곳은.

남극의 펭귄 그림이 벽 전부를 막아서고 있었다. 그녀를 앞에 두고 그 아이와 내가 앉았다. 팥빙수 세 그릇 앞에서의 그럴 듯한 미팅중이었다. 내 신경은 온통 그녀의 손이 움직이는 곳만 따라다녔다. 그 아이 앞에서 유난히 유체스러운 그녀의 손, 가지런히 정리된 숟가락의 위치를 다시 바꾼다던가, 아예 두 손을 탁자에 걸쳐 놓고 그 아이에 겨냥을 대는 것이었다. 물론 그 남자아이의 눈도 그녀의 손을 힐끔힐끔 따라다녔다. 그 아이의 눈이라고 어디 다를까. 그 아이와 그녀가 내게 비밀을 만들어내기 시작한 것은 그 손이 활약하던 팥빙수 집의 만남 이후였다.

그 해 여름방학, 나는 오랫동안 오누이처럼 지내던 한 남자 아이를 마음에서 떠나보냈다.

그것도 그녀의 손이 한 짓이라고 믿어 의심치 않았다. 그 여름 이후 내 시선은 멍해졌다. 산패된 내 마음의 사주로 눈빛조차 조삽해갔다. 슬펐던가. 그 슬픔은 위험수위를 제멋대로 넘나들었다. 아픔이었다. 아픔이 몸에 붙으면 삶은 더 고단해지는 법일까, 엄마를 먼저 보내고 피폐해진 아버지의 짜증이 고스란히 내 몫의 고통으로 달아 붙기 시작했다. 불행은 악성 바이러스처럼 떼지어 우르르 몰려들고 있었다. 여전히 우리는 아무렇지 않은 짝지였고 단지 마음을 감추는 가면을 쓰고 있을 뿐이었다. 가면은 훌륭한 보호막이었지만 감추어 둔 내용은 서로 달랐다. 내 것은 그녀 앞에 들키고 싶지 않은 생가슴을 잘 보호해 주었다.

그랬어도 그녀를 내치지는 못했다. 아니 내칠 곳이 없었다. 날이 새면 한 교실에서, 책상 짝꿍으로 또 만나야하는 그녀를 떠난다 해도, 너울가지 변변찮은 내가 다시 안주할 곳이 마땅찮았기 때문이었다.

그녀의 집은 울벽도 없이 학교 담에 기대 있었다. 내려다보면 루핀지붕 위에는 큼지막한 돌이 이곳저곳에 뒹굴었고, 길게 이어진 돼지 축사에선 냄새가 진동했다. 학교를 파한 후, 그냥 담을 죽미끄럼 타듯 내려가면 그녀의 마당이었다. 부엌 방, 그녀의 앉은뱅이책상 앞에는 늘 두 무더기의 사탕이 놓여 있었다. 키가 장대 같은 그녀의 할머니가 동그마니 얹어둔 사탕 중 한 무더기는 내 몫이었다.

삼대의 여자만으로 가정을 꾸려가는 집이었다. 허방 짚듯 허수한 구석이 움츠리고 있긴 해도 숨 막히는 남자들의 거센 입김이 없는, 말하자면 권위에서 무장 해제된 그 자유로움이 은근히 부럽기도 했다.

여자들만의 집단에서 굳이 막강한 한 권력자를 꼽으라면 망설일 이유가 없이 그녀를 택할 터였다. 제일 말단 서열이면서 집안을 맘대로 휘두르는 그 세력의 정체가 경이롭기만 했다. 대쪽 같은 어깨, 힘을 잔뜩 넣은 걸음새에도 자신의 권력을 매달고 다니는 듯했다. 한 번도 그 등을 굽히거나 제 주장을 주머니에 넣는 걸 본 적이 없는, 그렇도록 강한 자아는 그 손만큼이나 대표적인 상품이었다. 그 어깨에 감추어둔 겔까, 그녀의 출생 또한 일급비밀이었다. 한 집 가장의 존재로 근본을 따지던 고루한 시골바닥에서 그녀의 집안 문제는 은근히 질시 받던 미스터리였다.

나중에, 아주 나중이었다. 졸업을 앞두고 누군가가 내게 비밀이라며 들려준 이야기에 의하면, 그녀의 엄마가 첩이었다는 것이었다. 그 할머니 또한 첩이었다고.

말하자면 첩며느리를 데리고 사는 할머니 당신도 첩 출신이었다는 것이었다. 한 번도 그녀에게서 아버지란 말을 들은 적이 없는 기억으로 퍼즐을 맞추어 나가면 제법 그럴 듯한 알리바이였다.

겨울이 가고 봄이 오고, 또 가을이 돌아오고……. 읍내에서의 3년을 끝으로 그녀와 헤어졌다. 어느 날 내가 근무했던 우체국으로 편지 한 통이 날아왔다. 주소도 없는 봉투지만 대구 소인이 찍힌 봉투에 그녀의 이름이 적혀 있었다. 내가 몇 번이나 읽었던 건 편지 끝자락에 붉은 글씨로 마무리한『추신』란이었다.

『PS: 비애선』

내가 전에 말했던 너 손금 말이야, 생각나? 개미 꼬리라고 내가 말했을 텐데.

너에게 꼭 말해줘야 할 것 같아서……. 그건 비애선이야. 혹은 배신선이라고도 해. 비애선은 아주 큰 비애감이나 배신감을 맛보게 되는 사건을 겪는단다. 사랑하는 사람을 불의의 사고로 잃는다든지, 믿었던 사람에게 큰 배신을 당한다든가 대강 이런 해석이야. 참 그리고 개미에 꼬리가 있다는 말은 글쎄…….

세월이 기억의 바닥에 눌러 붙으면 어떤 모양으로 변할까. 그녀의 기억은 고압 전류처럼 가끔 내 몸을 찔러대곤 한다. 그 통증은 내 세월에 기생충처럼 붙어 함께 살아왔다.

그랬음에도 나는 지금 그녀가 살다간 세 배만큼의 삶을 누리고 있다. 그녀에게서 충분히 우월감을 느껴도 괜찮을 삶의 길이이다.

그녀의 삶을 그 손금이 주도했다면, 이렇게 지겹도록 발전한 문명을 누리는 나 역시 손바닥에 그려진 무수한 지문들 때문일 것이다. 그녀가 20대, 찬란한 청춘의 한가운데서 꼭 목숨을 내놓아야 했던 것도 분명 가다가 손을 놓아버린 생명선, 그 꽈리형 막쥔손금의 소행이 아니었을까.

내 깊은 상처를 개미 꼬리 같은 그 비애선이 주도했던 것처럼…….

안개

벌써 사흘째.

뽀얀 안개는 지칠 줄 모르고 유리를 핥아댄다. 깊디깊은 안개는 미노스의 미로처럼 암암하다.

이 도시에 삶을 풀어헤친 나를 영접하려는 미호의 혼령일까, 안개는 저렇도록 창 안에 가두어진 나를 슬쩍슬쩍 훔쳐보곤 한다.

습습한 기운이 맺혀든 창가에 서서 아무렇지도 않게 서 있던 어제의 풍경들을 풀어보려 애를 쓴다. 연둣빛 움을 매달기 시작한 여학교 운동장의 은행나무, 비탈진 도로에 흐드러지게 피어나던 벚꽃, 그 뒤에 배경화면처럼 너그럽게 흘러내린 민수름한 과수원 능선……. 사과나무 가지엔 무리지어 피어난 허연 꽃들이 애잔했다.

손에 잡힐 듯 가까운 산, 그 뒤로 키대로 앉은 듯 또 산이 있고, 그 속에 산벚은 희슥희슥 피어난 마른버짐처럼 곳곳에 스며들었다. 앞엣것들을 압도하려는 듯 웅크리고 앉은 뒤의 산들은 설어둠을 받은 몸처럼 회청색 기운에 휩싸여 있다.

나는 퍼즐을 맞추듯 지워진 풍경 속의 가깝고 먼 것들을 기억해내기 위해 눈을 감는다. 그러나 머릿속에 잡혀들 것 같던 겹겹의 산들은 이내 안개 속에 흩어지고 만다.

저 맨 뒤의 산이 아마도 문경새재쯤 될 걸.

이사 오던 날이었다. 이삿짐 속에 묻혀 오듯 아이가 우리 집에 들어온 첫날이었다. 남편은 베란다에서 담배쉼으로 잠시 허리를 펴던 중이었다. 제 뒤꽁무니만 좇던 아이에게 들려주기라도 하듯 남편이 그렇게 중얼거렸다.

문경새재?

용수철처럼 내지른 내 말에 남편과 아이가 동시에 나를 바라보았다. 두 사람의 놀라는 얼굴이라니. 그렇게도 닮은꼴일 수가 없었다. 철렁 내려앉은 열패감이 내 가슴을 싸늘하게 훑고 지났다.

질긴 피의 내림바탕은 아무도 못 말려.

아주 가까운 어디선가에서 미호의 말이 나직나직 들려오는 것 같았다.

재떨이에 담배를 비벼 끄던 남편이 일어나 짐을 다시 풀어내기 시작했다. 아이는 그런 남편의 뒤만 좇아 다녔다. 나는 남편이 버리고 간 창가로 다가갔다. 남편이 섰던 그 자리에서 문경새재쯤일 거라는 먼 산에 눈을 맞추어 보았다.

하늘이 풀어놓은 노을에 못 견뎌 몸을 움츠린 산은 점점 파르스름한 저녁 이내에 갇혀들기 시작했다. 어쩌면 저 산은 세상에 제 몸을 드러내는 게 싫어 엷은 안개를 쓸어안고 있는 건 아닐까. 산들은 스적스적 물러가는 노을이 남겨둔 어두운 빛에 잠겨갔다.

몇 년 전이던가.

갑자기 그해를 짚어낼 만한 마땅한 숫자가 생각나지 않는다. 좀 이른 가을, 그래 9월의 허리쯤이었다. 미호와 문경새재를 올랐다.

새가 넘기도 힘들어 이름 지어진 거래.

그때에도 승우는 부재중이었다.

인도로 갔어.

세 번째 관문을 통과한 언덕이었다. 등에 짊어진 배낭을 풀어내던 미호가 아무렇지 않게 흘린 말이었다. 그러나 그 말이 실어내는 무게는 상당했다. 그 한마디를 위해 마음다툼을 했을, 그녀의 아픔이 내 맘에 훤히 잡혀 들었다.

인도로 갔어.

미호의 말이 메아리처럼 자꾸 아득하게 물러났다간 되돌아 왔다.

인도에 갔어.

이렇게 한 글자만 살짝 고쳐 말했다면 나는 미호의 그 말을 가슴

속에 넣고 그렇게 곱씹어 대지 않았을지 모른다. 인도에 갔어, 라는 말은 기약할 수 있는 여행이었다. 언제든 돌아올 수 있는 어떤 날짜를 품고 있는, 희망 같은 것. 그러나 미호가 선택한 '인도로'라는 말은 막연한 불안에 대한 암시이기도 했다.

산에 오를 때는 고구마가 제일 좋아. 약간의 수분이, 약간의 당분이, 알맞게 피로를 풀어 주거든. 껍질째 먹는 게 좋아. 소화를 도와주기 때문이야.

미호는 보온병의 물로 만들어낸 종이컵의 녹차를 펴놓은 신문지 바닥에 세워 놓으며 말했다. 삶은 고구마 옆에 세워진 종이컵이 기우뚱, 잠깐 몸을 휘청거렸다. 미호는 재빠른 손놀림으로 컵을 바로 세워 놓았다. 그때 올려 묶은 그녀의 숱진 머리카락들이 출렁, 물결처럼 흔들렸다. 옆모습으로 본 미호는 콧날만 유독 날카로워 보였다. 별말 없이 고구마 두 개를 다 먹어 치웠고, 그녀가 따라주는 더운물로 녹차를 한 번 더 우려 마셨다.

관문을 돌아 나올 때쯤 해는 뉘엿뉘엿 지고 있었다. 둘째 관문에서 본 하늘에 불쑥 달이 나타났다. 초아흐레쯤으로 여물어 가는 애저녁 달이었다. 달은 별처럼 돋아나 하늘에 박혀든 듯 뜬금없어 보였다. 묵묵히 걷는 발걸음에 의해 어슴푸레 머뭇거리던 달빛은 생기를 찾아갔다. 부드러운 달빛은 길가에 선 사물들에 그림자를 걸기 시작했고, 그 그림자들은 제 주인들을 위해 점점 선명한 모양을 지어내었다. 달이 빛을 토해내고, 그 빛이 또렷한 그림자들을 만들어 낼 때까지 미호는 별말이 없었다. 사람 모여 사는 아랫길을 따라 맨발로 걸었을 뿐이었다. 마을은 점점 가까워지고 있었다. 말없는 길이었어도 별로 불편하지 않았다. 미호와 나는 말이 필요하지 않아도 괜찮은 긴 세월을 공유하고 있었다.

새재의 흙길이 다 끝나던 즈음이었다. 미호가 털썩 길바닥에 주저앉았다. 그녀는 웅크린 제 그림자를 부여안고 손에 거머쥔 신발을 발에 끼워 넣었다.

그리고 나지막이 노래를 불렀다. 스테파노 선율로 익숙한 '무정한 마음'이었다. 가끔 밤바다 앞에서 승우가 허밍으로 부르던 노래이기도 한.

카타리, 카타리…….

그녀의 노래가 창백한 달빛 속으로 스며들었다. 그 옆에 앉아 나는 미호가 그랬던 것처럼 발바닥을 털어 내고 양말을 껴 신은 후 신발을 신었다. 미호와 나는 길가에 주저앉아 제 몫의 달빛 그림자만 오롯하게 받아내었다. 약간의 어둠과 푸른 기운을 머금은, 가을바람에 잘 마른 달빛의 기운 때문이었을까. 노랫소리는 푸른 물감처럼 번져나갔다. 애잔하게 소리를 풀어내는 그녀의 옆얼굴엔 서툰 화가의 소묘처럼 달빛이 그려준 명암만 고즈넉했다. 그 위로 이파리를 거느린 나뭇가지가 길바닥에 그림자를 끌고 내려왔다. 그 나뭇가지 하나가 그녀의 등에 긴 그림자로 주저앉았다. 미호의 회색 재킷에 어지러운 선을 그리며 지나던 그림자 끝이 길바닥에 나뒹굴었다.

노랫소리는 제 그림자 속에 묻힌 미호의 자그마한 몸을 버리고 흐늑흐늑 날아갔다.

언제나 넉넉하고 화려했던 미호의 소유.

그랬던 그녀가 제 그림자 속에 웅크리고 앉아 나지막한 소리로 카타리를 부르고 있었다. 외로움이 한껏 실린 노랫소리는 슬픔의 입자가 되어 그녀의 웅크림 속에 모여드는 것 같았다. 그녀는 울고 있었다. 습기 빠진 푸른 달빛이 잠시 그녀의 노래와 슬픔, 그리고 눈물까지 에워쌌다.

찬란한 햇빛은 저렇도록 슬퍼.

언젠가 마루 끝에 앉았던 미호가 툭, 뱉어내던 말이었다. 지붕 끝이 만들어 둔 삼각의 마당 안에 안온한 햇볕이 놀고 있었다. 병아리 어리 사이로 가늘게 빠져 내린 줄무늬의 그림자, 그 주위로 병아리들이 부지런히 땅을 쪼아대고 있는 그런 봄날, 그 햇볕에 슬프다 했던 미호였다.

"너 아직도 신을 믿는 게니? 나는 이제 의심이 많아서 신도 믿지 않아."

제 그림자에 파묻혀 움직일 염도 않던 미호가 툭, 뱉어냈다. 막 노래를 끝낸 후였다. 여린 달빛은 그녀의 작은 몸피 곁을 떠나지 못하고 자꾸 서성였다.

신을 믿느냐고, 아직도……. 그녀가 승우처럼 그렇게 물었다.

바다를 끼고 도는 읍내 길에서 뒤도 돌아보지 않고 그렇게 묻던 승우였다.

신작로에 널린 돌멩이를 밟던 승우는 겨드랑이에 레마르크의 소설을 바투 끼고 있었다. 그때 하늘은 뜬금없는 구름을 불러들이는 중이었다. 머리를 풀어헤친 귀신처럼 위를 점령한 구름으로 그 아래 바다 거죽은 암청색 근심에 잠겨 갔다.

주인공 에린스트가 한 말이야.

'사랑할 때와 죽을 때'였다. 그때 승우는 한 휴머니스트의 종말을 비감해하던 중이었다. 그는 제 어깨에 얹힌 풋내 나는 고뇌를 묵묵히 걷는 내 발걸음 앞에다 떨어뜨렸다.

그때의 승우처럼, 미호가 내게 또 물었다. 내 앞에 그 말을 던져놓은 미호는 승우처럼 대답 같은 건 필요치 않다는 듯 벌떡 일어났다. 그녀가 걷기 시작했다. 나는 멍히 서서 그녀의 등을 바라보았다. 점점 그녀와의 사이에 나타난 막막한 거리가 불안하게 들썩였다. 신을 믿는 여자와 신을 믿지 않는 여자의 경계였을까. 그녀가 내민 등뒤에는 그녀의 것이 아닌, 한 번도 본 적이 없는 아주 낯선 표정이 되살아나는 것 같았다. 그건 조심스럽게 다루어 왔던 언제나 내 몫이었던 이질감의 정체였다. 그림자처럼 숨죽여 기생하던 그것들이 비로소 그녀의 등에 붙어 숨탄것이 되어 움직이는 것 같았다. 치마 속에 감추어 두고 싶었던, 언제나 매몰차게 등뒤로 내몰고 싶었던 엄연한 내 현실이었다. 그것들이 함부로 만들어낸

거리가 저승으로 통하는 무당의 다리 천처럼, 아니 끝도 없이 늘어지는 고무줄처럼 내 앞을 가로막고 버티어 섰다. 나는 멍하니 서서 그녀의 등이 풀어내는 암암하고 빈 길을 대책 없이 바라보았다.

"고뇌하는 인생이 제일 숨기 좋은 곳이 인도라며?"

묵묵히 등만 보이던 그녀가 걸음을 멈추고 내 앞에 그 말을 던져 놓았다. 내 발 아래 떨어진 그녀의 말은 마치 꼼지락거리는 한 마리 벌레 같았다. 나는 그 말을 함부로 밟지 못해 발걸음을 멈추고 한참이나 길바닥에 눈을 꽂아 두었다. 내 걸음을 구해주려는 듯 그녀가 다시 말했다.

"나도 인도나 가 버릴까. 그러면 또 승우가 어디론가 도망을 가야겠지."

미호와 문경새재를 다녀온 그날, 나는 충주 그녀의 집에서 하룻밤을 보냈다. 미호의 등에 밀려 자리에 누운 방은 승우가 쓰던 책방이었다. 책을 좋아하던 승우, 그래서 괜찮은 작가가 되지 않을까, 기대했던 적도 있었던 그였다.

그가 누에머리손톱에 침을 묻혀 무수히 넘겼을 책이 꽂힌 책장이 사방 벽을 메우고 있었다. 창을 앞에 둔 낮은 벽면엔 주인도 없는 책상이 얌전히 앉아 있었다.

저 의자에서 승우는 어떤 생각들을 했을까. 그리고 무슨 글을 쓰고 싶었을까. 그가 가르치는 아이들의 성적을 그려 넣고, 가끔은 그 자신을 위해 읽었을 책들……. 옛날, 승우는 제가 좋아하던 푸쉬킨의 시를 가끔 읽어주곤 했다.

잠을 이룰 수가 없었다. 창을 열었다. 가을볕에 잘 마른 바람이 몰려들어 왔다. 멀리에서 철길을 달리는 기차 소리가 간간이 들렸다.

잠깐 잠이 들었던가, 가수면의 틈 사위로 비집고 들어오는 아득한 소리가 있었다. 눈을 떠보니 책상 위, 디지털시계가 보이는 파란 불빛은 4시를 가리키고 있었다. 꿈결 같던 소리들이 너울너울 춤이 되어 문틈으로 스며들고 있었다. 가만 귓문 속으로 스며드는 건 섬뜩한 요령소리였다. 먼 길 떠나는 소리, 장사익의 '하늘 가는 길'이었다. 마루의 상여 소리는 점점 방안으로 맘 놓고 흘러 들어왔다.

미호는 세워둔 무릎노리에 얼굴을 묻고 있었다. 마루 모서리에 기댄 미호의 몸피는 구겨 쥐면 서너 줌밖에 되지 않을 정도로 왜소했다.

그날 미호는 그 상여 나가는 노래를 날이 새도록 오디오에 걸고 또 걸어두었다.

나는 방에 누워 미호가 풀어놓은 그 노래를 꼼짝없이 듣고 또 들었다. 마루에서 숨어들어 오는 상여 소리는 어린 날 상여꽃을 만들기 위해 밤을 새우던 그 유년으로 나를 끌고 갔다.

까마귀 떼들이 한 차례 음산한 울음을 풀고 지나면 마을은 한 사람을 보내기 위한 준비로 바빴다. 산기슭 이슥한 곳에 움츠리고 앉았던 곳집은 오랜만에 활짝 문을 열고 부산하게 몰려오는 상여꾼들을 맞아들이곤 했다. 마을의 남자들이 거풍을 시킨 상여의 귀면을 맞추어 모양을 챙기는 동안 아낙들은 점순이네 너른 대청에 모여 앉아 밤을 새워 상여꽃을 만들었다. 얇은 습자지를 일정한 크기로 반듯하게 잘라내어 대여섯 장씩 엇나가게 차곡차곡 접고 그 허리쯤에 굵은 바느질 실로 묶어 펴 올리면 크고 탐스런 상여꽃이 만들어졌다. 잦추 닭울음소리가 들리는 새벽녘이면 마루에 가득 쌓이던 상여꽃이었다.

나도 이런 꽃상여에 묻혀 하늘나라로 떠날 거야.

꽃잎을 펴 올리던 미호가 큰 비밀인 양 내 귀에다 두 손을 모아 붙이고 나직하게 뇌까렸다.

"명희 누나, 나 치호야. 누나가……."

충주를 다녀온 얼마 후였다. 치호의 전화를 받던 날, 바람은 세차게 창을 때리고 있었다. 남편은 사흘째 외박 중이었다. 숨겨두었던 남편의 여자가 세상을 떠났고, 그 여자의 아이를 집으로 데리고 들어오기 위해 남편은 사투를 벌였다. 세상에 널린 통속적인 그 잣대에 의한다면 제 혈연에 연연하는 남편의 도덕성엔 문제가 없었다. 머릿속은 그렇게 명쾌한 결론이 나왔다. 그러나 가슴은 그걸 허용하지 못해 힘들어 했다. 명치끝에 걸려든 그 아픔 때문에 불면으로 지새던 밤이었다. 남편과의 인연은 결국 파국을 향해 치달았다. 그런 쪽으로 마무리 지어 준비하던 중이었다. 그 아이를 본다는 건 차라리 형벌이었다. 그런 맘만 내세웠던 건 아직 젊은 나이의 흔하디흔한 자존심 같은 것 때문이었다. 그러나 어쩌면 내 몫의 선택권은 이미 세상에 없었는지 몰랐다. 아버지가 즐겨 쓰던 말을 빌리자면 인간이 어쩔 수 없는 어떤 거대한 힘, 즉 운명이라는 것이었다. 나는 내 운명을 역류하기 위해 생다지를 쓰고 있던 중이었다.

세상의 끝 지점, 벼랑 앞에 서있는 내게 달려온 치호의 전화였다. 치호의 말은 내 절박한 시간을 잠시 방치해 둘 수 있는 빌미를 만들어 주었다.

헐레벌떡 충주행 버스표를 끊었다. 미호는 무사할까. 휴대폰을 들어 치호의 번호를 확인해 보았다. 그러나 다시 그의 목소리를 듣는다는 게 두려웠다. 확실한 것은 언제나 냉정함과 어깨를 나란히 했다. 불확실함 속에 존재하는 모호함은 어리석은 자들을 충족시켜주는 알맞은 미련이 숨어 있다. 나는 가끔 희망을 위해 모호함을 선호할 적이 많다. 때론 진실의 정체가 얼마나 잔인한가, 나는 이미 그것들의 생리와 수작을 잘 안다. 그래서 치호를 다시 불러낼 수 없었다.

버스가 고속도로를 두고 옆길을 빠져 내렸다. 장호원을 경유하는 버스였다. 급한 마음에 쐐기를 박으려는 심보였을까, 버스는 장호원을 저 앞에 두고 신음소리를 내기 시작했다. 엔진이 숨을 멈추고 버스는 그예 길바닥에 주저앉고 말았다.

막연한 불안들이 점점 꼬리를 들어내고 있었다. 기사는 술렁거리는 승객들을 위해 지나가는 버스를 목 놓아 기다리고 있었다. 그러나 길바닥엔 창백한 햇살만 노닐 뿐 버스 기척은 없었다.

길가에 멍히 주저앉은 버스에서 내렸다. 사방엔 논뿐이었다. 막 벼를 베어낸 듯한 들에서 아련한 냄새가 흘러들어 왔다. 논둑에 쟁여둔 낟가리가 풍겨내는 향긋한 벼 냄새였다.

평생 자신의 무대로 삼았던 아버지의 들판, 당신의 냄새이기도 했다. 여름이면 물먹은 검정 고무신을 질질 끌며 휑하니 다녀오던 고샅길, 늘 어깨에 자신의 징표처럼 메고 다니던 지게 끝에 노란 산국 냄새가 흩어지는 날이면 어김없이 아버지의 가을은 돌아와 있었다. 아버지의 들판은 익어 가는 벼 향기로 가득 넘쳐났다.

아낌없이 바친 손품에 지칠 줄 모르던, 아버진 그 가을을 위해 자신의 생을 다 소진했을 터였다. 그 황금의 벼들이 사라지면 아버지의 시간은 잠시 휴식을 취했다. 가끔 밭머리쉼으로 허리를 펴던 아버지의 들판에 허연 무서리가 내렸다. 그루터기 사이로 희뜩희뜩 얼음자국이 돋아나고 구릉 논엔 쫓개 날을 세운 동네 아이들이 얼음썰매를 지치는, 지루한 그 겨우 석 달을 못 견뎌했다. 아버진 사립문 밖, 허연 구릉 논 앞을 하릴없이 오갔다. 그러다간 주머니에서 짓눌려 잠을 잔 풍년초 한 개비로 양 볼이 오무라지게 빨아 연기를 만들어 내뿜었다. 그 긴 겨울이 물러나고 깡말랐던 아버지의 땅에서 흙 내음을 풍기는 봄이 오면 당신의 하루는 다시 씨붙임에 잠시도 손 놓을 틈이 없었다.

"에고, 어리무던한 사람, 뭔 복도 저리도 없을까, 명희 에미 먼저 갔으니 그나마 손바닥만한 비빌 언덕도 없어지고."

홀로 피난 나와 남녘땅에 겨우 정붙인 여자, 딸년 하나 덩그마니 남겨 놓고 그 엄마가 눈을 감고 난 후 두리 할머니는 후렴구처럼 이야기 끝막음을 그렇게 했다. 아버지의 복 없음은 그 시원을 헤아리는 것조차 아득했다. 열셋 어린 나이로 남쪽의 먼 섬까지 흘러들어 올 때까지 그 고행은 감히 짐작조차 어려웠다. 제 것으로 쥔 게 부실해 다시 짝짓는 일에 엄두도 내지 못한 아버지, 아버지는 들판의 저 냄새로 여식 하나 키워내는데 평생을 소진했다.

변변찮은 그 여식의 아픔을 위해 아버진 생전 처음으로 당신의 얼굴에 노여움을 담아냈다. 그 벌건 얼굴은 평생 일밖에 모르던 거친 손으로 무릎을 꿇고 앉은 승우의 뺨을 사정없이 내리쳤다. 단지 그 뿐이었다. 아버진 암말 없이 그의 뺨에 붉은 손자국을 그려냄으로 제 여식에 대한 상처를 표현했다. 승우의 아이를 지운 후유증이 물러가지 않은 아궁이 앞에서 나는 눈이 벌겋도록 울었다. 승우는 그 다음 날 미호와의 결혼식을 올리기 위해 부산으로 떠났다.

신작로에서 내려와 그루터기만 남은 논바닥을 걸었다. 까만 흙

속에 싹둑 잘려져 나간 벼 뿌리가 발바닥을 통해 따스하게 전해져 왔다. 아버지의 아련한 기억을 껴묻고 있는 논바닥이었다.

전쟁은 아버지에게만 유독 잔혹했던 건 아니었을까. 아버지의 삶엔 언제나 전쟁의 그 진한 냄새가 누추하게 배어 있었다. 떼꾼한 두 눈뿐밖엔 가진 게 없던 소년에게 세상은 얼마나 만만찮게 턱 버티고 있었을까. 그 어린 몸 하나 누일 곳 없던 뜸팡이 같은 생활은 미호네 문간방에 꼴머슴으로 몸을 풀면서 마감을 봤다. 미호네 문간방살이 15년에 엄마를 만나 온전한 가정을 꾸리게 된 아버지. 떠돌이 생활을 구제해준 아버지의 그 삶이 내게 모양 없는 멍에가 되어 걸려들었다. 아무도 어루만져 줄 수 없는, 어느 누구의 위로로도 지워질 수 없는 영원한 화인이 되어 내 유년을 모조리 옭아매었다.

아버진 어쩌면 흙에 묻혀 전쟁의 그 냄새를 지우려 애썼는지 몰랐다. 그 기억들을 지우기 위해 얼마나 많은 날들에 몸부림쳤을까. 아버지의 평생은 그 마음다툼에 다 소용되었을 게 분명했다. 점점 아버지 몸에, 입성에 진한 흙냄새가 자리를 잡아갔다. 그 냄새에 안심을 하신 걸까, 어느 날, 아버진 그 완전한 냄새를 제 목숨이듯 끌어안고 세상을 떠났다. 초라한 상여 길이었다. 구슬프게 울어주는 이도 별로 없는, 상여 길을 열어주는 만장도 몇 없이 떠났다. 나는 그 뒤를 혼자 묵묵히 따라갔다.

아버지는 지금 행복할 것이다.

그 생각 앞에서 나는 비로소 맘 놓고 울 수 있었다. 아버지의 인생에 단 한 번의 여자였던 엄마와, 그리고 잃어버린 가족들과 함께라면 아버지가 겪은 몹쓸 전쟁의 흔적을 씻어낼 수 있으리라.

"아줌마 차가 와요."

내 생각을 휘젓는 소리였다. 약간의 쇳소리를 은밀한 곳에 감추어 둔 듯한 기사의 목소리였다. 돌아보니 목적지가 같은 버스 한 대가 천천히 다가오고 있었다.

결국 예정보다 한 시간이나 늦은 시각에 충주에 도착했다.

미호는 그때까지 호암지 속에 꼭꼭 숨어 있었다. 호암지를 덮고 있는 건 안개뿐이었다. 보얗게 몰려든 안개는 호암지와 그를 둘러싸고 있는 세상까지 먹어치우고 말았다. 잠수복을 입은 119 구조대원들은 물속을 들락거렸지만 속수무책 안개가 걷히기를 기다릴 뿐이었다.

저 호수는 내게 얼마나 많은 위안을 주는지 몰라.

그 속에 몸을 묻기 위해 미호는 계획해 두었던 말이었을까.

이래 뵈도 수심은 제법이다. 밑바닥을 죄다 파냈거든.

문경새재에서 내려온 밤 미호는 물끄러미 호수를 바라보며 혼잣말로 중얼거렸다. 그날 밤, 호수는 찬란하기 그지없었다. 땅 위에서 건너온 모든 불빛이 물 위로 길게 드러누워 있었다. 검은 물결 위의 불빛, 바람으로 어른거리던 그것들은 마치 살아있는 발광체 같았다. 등을 보인 미호는 나를 잊은 듯 그 불빛 앞에 오랜 동안 빠져 있었다.

"안개 때문에 도무지 앞을 볼 수가 없어. 그러니 어떻게 해볼 방법이 없고."

애와치는 마음으로 치호의 목소리는 심한 균열이 일었다. 외방자식이었던 치호는 제 누나를 엄마처럼 잘 따랐다. 마음이 따뜻한 미호의 치맛자락은 치호에게 유일한 피안이었을 것이었다. 그런 치호의 눈빛이 벌겋게 달아올랐다. 제 눈 속에 만들어둔 실핏줄이 터져 나와 금방이라도 핏물로 흘러내릴 것 같았다. 치호는 죽음을 받아들일 여유도 없이 안절부절 두서없이 움직였다. 그러면서 벌게진 눈시울을 연신 닦아내었다.

붉은 조끼를 입은 소방대원들이 물을 헤치고 나왔지만 빈손이었다. 안개는 미호를 물속에 오랫동안 가두어 두었다. 어쩌면 미호는 그 안개를 이용했는지 몰랐다. 그렇도록 진을 치고 있을, 그래서 서두를 수 없는 안개 내린 날을 미리 계산해 두었는지도.

그녀의 삶에 많은 위안이 되었던 호수에 미호는 그렇게 한나절 동안 누워있었다. 미호는 그런 방법으로 호수에 이별을 하고 싶었던 걸까. 미호의 몸은 안개가 엷어진 오후 늦게 병원에 안치할 수 있었다.

"새끼 만나기만 해 봐라, 죽여 버릴 거야."

치호는 그때에야 생각난 듯 승우를 제 분노에 끌어들였다. 치호의 마음은 충혈된 눈 속으로 다 모여들었다. 그 눈을 다스리지 못해 죽여 버리겠다, 는 말로 씨우적거렸다. 미호가 심한 우울증에 시달렸다는 것은 그 죽음 앞에서 알았다. 나는 그녀의 우울증을 충분히 이해했다. 그녀의 증상을 방치하고, 그녀에게서 도피를 선택한 승우, 치호의 울분이 내 맘속으로 전이되는 것 같았다. 그를 용서할 수 없었다. 옛날 내 몫의 그 상처만큼, 아니 더 이상으로 정신이 병든 미호를 방치한 그를 용서해서는 안 될 것 같았다.

"새끼 만나기만 해 봐라, 죽여 버릴 거야."

깊은 증오가 응고되어 토해내는 치호의 절규였다. 그날 치호가 그렇게 해 주지 않았다면 내가 대신하였을 말이었을 게다.

정미호 화장 완료

화장터 전광판에 떠오른 이름으로 그녀는 이 세상에 잠시 뉘였던 육신을 거두어 가고 말았다. 그녀의 몸을 사르는 데는 그렇게 많은 시간이 필요하지 않았다.

나 죽을 때도 저렇게 호사를 누리고 싶어. 오랜 동안 해수병으로 고생하던 미호 할아버지의 상여가 나가던 날이었다. 장례행렬은 장엄하고 화려했다. 그 많은 상객들, 원색의 만장들은 시린 겨울 하늘을 어쩌면 그렇게도 나부끼던지. 붉고 노란, 그리고 초록의 만장들이 수도 없이 줄을 지어 앞섰다. 앞소리꾼의 목소리는 더 이상 푸근할 수 없었다. 삶을 제대로 치르고 떠나는 미호 할아버지 상여는 곡소리에도 슬픔을 담을 필요가 없었다. 무명 치마저고리로 따르던 미호가 꽃상여를 탐내듯, 내 귀에 대고 비밀처럼 또 그렇게 말했다.

그러나 미호는 그런 호사를 누리지 못했다.

불구덩이로 들어가기 위해 올리던 마지막 제 앞에서 치호는 울부짖었다. 그 울음소리에는 서러운 그의 유년이 오롯하게 묻혀 나왔다. 언제나 겉돌던 그를 따뜻하게 감싸주던 미호, 그에게 위안이었던 기억은 오열로 변해갔다.

한 줌의 재로 변한, 이 세상 다녀간 미호의 흔적은 그녀가 사랑했던 소나무가 훤히 보이는 문경새재 숲에 뿌려졌다.

정말 섹시하지 않니? 어느 화백이 이 나무를 섹시가이라고 말했단다.

제2관문을 왼쪽으로 돌아서, 하늘을 향해 늘씬하게 뻗어 있는 소나무 여러 그루 앞이었다. 미호는 희고 긴 손가락으로 그 잘 생긴 나무들을 가리키며 간드러지게 웃었다. 그 웃음이 왜 그렇게 짚 검불처럼 맥없이 주저앉던지. 나는 그때 그녀의 정상심리가 교란되고 있다는 것을 눈치 챘어야만 했다. 그 웃음이 죽음의 암시였다는 걸 왜 내가 몰랐을까. 그러나 나는 그걸 잡아내지 못했다. 어쩌면 그때 나는 미호 보담 더 많은 정신의 혼란을 겪고 있었는지 몰랐다.

미호에 대한 미안함은 그렇게밖에 변명할 수가 없을 것 같다.

나는 그때 십 년을 넘게 몸을 섞고 살았던 남편을 향한 배신감 때문에 아무것도 볼 수 없었다. 그가 나를 속였던 그 세월을 못 견뎌하며 처음으로 죽음을 생각했던 시간 속에 서 있었다. 분명 그래서였을 게다. 내가 미호를 눈 여겨 살피지 못했음은.

장례를 치르고 돌아오니 자그마한 소포 꾸러미가 기다리고 있었다. 겉 포장지에 적힌 글씨는 미호의 것이었다. 세상을 정리하려고 맘먹었던 날이었을까, 누런 소포 종이 속에는 시디 한 장이 들어있었다. 미호가 밤을 새워 듣던 '하늘 가는 길'이었다.

— 눈을 감고 뜨지 않으면 세상의 허식적인 것에 동의하는 꼴이 되지 않을까. 명희야 나는 그게 두렵단다. 그래도 내가 다녀간 이 세상은 내 손으로 직접 놓아주고 싶다. 붙잡고 있기엔 너무 힘이 드니까.

이건 승우가 즐겨 듣던 시디란다. 그는 제 바람대로 인도의 갠지스강에 몸을 묻었을까.

명희야, 미안하다. 미안함이 너무 깊어 어떻게 소리로 네게 표현하지도 못했다. 글은, 문자라는 건 이렇도록 편리한 거로구나. 뻔뻔한 내 마음을 전하기엔 충분한 도구가 될 수 있으니 말이다.

결혼한 얼마 후에 너의 사랑을 알았지만 내가 할 수 있는 건 내 인생을 방황하는 것뿐이었단다. 나는 너를 위해 해줄 수 있는 게 아무것도 없었다는 게 많이 슬펐다. 너는 내 혈육 이상이었고, 그래서 내 삶을 용서할 수가 없었는지 모르겠다.

네가 승우와의 일로 다시는 아이를 실을 수 없는 몸이 되었다는 것도 알았다. 그래서 네 남편과 힘들다는 것을…….

우리들 불행은 결국 승우라는 한 남자로 인해 싹이 트고 말았구나. 왜 너와 내가 한 남자로 인해 소중한 삶이 파국으로 치달아야 했는지, 그게 많이 억울하다.

승우와 나는 겉으로 보기엔 놀라울 만치 도덕적이고 평화로웠지만 내면은 네가 짐작하듯이 그렇지 못했단다. 우선은 내가 그랬다. 그를 용서해야지, 이해해야지 하면서 두 생각의 사이에는 한 순간의 휴전도 없이 싸움이 계속되고 있었단다. 내 인생은 이 싸움질로 끝이 나려는가 보다.

내가 행하는 이 선택이 최선이 아니라는 것도 안다. 최선만을 추구할 능력이 있었다면 이런 선택도 내 것이 아니었을지 모른다.

명희야 미안하다. 너에게 이 말밖에 해줄 수가 없는 내가 밉다. 나는 지금 우리의 옛날을 생각한단다. 당산나무가 서 있던 배꼽마당에서 승우랑 그리고 너랑 밤늦도록 높가지에 매달린 별을 헤던……, 그 옆에 누렁우물이 있었지? 그곳을 함께 들여다보면 굿은 물속에 고요히 비치던 세 얼굴.

나는 지금 우리의 그런 유년만 간직하고 가련다. 내 인내의 부족이었고 한계였어 .

그리고 말이다, 이건 내 주제 넘는 부탁인데 아이를 데리고 오너

라. 기꺼운 마음으로 말이다. 네 남편의 아이 아니니? 그래서 네가 엄마가 되어 살아갔으면 싶다. 내가 포기한 엄마 말이다. 승우와 내가 이런 꼴로 변한 것도 내가 그의 아이의 엄마이기를 포기했기 때문이야. 스무 살, 그 나이로 네가 승우, 그 아이의 엄마이기를 포기 당해야 했던 것처럼, 나도 아이를 지웠어. 그게 영원한 갈등의 빌미가 되고 말았지만.

명희야, 엄마가 된다면 세상을 바라보는 것도, 아니 함께 사는 그를 대하는 네 마음도 달라질 거야. 우린 아직 그 역할을 부여받지 못해 이렇도록 미숙한 인생에서 허우적거렸는지도 몰라. 간절한 부탁인데 아이를 데려와 키우렴. 함께 살아야하는 남편의 핏줄이잖니. 그리고 남은 삶, 진정 네 것으로 충실하게 살기 바란다.—

미호가 보낸 시디를 오디오에 걸어 보았다. 섬뜩한 요령소리가 내 맘을 흔들었다. 핏빛의 맑은 빨강, 더 이상 선을 넘을 수 없는 찬란한 노랑의 빛깔, 그리고 차갑고 차가운 초록이었다. 그런 원색의 만장이 바람이듯 훨훨 나부끼며 꽃상여의 길을 열어주고 있었다. 미호가 가는 하늘나라 길이었다. 꽃상여에 맡긴 제 몸을 행복한 듯 바라보고 있는 미호의 영혼. 미호는 제 바람대로 그렇게 꽃상여에 몸을 싣고 호사스런 마지막을 가고 있었다.

미호의 얼굴은 행복했던가……. 어쩌면 미호는 제가 선택한 곳에서 행복을 위해 더 많이 인내할지도 모른다. 이 세상에서 못다

한 것까지.

안개는 세상의 모든 색깔로 에워싸여 있는지 몰라.

그녀의 말대로 많은 색깔을 감춘 그 안개에서 미호는 누에고치 속처럼 편안함을 느꼈을 게 분명하다. 내일 또 나는 안개가 범람하는 창가에서 버릇처럼 숨어버린 바깥풍경을 퍼즐로 맞추어 나갈 것이다.

어쩌면 아이의 눈에 담긴 두려움을 걷어내기 위해 다가가려는, 그런 내 마음의 날들이 숨어있을지도……. 미호의 그 안개 속에 말이다.

내 영혼 바람 되어

가방을 챙기는 시간은 얼마 소용되지 않았다. 옷가지 몇 점과 오랜 세월 숨죽여 지냈던 정우의 일기장, 듣고 또 들어 닳기도 했을 시디 몇 장뿐이었다. 그랬어도 아직 가방 안은 허수룩했다. 뭐 더 넣을 게 없나 이 방 저 방을 훑어보았지만 딱히 맘에 잡히는 건 없었다. 손가락 열 개가 다 잡히는 해를 살아왔건만 그간의 삶이 너무 허줄했던 것일까, 그 흔적은 겨우 가방 한 개도 다 채워지지 않는 부피였다. 비감이 슬쩍 어깨를 치며 저만치 달아났다. 현관문 고리를 잡던 손을 놓고 다시 집안으로 들어갔다. 그랬어도 행여 잊고 챙기지 못한 여줄가리 하나쯤이라도 있겠지, 그 핑계모를 앞세워 다시 둘러보았다. 맘 다질 틈도 없이 아버지가 떠미는 등에 밀려 한 남자와 헛다리품만 산 세월이었다. 마음 드리지 못한 객식구로 연기한 세월만 벽의 땟자국처럼 신산스럽게 흩널려 있을 뿐이었다. 버려지는 배신감 때문일까, 노려보는 그것들의 눈에 노여움이 고여 있는 듯했다.

그 사람 시간을 열심히 놀아주던 티브이가 멍히 날 쳐다보았다. 한 번도 진심으로 눈을 주고받은 적 없던 티브이였다. 거실 면적에 비해 터무니없이 넓은 화면은 보란 듯이 흰목을 쓰고 앉은 것 같아 일부러 피하곤 했다. 이제 저 티브이는 그 사람의 남은 세월에 큰 위안이 되리라.

안 방문을 열었다. 때묻은 화장대 앞의 사진첩이 횅댕그렁한 눈으로 날 바라보았다. 언젠가 태국여행 때 함께 찍었던 사진이었다. 산호섬이었던가, 유난히 모래가 하얀 바닷가를 배경으로 두 사람이 서 있었다. 미련한 얼굴의 남자는 입가로 미어져 나오는 행복을 억지로 삼키려 애쓰는 표정이었다. 여자의 어깨에 얹은 남자의 손도 자리가 마땅찮은 듯 불안해 보였다. 뒷면을 열어 사진을 꺼냈다. 그리고 서랍 속에 넣어 두었던 편지봉투 위에 빈 액자를 뒤집어 놓았다. 쥐고 있는 손에 사진의 무게가 부담으로 전해졌다. 찢을까, 비틀던 두 손을 멈추고 우선 핸드백 속에 넣었다. 방안을 빙 둘러 보았다. 정말 유령으로 살았던 겔까, 남겨 진 건 느낌뿐, 당장 손에 잡히는 건 없었다.

반역을 도모하는 역적처럼 한 달 전부터 치밀하게 준비를 했었다.

마치 완전 범행을 꿈꾸듯 버릴 거는 버리고 또 태울 거는 뒤뜰에다 조용한 불꽃을 만들어내곤 했다. 내가 만약 그 사람에 의해 고발당한다면 주도면밀한 이 계획 때문에 가중처벌을 선고받아 마땅할 것이었다. 그러나 십여 년의 세월을 어떤 행위로든 지워낸다는 게 허구픈 짓이란 것도 알았다.

그 사람은 지금 필리핀 출장 중이다. 나는 이 편안한 떠남을 위해 그 날짜까지 맞추어 계산했다. 행여 두고 온 무엇이 있더라도 서두를 필요가 없는 여유가 충분했다. 그러나 이런 작별에 필요없는 시간을 쓰고 싶지는 않았다. 정말 나는 이 집에서 살았던 적이 있었던가, 시각적인 확인이라면 완벽한 지움이었다. 뜬금없이 서글픈 느낌이 스쳤다. 뜨내기로 살았던, 강산을 한 번 변화시킬 수 있는 그간의 내 시간들에 가여운 맘이 들었다. 돌이켜보니 이 집에서 내가 꾸렸던 가방은 수도 없이 많았음을 깨달았다. 물론 늘 마음의 가방뿐이었지만 말이다.

그 사람은 오늘 오후 늦은 시각에 도착할 것이고 빈집이 풍기는 한기에 의아해 하거나 당황하지도 않을 것이다. 보통의 남자들처럼 전화번호를 다급하게 누르거나, 안절부절 못하는 그런 장면은 기대할 필요가 없다. 다만 올 것이 이제야 왔구나, 시퉁덩한 얼굴로 담배 한 대를 피우고 커피포트를 데워 두 개의 커피믹서를 넣은 머그잔으로 티브이 앞에 앉을 것이다. 그가 즐기는 드라마 한 편과 탈북여성들의 수다가 무성한 프로그램, 그리고 함부로 드러내는 알몸이 단골인 화면을 찾아 수없이 심야영화 채널을 돌릴 것이다. 그러다 리모컨을 손에 쥔 채 잠이 들 것이다. 이 모두는 그의 습관이 그려내는 사실적인 그림이다.

현관을 나와 계단을 내려서면서 걸음을 멈추었다. 귀문을 데크 벽에 대고 안을 살펴보았다. 조용했다. 바짝, 귀를 더 붙여 보았다. 그러다가 얼른 몸을 세웠다. 지금 고양이는 없다, 그럼에도 나는 계단을 내려설 적이면 버릇처럼 빈 벽 속에 귀를 대보곤 한다. 고양이가 떠난 지도 제법 되었다. 위험이 닥치면 목을 물어 새끼를 나르던 누랭이의 모습이 떠올랐다. 어미 노릇을 그렇도록 열심히 하는 짐승이 또 있을까, 이젠 아무도 없다는 것을 알면서도 나는 데크 속 빈 공간을 부질없이 살핀다.

대문을 열었다. 그 사람의 회색 자동차가 눈을 부라리고 있었다. 마치 내 거동을 짐작하고 있었다는 듯 눈빛에는 살기마저 감돌았다. 몸을 도사렸다. 대문에 등을 기대고 잠깐 숨을 몰아쉬었다. 그렇게 등을 돌려 세운 눈앞에 그 사람의 정원이 또 나를 감시하듯 살폈다. 뜰은 이미 서리가을로 접어들었다. 불깃하던 단풍잎도 가장자리부터 허옇게 돌돌 말려들었다. 등을 떠미는 계절의 힘에 속수무책, 가을은 이미 넋을 놓는 중이었다. 몇 잎 남지 않은 앙상한 은행나무가지, 그 옆에 붕어를 키우는 그 사람의 연못이 있다. 붕어 숫자가 점점 줄어드는 이유가 누랭이 소행이라는 걸 알고부터 그 사람은 한 길짐승을 적군으로 몰아 부치기 시작했다.

누랭이가 붕어의 천적이라면 누랭이의 천적은 그 사람인 셈이었다. 이들 삼각의 관계는 붕어의 숫자에 의해 노골적인 적의를 드러내었다. 엉거주춤 관망의 자리에 있던 나 또한 천적의 자리를 차지하기 위해 그들 원한에 관여하기 시작했다. 비를 피하기 위해 밤새 새끼를 나르는 누랭이의 모성을 외면할 수 없었던 내 마음이었을 게다. 붕어와 고양이, 그 사람과 나는 서로의 꼬리를 물고 있는 원형의 천적그래프 속에 갇히고 말았다. 그 사람의 밥상에서 생선 반 토막을 잘라내었고, 고기 반 접시를 덜어내어 붕어의 천적인 고양이 밥그릇에 몰래 담았다. 그런 방법으로 나는 그 사람의 천적으로서 충실했다.

캐리백을 손에 쥔 채 다시 바깥을 살펴보았다.

'나는 그 가방의 음모를 다 알고 있다.'

자동차는 그 말을 하고 말겠다는 듯 눈자리가 나게 쏘아보고 있었다. 가방의 음모라니, 나 또한 눈씨에 힘을 모았다.

대문에 잠깐 기대섰다. 질질 끌려나온 가방은 주눅바치처럼 몸을 움츠렸다. 어디에서 급조된 노여움일까, 필요 이상의 힘을 끌어내 대문을 쾅, 밀어붙였다. 캐리백을 쥔 손에 힘까지 가세했다. 골목길을 걸어 나오는 내내 등이 가려웠다. 자동차의 감시를 받아내는 등이 발길을 재촉했을 것이다. 씨알처럼 남겨 둔 허세를 앞세우고 걸쌈스럽게 골목을 벗어났다.

골목 밖에는 생경한 세상이 눈앞에 펼쳐졌다. 달려가는 차들,

바쁜 걸음들, 비슥맞은편 마트의 호객 소리, 늘 봐 왔던 풍경이었다. 그런데 마치 처음 만난 여행지처럼 낯설었다. 그들 모두는 세상과 적당히 타협하며 돌아가고 있었다. 무리 속에 어울리지 못하고 겉돌고 있다는 느낌, 뜬금없는 소외감이 고개를 쳐들었다. 내 맘을 눈치 챘을까, 터미널 방향의 버스가 앞에 섰다. 얼른 버스에 올랐다. 정오가 가까워지려는 시각, 버스 안은 한산했고 구석진 뒷자리를 골라 앉았다. 띄엄띄엄 앉은 버스 안 사람들 얼굴엔 시간을 견뎌내는 무료가 더께처럼 눌러 앉아있었다. 창밖을 바라본다거나, 휴대폰에 눈을 맞추고 있다거나, 낮은 목소리로 누군가 통화를 한다거나……. 슈퍼마켓 상품처럼 다양한 표정들이 버스 안에 진열되어 있었다.

그 무심한 얼굴들이 약속이나 한 듯 가면을 벗기 시작한 건 버스카드를 만지작거리며 일어선 남자 때문이었다. 허든거리던 붉은 점퍼의 남자가 통로에 쭈그리고 앉은 내 가방에 발길질을 한 것이다. 피해자로 몰아세우려는 양 돌아선 남자는 가뜩이나 주눅 든 가방을 쏘아보았다. 불쾌감을 다 지우지 못한 얼굴로 남자는 버스에서 내렸다. 그런 후 내 가방은 버스 안의 중심에 서고 만 것이다. 모두의 눈들이 내 가방으로 죄다 몰려들었다. 휴대폰에 눈을 꽂고 있던 짧은 치마의 여자아이, 지팡이를 꼭 쥐고 앉은 노인, 뜬금없는 선글라스로 분위기를 제압하던 중년의 여자, 무심한 척 가면을 쓰고 있었지만 모두는 내 가방을 힐끔거리는 중이었다. 버스

안의 무료함은 순식간에 깨지고 술렁임이 은밀하게 퍼져나가는 것 같았다. 가방은 지난한 내 삶을 여과 없이 투영하고 있었다. 아무런 감흥 없이 살아온 십여 년, 정우가 떠난 후 도망치듯 안착한 그 세월이 고스란히 담긴 가방이었다. 내 알몸이나 다름없는 가방이 그렇게 타인에 의해 발가벗겨지고 있었다. 모멸감으로 화끈 얼굴이 달아올랐다.

버스 정류장을 예고하는 안내 멘트에 신경이 곤두섰다. 올바르게 작동하지 못하고 고무줄처럼 제멋대로 늘어지는 시간에 조바심이 일었다. 아주 한참 뒤였다. 기다리던 정류장이 다가왔다. 가방 또한 덜커덩거리는 바퀴 소리로 제 불편한 심기를 함부로 드러냈다.

남부 터미널에 들어섰다. 익숙한 것들을 버리고 낯선 곳으로 떠나는 여행자들로 붐볐다. 섬을 향한 차표를 구입하곤 길게 이어진 의자에 앉았다. 뭍으로 이어지는 대교가 개통된 지도 오래, 섬의 조건을 버린 지가 얼마인데 티켓 꼬리에는 여직 섬이란 글이 매달려 있었다. 20여 분이 지났을까, 구매해 둔 시간의 버스가 플랫폼으로 들어왔다. 기사가 열어 둔 짐칸에 가방을 밀어 넣었다. 비로소 해방이 된 듯 맘이 가뿐했다. 내 삶을 엿보려는 따가운 눈길은 이제 없다. 가벼운 걸음으로 버스에 올랐다. 모든 게 다 제자리를 찾았다는 안도감에 나른해졌다. 내 옆 좌석엔 어떤 사람이 앉을까, 미리 의자의 주인을 점치는 여유까지 얻었다. 어느 버스길이

든 옆자리에 마음 편해 본 적은 없다. 나이 많은 이들의 지나친 관심이나, 슬며시 어깨를 기대는 중년의 남자, 힐끗힐끗 눈돌림질을 일삼는 내 또래의 여인……. 그런 날이면 바늘방석이 되어버린 찻길은 한없는 시간만 늘어지곤 했다. 네댓 시간이 소요되는 먼길의 시작이었다. 차표를 건네고 차 안을 빙 둘러보는 사람들을 살펴보았다. 가능한 일이라면 무거운 가방 차림의 스무 살 남짓 여자를 선택했을 것이다. 푸수한 차림의 여자는 가족 선물로 무거워진 가방을 선반 위에 밀어 넣고 휴 한숨으로 이내 속잠에 빠져들 것이다. 번갈아 드나드는 고향 꿈을 맞아들이다간 종점에서야 기지개를 켜는, 그런 여자라면 먼길을 수월하게 넘길 수 있으리라.

그러나 여자는 내 곁을 지나 종종걸음으로 보퉁이를 껴안은 할머니 옆에서 앉을 자리를 살피는 중이었다. 안전벨트를 매는 여자에게서 시선을 돌리며 이제 허튼 도박은 말자, 눈을 감았다. 잠시 후 옆자리에 인기`척이 들렸다. 그랬어도 눈은 뜨지 않았다. 젊은 남자의 체취가 가만 코끝으로 밀려왔다. 몇 살쯤으로 살아가는 중일까, 눈을 감은 채 속어림 내기를 해 보았다. 스물넷? 마치 준비해둔 말이 듯 그 숫자가 저절로 입속에 머물렀다. 정우가 살다간 나이였다. 비밀이라도 들킨 양, 두 눈을 아프도록 감았다.

제법 졸았던 모양이다. 얼마를 달렸을까, 창밖을 바라보았다. 슬쩍슬쩍 스쳐가는 이정표가 아직 충청권을 벗어나지 못하고 있었다. 그때에야 생각해낸 듯 옆 자리를 살펴보았다. 헤드폰을 머리에 두른 청년이 두 손을 꼭 모아 쥔 채 눈을 감고 있었다. 그도 옆자리에 대한 부담을 감은 눈으로 해결하려는 셈일까, 가만 그 모습을 살펴보았다. 무슨 음악일까, 남자는 얌전한 허밍으로 헤드폰 속의 음악을 따라가고 있었다. 무릎 위에 가지런히 얹어 둔 손을 살펴보았다. 포개진 오른쪽 손등엔 푸르스름한 핏줄이 얼비치었다. 어떤 비밀을 따라 살며시 숨어드는 길 같은 핏줄, 그 끝의 손가락 두 개가 박자를 따라가고 있었다. 낯설지 않은 느낌이었다. 몸을 일으켜 세웠다. 그 손놀림에 넋을 놓고 앉은 내 시선에 따가움을 느꼈을까, 남자가 살며시 눈을 떴다. 그리곤 싱긋 웃었다. 웃음으로 인사를 대신한 남자는 다시 눈을 감았고, 헤드폰 속의 선율에 계속 손가락 장단으로 따라가고 있었다. 내 눈길 또한 남자의 손장단을 따라다니고 있었다. 다시 남자가 눈을 떴다. 그리곤 헤드폰을 벗겨 내었다. 벗겨진 헤드폰 속에서 소리가 미어져 나왔다.

"라이언 킹이네요."

엘톤 존의 곡이었다. 캔유 필 더 럽 투나잇.

"네. 아우스쿨타테 버전이랍니다. 음악 좋아하시나 봐요."

눈을 감았을 적보다 움직이는 입을 둔 표정이 훨씬 마음을 잡아당겼다. 마주하는 사람을 기분 좋게 만드는 얼굴이었다.

"네. 소릿귀는 좀 밝아요."

필요 이상의 관심으로 대답했다.

"좀 들어 보실래요?"

내 힐끔거림이 그 음악 때문인 줄 알았을까, 그가 헤드폰을 건넸다. 다음 트랙으로 '헤이 쥬드'가 흐르고 있었다. 아우스쿨타테, 덴마크의 수사들이 부르는 노래였다. 오랜 전통을 자랑하는 올레보르와 버글럼 수도원 수사들이 연출해내는 그레고리안 챈트 버전의 비틀즈, 꾸밈과 기교가 없는 보통 사람의 목소리였다. 중세 분위기를 자아내는 수사복 속에 가려진 얼굴, 그들의 소리는 깊은 동굴 속을 빠져 나온 듯 신비스럽도록 잔잔했다. 세상의 모든 것을 사랑으로 껴안으려는 듯한 포근하고 나지막한 목소리로 쥬드를 끝냈다.

쥬드가 끝난 후 헤드폰을 벗어 남자에게 건네주었다. 음악을 듣는 남자는 다시 눈을 감았다. 자는 척하며 나는 계속 남자만 훔쳐보았다.

정우도 그랬다. 멜로디에 손가락 장단 맞추는 걸 즐겼다. 입술의 움직임이나 손가락 두드림만으로도 음악 내용의 짐작은 쉬웠다. 그가 즐기는 음악은 장단이 붙으면 더 흥을 돋우는 재즈 주류였으니까.

여름의 그믐밤이었다. 자신의 분신 알토 색소폰을 어깨에 매고 정우는 대문 밖을 나섰다. 수돗가에서 설거지 중인 내게 눈을 찡긋했다. 물론 뒤따라오라는 눈짓이었다. 하던 일을 마무리 짓고 걸어가는 바닷길 초입까지 색소폰 선율은 마중을 나오는 중이었다. 썸머 플레이스였다. 그가 기분 좋을 적이면 빠른 템포로 신나게 연주하는 곡이었다. 뵈진 않아도 흥겨움에 그의 몸짓도 리듬을 타고 있을 터였다. 복학을 한 후 처음 맞는 여름 방학, 오랜만에 집에 돌아온 정우였다. 정우와 바다, 그리고 색소폰은 한몸이듯 잘 어울렸다. 가끔 모차르트를 재즈 기법으로 연주하는 적은 내가 신청했을 적이었다. 색소폰으로 듣는 클라리넷 협주곡은 알토, 낮은 음에서 젖어 나오는 맛부터 괜스레 서글펐다. 셔츠의 단추를 풀어헤치고 열정과 자유와 흥으로 연주되는 재즈곡이 왜 정우의 색소폰은 파도에 젖은 듯 서글프게 울리는지 그 이유를 그때는 알아채지 못했다. 정우의 알토 색소폰 선율은 늘 비머리한 새처럼 불서러웠다.

마지막 곡으로 '밤하늘의 블루스'를 마치면 정우는 벌렁 모랫바닥에 드러눕곤 했다. 말없이 어둠 속의 별을 바라보기만 하던 그가 손으로 툭툭 쳐서 내 누울 자리를 제 옆에 마련했다. 광해나 공해, 아무런 방해를 받지 않는 하늘엔 별들이 저마다의 빛을 발하고 있는 중이었다.

"나는 바람이고 싶어. 다시 태어난다면 난 바람으로 살아갈 거야."

"왜 바람이어야만 해?"

"자유롭고 싶어. 나를 옭아매는 모든 고리에서, 그리고 관습의 틀에서 벗어나 자유를 누리고 싶어. 내 맘이 가는대로, 가고 싶은 곳을 달리면서 내 자유를 맘껏 누리고 싶어."

그리고는 벌떡 일어나 바닷물 속에 첨벙 발을 담갔다. 그의 무릎 아래는 온통 시거리 빛발이 매달려 들었다. 그리곤 돌아와 내 손을 잡아 일으켰다. 바닷물이 은밀하게 밀려왔다간 다시 돌아가곤 했다. 바닷가를 달리기 시작하는 정우, 물속에 놀던 시거리 빛들이 그의 발길에 부딪쳐 흩어졌다간 다시 모여들곤 했다.

"넌 아직도 저 시거리가 바다 속에 묻힌 사람들의 영혼이라고 생각해?"

"물론."

그믐 바다에 발광하는 빛의 무리, 그 시거리를 손 안 가득 받아내던 정우는 물가를 첨벙거리며 또 달리기 시작했다. 그의 손에 잡혀 끌려가던 내 무릎에도 시거리 그 빛 무리들이 주렁주렁 매달려 들었다.

나는 그렇게 스물셋을 정우와 함께 살아내고 있었다. 나이를 먹어갈수록 바람이고 싶은 정우의 고뇌는 치유되지 않았고 그는 스물넷을 다 살아내지도 못한 여름 바다에서 삶을 마감했다. 정우가 왜 세상을 떠났는가, 사고였는지, 아니면 자의에 의한 떠남인지 아무도 모른다. 정우 자신과 바람만 알고 있을 뿐.

그가 떠나던 날 밤, 방문을 두드렸다.

"나와 봐."

"왜?"

"시거리가 떴어."

그날도 그믐밤이었다. 정우는 그믐의 밤을 좋아했다. 오직 어둠으로 살아가는 야행성 동물처럼, 그런 밤이면 시거리를 쫓아 달리곤 했다. 무릎까지 차오른 바닷물 속에서 달음질로 시거리 빛을 몰아가던 정우, 그의 손에 잡힌 나는 빠른 걸음을 감당할 수 없어 바닷물에 드러눕고 말았다. 저만치 혼자 달려가던 정우가 다시 돌아왔다. 물에 텀벙 주저앉은 나를 한참이나 내려다보던 그가 내 손을 잡아 일으켰다. 그리곤 덥석 품에 안았다. 그의 채취에 알코올 냄새가 희미하게 섞여 나왔다. 한참이나 안고 있던 그가 내 손을 잡고 바닷가로 나왔다. 모래밭에 풀썩 주저앉은 그는 한참이나 말이 없었다. 먼 바다를 바라볼 뿐. 얼마를 지났을까, 하늘에서 떨어져 내린 별똥별 하나가 먼 바다에 잠수를 했다. 그때를 기다렸다는 듯 정우가 입을 열었다.

"나는 아버지 손에 잡혀 대문 안을 들어서던 너의 여덟 살을 잊을 수가 없어. 쬐끄만 애가 눈은 왜 그렇게 큰지, 그 깊은 눈 속에 가득 담긴 슬픔이라니, 아니 차라리 두려움이라는 게 맞겠다. 그때부터 난 생각을 했어. 저 애를 내가 지켜주어야만 한다고. 너를 보는 순간 난 아버지를 용서하게 되었어. 너의 엄마를 생각했거든. 내가 너를 본 순간이 있었듯이 아버지 또한 너의 엄마를 본 순간 나 같은 마음이었을 거라고……. 그래서 아버지를 이해하기로 맘먹은 거야. 너를 만나기 전엔 아버지 같이 단정하신 분이 외방

자식이라니, 도저히 믿을 수가 없었고 용납할 수 없는 사건이었거든."

"넌 울 엄마를 잘도 치장해서 그려내는구나. 내겐 비정한 모성이야. 한 남자와 나를 바꾼 거지. 자식을 지켜주지 못하는 엄마를 난 용서 안 해."

"용서할 수 없는 사람을 맘에 품고 사는 건 불행한 일이야. 이제 잊어. 엄마의 맘은 제가 겪어봐야 깊은 이해가 생기는 거야."

그가 나를 다시 품에 안았다. 절대 엄마가 되지 않을 거라는 말은 입속에서만 맴을 돌았다. 그날 밤이 그와의 마지막이었다. 그게 마지막이 될 줄은 몰랐다. 나를 집까지 데려다 준 후 그는 노를 저어 나갔고 다시 돌아오지 않았다. 그는 왜 그 밤에 배를 저어 먼 바다로 나갔을까, 어쩔 셈으로 그렇게 한 것일까,

몇 날의 수색 끝에 빈 배만 발견되었고 그가 힘겹게 저었을 노는 한 달이 지난 후 파도에 떠밀려 왔다. 마치 세상에 남겨두고 싶은 그의 흔적이기라도 하듯.

그가 돌아올 것이라는 희망을 포기했을 때 내가 제일 먼저 한 일은 '재즈 히 스토리'를 치우는 것이었다. 그의 일기는 해독하기 어려운 암호 같았다. 표지를 열면 온통 재즈 이야기뿐이었다. 거친 음색과 억세고 폭발적인 특징의 뉴올리언즈의 초기 재즈에 대한 이야기는 십대 후반을 살아가는 정우였다. 벙크 존스, 조지 루이스, 루이 암스트롱이 주류를 이루던, 아직은 때묻지 않은 시대, 늘

그리워할 것이라며 그날의 기록은 그렇게 끝을 맺었다. 스물 초입에 만난, 생동감 있고 화려한 스윙재즈에 대한 정우의 이야기는 우호적이진 않았지만 베니굿맨 듀크 앨링턴에 대한 찬사는 대단했다. 모던 재즈를 거쳐 정우가 가장 즐겼던 프리재즈까지 그의 하루하루 일기는 재즈 이야기로 표현되었고 어느 문장 하나 이해가 쉽지 않았다. 그렇지만 그가 그려낸 마음그림은 짐작할 수 있었다. 아무도 눈치 챌 수 없는 난해한 내용이었지만 그의 고뇌가 오롯하게 담긴 그 일기장이 남의 손에 발가벗겨지는 건 견딜 수 없었다. 정우가 내게 남긴 유품이듯, 아니 내 몫으로 받은 정우이듯 가슴으로 받아들였다. 바람이고 싶은 그의 일기장은 내 맘의 일부가 묻혀 있는 무덤이기도 하다.

섬에 도착했을 때 남자는 꾸벅 인사를 하곤 저만치 걸어갔다. 배낭을 등에 멘 그를 한참이나 바라보았다. 정우가 두고 간 나이를 살아가는, 정우처럼 속멋이 배어나오는 뒷모습이었다.

날은 이미 저뭇해지고 있었다. 아버지의 밭은기침 소리가 대문 밖에까지 서성였다. 안방을 피해 아랫방 문을 조심스레 열었다. 두 눈이 휘둥그레진 정연이 뚫어지게 가방만 바라보았다. 정연은 누구보다 내 가방의 의미를 잘 알고 있었다. 이런 날 밤을 마치 짐작이나 하고 있은 듯 암말 없이 내 가방을 이불장 안에 숨겼다. 그러는 정연을 추량하는 건 어렵지 않았다. 달랑 하나인 아들은 돌아오지 않고 두 딸의 여의살이에도 지쳤을 아버지, 그러나 큰 딸

정연은 친정으로 돌아온 지 오래 되었다. 노쇠한 아버지의 어깨에 또 하나 더 걸릴 짐이 가방 속에 다 들어 있음을 정연은 이미 알고 있었다. 둘째의 가방에 기함할 아버지의 맘은 불 보듯 훤했다.

정연은 불 켤 생각도 없이 이불을 꺼내 제 옆자리에 깔았다. 나는 우두커니 앉아만 있었다. 그리곤 자리에서 일어났다. 그랬어도 정연은 한마디 말도 묻지 않았다. 이 밤에 어디로?, 이런 쉬운 말조차도. 어쩌면 정연은 내 모든 이유를 예전부터 알고 있었는지 모른다.

마당을 내려섰다. 안방은 적막했다. 아버지의 코고는 소리, 허리 통증에 시달리는 어머니의 끙끙 앓는 소리가 금방이라도 방문 밖을 차고 나올 것 같았다.

뒤뜰을 건너 별채로 걸어갔다. 아직도 툇돌 위엔 정우의 신발이 그대로였다. 그가 평상시에 즐겨 신던 밤색 단화였다. 세월을 비켜갈 수 없었을까, 신지도 않았을 신발은 시간만큼 낡아가고 있었다. 단정하게 끈이 묶인 정우의 신발, 아버지는 아직도 그가 언제든 집안으로 돌아와 그 신발로 마당을 돌아 나오리라, 그 꿈을 버리지 못하고 있다. 방문을 열다말고 그 신발에 내 발을 넣어 보았다. 터무니없이 헐렁했지만 신발은 분명 내 발을 기억하고 있었다. 옛날과 다름없이 다감하고 따뜻했다. 아주 어렸을 적부터 나는 그의 신발에 발 담그는 걸 즐겼다. 쌍둥이처럼 붙어 다니는 것조차 마뜩찮게 여기던 그의 엄마는 그런 내 모양을 날 선 눈빛으로 힐끔거리곤 했다. 바다 모래밭에 나서면 정우는 젤 먼저 제 신발을 벗어주곤 했다. 내 신발 두 짝을 들고 앞서가던 정우는 헐거움에 걸음이 늦는 날 돌아보며 깔깔 웃었다. 같은 나이를 살고 있었지만 정우는 신장은 물론 발까지 내 사이즈를 훨씬 웃돌았다. 내 발은 늘 그의 신발에 욕심 부리곤 했다. 왜 그랬을까, 그의 신발에 발을 넣으면 발 밑바닥이 전해주는 안온함에 시시부지한 내 현실이 스르르 물러가는 것 같았다. 내 마음이 누리는 유일한 사치였고 평화였다. 방문을 열고 들어섰다. 엊그제도, 지금도 그러하듯 방은 그의 숨소리로 살아있는 것 같았다.

벽도 그대로였다. 빈틈없이 붙여진 재즈 연주가들의 브로마이드로 벽은 숨 쉴 틈조차 없었다. 피아노 앞에 앉아있는 젤리 롤 모턴, 스윙 시대의 대표적 색소폰 연주자 벤 웹스터의 매캐한 담배연기에 기침이 나올 것만 같았다. 그 옆에는 그가 좋아했던 빌리 홀리데이가 얼굴을 차고 넘치는 큰 마이크 앞에서 노래를 부르고 있었다. 그뿐인가, 흰 이빨을 드러내며 미친 듯 드럼을 두드리고 있는 아트 블레이키, 트럼펫을 불고 있는 디지 길레스피의 두 볼은 터져나갈 듯 부풀러 있었다. 색소폰, 트럼본, 피아노와 드럼으로 수많은 재즈 맨들이 합주에 열심인 벽, 나는 방안을 들어설 적마다 귀를 막으며 시끄러워 죽겠다며 엄살을 부리곤 했었다.

'재즈 히 스토리'를 서랍에 넣다 말고 마지막 장을 읽어 보았다.

— 가면을 벗어 던지고 싶다. 그래서 인간인 내 본연의 모습을 드러내고 싶다. 벌거벗은 모습, 내 존재의 우연성과 철저한 고독을 보여주고 싶다. 항상 점잖게 불행해 하고, 점잖게 울고, 점잖게 기뻐해야 하는 고상한 형이상학자들, 그들의 가면은 사양한다. —

정우가 벗어버리고 싶었던 가면은 무엇이었을까, 그가 금방이라도 일어나 다음 장을 써 나가도록 제자리에 반듯하게 앉혀 놓았다. 서랍 속엔 열쇠 꾸러미, 볼펜, 지우고 또 쓰고 덧칠로 그려진 악보와 그가 좋아했던 찰리 파커와 빌 에반스의 음반 등이 가지런히 놓여 있었다. 그가 밤바다를 누비며 루이 암스트롱과 냇킹 콜을 연주하던 알토 색소폰은 책상 옆에 주인을 기다리는 듯 단정하게 서 있었다. 그 옆에는 키 큰 콘트라베이스도 무책임한 주인을 성토하는 언짢음을 함부로 드러내고 있었다.

재즈에 뭔 콘트라베이스씩이나! 내가 의아해 했을 때 진정한 재즈는 자유로움이라고, 목의 단추를 풀고 형식을 탈피하는, 그래서 재즈만이 가능한 영역이지. 하는 말로 시작했다. 모든 역사는 첫 시도에서 길을 만드는 거야. 처음에는 교회에서 오르간도 금지되었어. 몬테 베르디 이전에는 발레 음악에나 쓰였던 악기였지만 오늘날 오르간 없는 교회를 생각이나 할 수 있어? 트롬본은 글룩이 최초로 극장에 끌어들였고 베토벤에 이르러 베이스 드럼과 함께 실내악에 사용된 거야. 음악의 역사라는 건 누군가 실험적인 시도에서 이루어진다는 건 틀린 말이 아니야.

정우와의 원만한 대화는 음악이 없이 다음을 이어갈 수 없다. 그가 표현하는 모든 문자에 재즈는 주인처럼 지면을 차지하고 있었다. 음악은 그와 내가 소통하는 유일한 방법이었고 길이었으며 아버지를 포함해 그의 식구들과 달리 나는 그를 가장 이해했다. 그가 작곡과로 진로를 정하기까지 아버지와의 갈등은 험난했다. 집안을 살리는 길이 오직 법대뿐이라 고집하던 아버지에게 내 간청이 미미하지만 도움이 되었다. 목에 걸린 가시처럼 늘 맘 아픈 여식에겐 우호적이었던 아버지였다. 정우는 미안하다 했다. 함께 진학하지 못하고 섬에 남겨지는 나에게.

그의 사진, 대학 엠티 때 친구에게 잡혔다는 해맑은 얼굴이 액자 속에 갇혀 있었다. 물끄러미 그의 얼굴을 바라보았다. 금방이라도 가자, 라며 색소폰을 쥔 다른 한 손으로 나를 잡아끌며 바닷길로 나갈 것 같았다.

나의 사진 앞에서 울지 말아요.
나는 그곳에 없어요.
나는 잠들어 있지 않아요.
제발 날 위해 울지 말아요.
나는 천 개의 바람,
천 개의 바람이 되었죠.
저 넓은 하늘을 자유롭게 날고 있죠.
…….

폰을 열어 어느 팝페라 가수의 노래를 그의 사진 앞에 바쳤다. 나는 알고 있다. 그는 틀림없이 바람이 되었을 거라는 걸. 그래서 나는 그의 사진 앞에서 울지 않는다. 사진 속에 그는 없고 그는 이미 천 개의 바람이 되어 훨훨 자유롭게 날아다니고 있을 거라는 걸 믿기에. 밤을 비추는 그는 별이었고, 겨울의 흰 눈 속에도 그는 항상 있었으니까. 가을의 따사로운 햇살에도 그의 입김은 존재했고 아침에 눈을 뜨면 지저귀는 새소리에도 그의 메시지가 담겨 있었으니.

떠나지 않았고 내 곁을 머물고 있는 그 느낌으로 나는 그가 떠난 십여 년을 견뎌내고 있었다.

정우의 방을 나왔다. 바닷길로 걸어 나왔다. 모래밭에 서서 먼 바다를 바라보았다.

지금쯤 그 사람은 집에 도착했을 것이고 내 부재를 확인했을 것이다. 내 이런 행위가 그렇게 놀라울 것도 없는 사건일 것이며 사소한 일상으로 묻혀갈 것이다. 내 행적이 궁금해 아버지에게 위장일지라도 통화할 사람도 아니다. 이게 내가 알고 있는 그 사람의 전부이다. 언젠가는, 아니면 벌써 오래전에 일어날 일이 지금에야 벌어지고 있다는 것을 마음 다질 뿐. 그는 내 노여움에 관심도 없었고 내 이름 같은 건 어느 적당한 세월에다 휴지처럼 버릴 것이다.

정우의 자리를 찾아 앉아보았다. 멀리에 섬 하나가 설풋한 실루엣으로 그려졌다. 딱 이쯤이었다. 정우가 그의 색소폰과 연주를 시작하는 위치는 .

지금쯤 그의 바람은 어디로 떠돌고 있는 겔까. 어쩌면 지금 내 곁에 머물고 있을지도 모른다.

왜 돌아온 게니?

그의 바람이 물었다.

다 알고 있잖아.

알고 있지. 나는 늘 너의 곁을 떠돌고 있었으니.

네가 지켜준다는 그 바람으로 살아보려 했어. 나는 노력했어. 그렇지만 도저히 견뎌낼 수가 없었어.

알고 있어.

누랭이가 이번에도 새끼를 낳았겠지.

모성애가 유별나다 했던가?

그래.

고양이는 가장 안전하다 싶은 곳에다 새끼를 낳는 법이지. 계단 데크 속을 택한 건 네가 그 집에 있기 때문이었을 거야.

다섯 마리였어. 가끔 검정고양이가 다녀가곤 했어. 일가를 이룬 게지. 나는 그들 가족을 지켜보는 것만으로도 흐뭇했어. 얼마나 자랐을까, 꼬마들의 바깥나들이를 손꼽아 기다리곤 했지. 검정과 노랑이 얼룩거리는 세 놈, 나머지는 제 엄마를 닮은 누랭이였어. 하루에 두 번 밥그릇을 채워주고 청결한 물그릇을 준비하고, 내 나날의 톱니바퀴는 그들 일가와 맞물려 순조롭게 잘 돌아가고 있었어. 아, 고양이 눈을 유심히 들여다본 적 있어? 제가 입고 있는 털의 빛깔과 똑 같아. 요술구슬 속처럼 오묘해. 그 속에 세상의 모든 비밀스런 빛이 다 숨어 있는 거 같아. 두려움까지 채색된 눈을 쏙 내밀던 새끼들. 그 눈들은 그즈음 살아내야 할 내 의미의 모두였어.

그랬겠지.

어느 해질 무렵이었어. 이층 창가에서 나무 우듬지를 스치는 바람을 살피고 있었어, 바람이 일기 시작하면 내 몸의 세포들은 약속이나 한 듯 비늘을 세우니까. 햇살 맑은 날도 그래. 눈 오는 겨울날도 오래 기다린 친구이듯 설렘으로 맞곤 하지. 그 바람에 넋을 두고 앉은 내 눈에 도둑걸음으로 걸어가는 그 사람의 등이 잡혀 들겠지. 대야 가득한 물을 들고 눈치차림으로 걸어가는, 약간은 비굴스런 등이었어. 단번에 알아챘어. 그 사람의 대야가 무슨 용도로 쓰일 셈인지. 누랭이 일가가 거주하는 계단 옆 데크에다 대야 가득한 물을 쏟아 붓는 거야. 그것도 세 번씩이나. 물론 그 후 그들 일가는 떠났어. 햇볕 좋은 날, 데크 밖으로 나와 어미 품에 뒹굴던 다섯 마리의 새끼들, 그 부듯한 그림은 다시 볼 수 없었어.

그랬구나.

누랭이에 대한 그 사람의 증오는 혹여 내 몫은 아니었을까, 어쩌면 누랭이는 빌미에 불과했을지 몰라.

…….

피투성이가 된 새끼의 주검을 물고 울고 다니는 누랭이를 본 건 며칠 뒤였어. 결국 그게 마지막이었지만 말이야. 얼마나 슬피 울고 다니는지, 내가 뒤따라가서 말했지. 내가 묻어줄 게. 말끄러미 바라보던 누랭이는 가만 등을 돌리더라. 날 원망하는 눈빛이었어. 나는 그것들을 살리기 위해 아무것도 한 일이 없었거든.

…….

바람이 파도를 실어왔다간 또 뒤로 밀어냈다. 그 바람이 내 머리카락과 노닥거리다간 바다 건너로 아련하게 멀어져갔다. 바람이고 싶어. 나 또한 천 개의 자유로운 바람이고 싶어. 파도를 밀어내는 그 바람에게 나는 그렇게 중얼거리며 앉아 있었다.

책 뒤에 붙이는 글

1

신말수 선생은 그간 유수한 장편 공모에서 수차 최종심에서 낙루하는 불운을 겪다가 지난 2018년 제9회 김만중문학상에서 『누가 그 시절을 다 데려갔을까』로 금상을 수상함으로써 뒤늦게 그 이름을 드러낸 늦깎이 작가이다.

이책은 『새는 왜 숨어서 울까』(2002)에 이은 두 번째 작품집으로, 정통문학의 정수를 보여준 역작이다.

연전에 '황해여인숙' 얘기를 듣고 선생에게 소설을 써보라고 권유했었다. 그런데 오랫동안 소식이 돈절되어 실망했었는데 어느날 보란 듯이 이 작품을 써가지고 나타났다. 그때 내 가슴이 크게 뛰었다. 그리고 내 어쭙잖은 오지랖으로 한국소설사에 좋은 단편 하나 보태게 되었다는 큰 자부를 느꼈다.

2

나는 지난 30여 년간 소설에 나타난 우리말 탐색작업을 해왔는데 이 방면에서 단연 으뜸인 작품은 벽초 홍명희의 『임꺽정』과 김주영의 『객주』가 아닌가 한다. 그런데 단편소설의 경우 다름 아닌 「황해연인숙」으로 추정될 만큼 선생은 우리말 어휘 표현이 매우 넉넉한 작가이다.

외세문화의 범람으로 우리 고유어의 존립이 크게 위협받고 있는 현세에 이를 지키고 보존하려는 노작가의 눈물겨운 투혼만으로도 이 작품집은 '問題作'이라 할 만하다.

2021. 5.

민충환(문학평론가 · 前 부천대 교수)

부록

어휘 해설

ㄱ

가탈지다: 복잡하고 까다로운 조건이 생기다.

개개빌다: 잘못을 용서해달라고 간절히 빌다.

개똥밭에 굴러도 이승이 좋다: (속담) 아무리 고생스럽고 천하게 살더라도 죽는 것보다 사는 것이 낫다는 말.

개염: 부러운 마음으로 시새워서 탐내는 욕심.

객식구(客食口): 본디 식구 이외에 같은 집에서 함께 지내는 딴 식구. 군식구.

거구생신(去舊生新): 묵은 것은 사라지고 새로운 것이 생겨남.

거늑하다: 흡족하고 느긋하다.

거시시하다: 눈이 맑지 않고 침침하다.

거침돌: 거추장스러운 일.

걸쌈스럽다: 남에게 지지 않으려고 하며 억척스럽다.

고명딸: 아들만 여럿 있는 집의 외딸.

고샅길: 시골 마을의 좁은 골목길.

고수버들: 가지가 고수머리처럼 꼬불꼬불한 버들.

골집사납다: 심술사납다.

구렁논: 움푹 팬 곳에 곳이 있는 논.

구름결: 구름처럼 슬쩍 지나는 겨를.

구름옷: 구름과 같이 가볍고 아름다운 옷.

굼적거리다: 몸이 둔하게 움직거리다.

귀문: 귓구멍(북한어).

귓문: 귓구멍의 밖으로 열린 곳.

그득하다: 한껏 차 있어 많다.

그렁저렁: 그런 모양 저런 모양으로

그악스럽다: 몹시 모질고 사납다.

그예: 마침내.

글속: 학문적 소양.

글품쟁이: 글품을 파는 사람. 글을 쓰는데 드는 품이나 노력.

금방금방: 잇달아 속히.

까치놀: 석양을 받은 먼 바다의 수평선에서 희번덕거리는 물결.

깔축없다: 조금도 축나지 않다.

꼴머슴: 땔나무나 꼴을 베어 오며 농가의 잔일을 거드는 어린 머슴.

꼽꼽하다: 조금 촉촉하다.

꼽사리끼다: '여럿이 있는 틈에 끼여들다'를 속되게 이르는 말.

꿈자리: 꿈을 꾼 사실이나 내용.

끌밥: 끌로 나무를 팔 때 나오는 부스러기.

ㄴ

낙낙하다: 삶이나 무엇이 만만하여 다루기가 쉽다.

난밖: 다른 고장.

날름쇠: 물건을 퉁겨지게 하기 위해 장치한 쇠.

날질: 여자가 정을 통하는 남자와 도망하는 일.

날파람스럽다: 날파람이 일 정도로 행동이 매우 빠르고 민첩하다.

낡삭다: 오래 되어 헐고 삭다.

낯꽃: 얼굴에 드러나는 감정의 표시.

내림바탕 : 유전자.

내립떠보다: 눈을 아래로 향하여 뜨고 노려보다.

너울가지: 남과 잘 사귀는 솜씨.

널방석: 곡식의 낟알을 말리는 데 쓰는, 짚으로 결은 큰 방석.

노박이로: 줄곧 계속하여.

높가지: 높은 데 있는 나뭇가지.

누렁우물: 물이 궂어서 못 먹는 우물.

누에머리손톱: 너비에 비해 길이가 퍽 짧은 엄지손가락의 손톱.

눈돌림질: 짐짓 아닌 체하며 딴전을 부리는 일.

눈발림: 내용은 없이 겉으로 그럴듯하게 보이도록 발라 맞추는 것(북한어).

눈셈: 눈대중으로 어림하는 셈.

눈씨: 쏘아보는 시선의 힘.

눈에 밟히다: 잊혀지지 않고 눈에 선하여 사라지지 않다.

눈자리가 나게 쏘아보다: 뚫어지게 바라보다(북한어).

눈치차림: 남의 눈치를 살피게 하는 행동(북한어).

뉘: '너울'의 방언.

ㄷ

다문다문하다: 잦지 않고 동안이 좀 뜨다.

다북눈썹: 빽빽하고 탐스럽게 난 눈썹.

달망지다: 보기보다 실하고 단단하다.

달물결: 달빛이 은은히 비낀 물결(북한어).

담배쉼: 담배를 피우기 위해 쉬는 쉼(북한어).

대처: 인구가 많고 번화한 도시.

대판가리: 이기고 짐을 겨룸.

댓바람; 지체하지 않고 당장.

덩그마니: 외따로 떨어져 혼자 쓸쓸하게.

데면대면: 대하는 태도가 친숙성이 없고 덤덤한 모양.

도둑걸음: 조심스럽게 살그머니 걷는 걸음.

도붓장수: 물건을 가지고 이곳저곳 돌아다니며 파는 사람.

돈거리: 팔면 약간의 돈을 받을 수 있는 물건.

돌대: 회전운동의 중심이 되는 축.

돌림길: 우회로(북한어).

두렁서리: 논두렁 위에 난 잡초 따위를 낫으로 베어서 없애는 일.

두름성: 일을 잘 주선하고 변통하는 솜씨.

두매한짝: '다섯 손가락'을 이르는 말.

두벌잠: 아침에 깨었다가 다시 자는 잠.

뒤적질: 어떤 것을 마구 뒤적이는 짓.

들까부르다: 위아래로 몹시 흔들다.

들붐비다: 몹시 붐비다.

등둑: 등의 뒤쪽.

떼꾼하다: 몹시 지쳐서 눈이 뒤로 달리고 퀭하다.

뙤창: 방문에 낸 작은 창문. 뙤창문.

뚝머슴: 뚝뚝하고 융통성 없는 머슴.

뜬금없다: 갑작스럽고 엉뚱하다.

뜯개말: 잘 알지 못하는 외국어를 한두 마디씩 뜨덤뜨덤 하는 말(북한어).

뜸팡이: 잎파랑이가 없는 단세포의 하등식물.

ㅁ

마음다툼: 한 가지 문제에 대하여 여러 가지 생각이 떠올라 속으로 부대끼는 것(북한어).

마음을 붙이다: 어떤 것에 마음을 자리잡게 하거나 전념하다.

마음자리: 마음의 본바탕.

말결에: 무슨 말을 하는 김에.

말꼬: 말을 할 때 처음으로 입을 여는 것.

말꼭지를 떼다: 말의 첫마디를 시작하다.

말문: 말을 꺼내는 실마리.

말수더구: 늘어놓는 말솜씨(북한어).

말전주: 이쪽저쪽 다니며 말을 전하여 이간질하는 짓.

말질: 말썽이 될 만한 말을 퍼뜨리고 다니는 짓.

말타박: 말로 핀잔하는 일.

말휘갑: 이리저리 말을 잘 둘러서 맞추는 일.

맞다들다: 직접 부딪치다(북한어).

맞은바래기: 앞으로 마주 바라다보이는 곳.

맞칼: 상대방에게 대항하여 마주 뽑아든 칼.

맨꽁무니: 아무 밑천이 없이 맨주먹으로 어떤 일을 함.

먼발치기: 조금 멀찍이 떨어져 있는 거리.

먼산주름: 먼데 있는 산들의 능선이 첩첩이 주름진 것처럼 보이는 것.

먼짓발: 일으켜 길게 뻗어 있는 먼지(북한어).

메숲지다: 산에 나무가 우거지다.

몰몰아: 모두 한데 몰아서.

몸살풀이: 몸살이 왔을 때 병이 낫도록 쉬는 것.

묏등: 무덤의 두두룩한 윗부분.

무릎노리: 무릎의 언저리.

무릎맞춤: 두 사람의 말이 어긋날 때, 제삼자나 말전주한 사람 앞에서 전에 한 말을 되풀이시킴으로써 옳고 그름이나 맞고 안 맞음을 판단하는 일.

무서리: 늦가을에 처음 내리는 묽은 서리.

무지렁이: 무지러져서 못쓰는 물건.

묵삭다: 물건이 오래 되어 썩은 것 같이 되다.

문문하다: 아무렇게나 함부로 다룰 만하다.

물꽃: 하얀 거품을 일으키는 물결.

물끄럼말끄럼: 서로 말없이 얼굴만 물끄러미 보다가 말끄러미 보다가 하는 모양.

물똥: 물을 튀겨 일어나는 크고 작은 물의 덩이.

미렷하다: 살이 쪄서 군턱이 져 있다. 턱이 뾰족하지 않고 두툼하다.

민수릅하다: 가파롭지 않고 좀 밋밋하다.

밀알지다: 얼굴이 빤빤하게 생기다.

밀풀: 밀가루로 쑨 풀.

밑심: 꾸준하고 끈기있게 내미는 힘.

ㅂ

바닷것: 해산물.

바닷살이: 바다에서 삶.

바람살: 세찬 바람의 기운.

바위너설: 바위가 삐죽삐죽 내민 험한 곳.

바위서리: 바위들이 많이 모여있는 무더기.

바투: 두 물체 사이가 퍽 가깝게.

발톱눈: 발톱의 양쪽 구석.

발림수작: 비위를 맞춰 달래는 수작.

밭머리쉼: 일하다가 잠시 밭머리에 나와 쉬는 일.

밭은기침 :힘도 들이지 않고 소리도 크지 않게 자주 하는 기침.

배꼽마당: 동네 한가운데 있는 큰 마당.

번거하다: 매우 어수선하고 복잡하다.

벗바리: 뒤에서 힘이 되어 주는 사람.

병난: 병으로 말미암은 곤란.

병소(病所): 몸 가운데 병이 있는 부분. 환부.

볕바라기: 양달에서 볕을 쬐는 일.

보리누름: 보리가 누렇게 익는 철.

보스대다: 가만히 있지 않고 자꾸 꼬무락꼬무락 움직이다.

보잇하다: 빛깔이 약간 보유스름하다.

봉충다리: 사람의 한쪽이 약간 짧은 다리.

부듯하다: 꽉 차서 벅차다.

부르쥐다: 힘을 주어 움키다.

불거지: 저녁녘의 붉은 노을(북한어).

불깃하다: 좀 불그스름하다(북한어).

불서럽다: 몹시 서럽다.

비머리하다: 온몸이 비에 흠뻑 젖다.

비슥맞은편: 정면에서 벗어난 맞은편.

빌미: 어떤 일을 하기 위한 계기나 핑계.

빌밋하다: 어지간히 비슷하다.

빙충이: 똘똘하지 못하고 어리석은 사람.

빚꼬리: 채 갚지 못한 나머지 빚(북한어).

빛너울: 광배(光背).

빛발: 내어 뻗치는 빛의 줄기.

ㅅ

사랫길: 논밭 사이로 난 길.

살걸음: 화살이 날아가는 속도.

살림바라지: 살림을 잘 꾸려나가도록 보살피는 일.

살림붙이: 살림살이에 쓰는 도구.

살속: 세상을 살아가는 맛.

살피살피: 틈의 살피마다, 구석구석마다.

삽삽하다: 말이나 태도가 마음에 들게 사근사근하다.

생다지: 공연한 억지.

생뚱하다: 말이나 짓이 앞뒤가 서로 맞지 아니하고 엉뚱하다.

서름하다: 남과 가깝게 지내지 못하여 서먹하다.

서리가을: 늦가을. 만추.

서리담다: 마음속에 간직하다.

서리별: 서릿발이 마치 반짝이는 별 같다고 해서 이르는 말.

석쇠무늬: 석쇠처럼 가로줄과 세로줄이 일정한 간격을 두고 직각으로 교차하는 무늬.

석시삭다: 돌 같은 것이 푸슬푸슬 삭다.

석죽다: 기운이나 기세가 완전히 꺾이다.

섞사귀다: 지위나 처지가 다른 사람끼리 서로 사귀다.

설어둠: 해가 진 뒤 완전히 어두워지지 않은 어둑어둑한 상태.

설풋하다: 좀 흐린 듯하다.

섬질: 널빤지의 옆을 대패로 밀어내는 일.

섭새기다: 속이 뜨게 파내거나 뚫어지게 새기다.

성마르다: 도량이 좁고 느긋한 데가 없이 신경질적이다.

성큼하다: 윗도리에 비해 아랫도리가 좀 어울리지 않게 길쭉하다.

셈속: 마음속에 담긴 실제 생각.

소릿귀: 남의 소리를 제대로 알아듣는 총기.

속궁글다: 속이 텅 비다. 내용이 없거나 실속이 없다.

속내평: 겉으로 드러나지 않은 일의 사정.

속눈물: 눈물을 억지로 참을 때 눈 속에 어리기만 하는 눈물.

속니를 갈다: 남모르게 분해하다.

속멋: 겉치장이 아닌, 내면에서 우러나오는 진짜 멋.

속어림: 속짐작.

속잠: 깊이 든 잠.

속탈: 본디 갖고 있는 성질.

손차양: 햇볕을 가리기 위해 이마를 손으로 가림.

손품: 손을 놀리면서 일을 하는 품.

쇠코잠방이: 여름에 농부가 일할 때에 무릎까지 내려오는 짧은 잠방이.

수더분하다: 성질이 순하고 소박하다.

수제비태껸: 어른에게 버릇없이 함부로 덤비는 말다툼.

숨탄것: '숨을 받은 것'이라는 뜻으로, 모든 동물의 총칭.

숫젊은이; 소년기에서 청년기로 갓 들어간 사람.

숱지다: 숱이 많다.

숲지다: 나무가 울창하다.

쉴참: 쉬는 동안.

시들프다: 마음에 맞갖잖고 시들하다.

시시부지하다: 시시하고 보잘것없다.

시풍덩하다: '시시풍덩하다'의 준말. 시시하고 실답지 않다.

신산스럽다(辛酸 —): 보기에 사는 것이 힘들고 고생스러운 데가 있다.

쐐기를 박다: 뒤탈이 없도록 미리 단단히 다짐을 해두다.

씨받이: 대를 이을 아이를 다른 여자가 대신 낳아 주던 일. 또는 그 여자.

씨붙임: 논밭에 씨앗을 심는 일(북한어).

씨알: 씨의 낱알.

씨우적거리다: 마음에 못마땅하여 불평스럽게 씨부렁거리다.

씻가시다: 씻어서 가시다.

씻줄: 하나의 핏줄에서 대를 이어서 갈라져 내려옴.

ㅇ

아청(鴉靑): 검은빛을 띤 푸른빛. 야청.

악패듯: 사정없이, 몹시 심하게.

안연(晏然)하다: 편안하고 안정되어 있다.

안착하다: 편안하게 자리를 잡다.

안풍하다: 산 같은 것이 둘려 아늑하고 바람이 없다(북한어).

알맞춤하다: 어느 정도 알맞다.

암암하다: 몹시 어둡다.

앙버티다: 끝까지 악착스럽게 대항하여 버티다.

앞짧은 소리: 장래의 불행을 뜻하게 된 말마디.

애깎이: 조각칼의 한 가지.

애두름: 낮은 언덕.

애만지다: 아끼고 소중하게 여겨 어루만지다.

애발스럽다: 이익을 좇아서 안타까울 정도로 애를 쓰는 태도가 있다.

애별(愛別): 사랑하는 사람과 이별함.

애솔: 어린 소나무. 애송.

애옥살림: 가난에 쪼들려 고생하며 사는 살림살이.

애와치다: 슬퍼하다.

애잔하다: 아주 가냘프고 약하다.

애저녁: 초저녁(북한어).

애줄없이: 어찌할 도리없이.

앵하다: 기회를 놓치거나 손해를 보아 분하고 아깝다.

야단받이: 남의 꾸지람 듣는 이.

어둑살: '땅거미'의 방언.

어리: 병아리 따위를 가둬 기르기 위해 싸리나 가는 나무로 둥글게 엮어 만든 것.

어리무던하다: 사람됨이나 마음씨가 어질고 무던하다.

어리번쩍: 물건 따위가 어른거리다가 갑자기 선명해지는 모양.

어슴새벽: 어스레한 새벽.

얼비치다: 광선이 반사되어 비치다.

얼추: 대충.

엄지머리총각: 일생을 총각으로 지내는 사람.

엎쳐뵈다: 구차하게 남에게 굽실거리다.

엔간찮다: 보통이 아니다.

여의살이: 딸들을 여의는 부모의 뒷바라지.

여줄가리: 주된 물건.

염: 무엇을 하려는 생각이나 마음.

엺엺이: 이 옆 저 옆.

예수남은: 예순이 조금 더 되는 수.

오가리솥: 아가리가 옥은 옹솥.

오롯하다: 모자람이 없이 온전하다.

오지랖이 넓다: 남의 일에 참견을 잘한다.

옹골지다: 보기보다 실속 있게 속이 꽉 차다.

외방자식: 첩에서 난 자식.

외쪽생각: 상대방의 속은 알지 못하고 한쪽으로만 하는 생각.

왼심: 혼자서 속으로 안타깝게 애쓰며 마음을 조이는 것(북한어).

우둠지: 나무의 꼭대기 줄기.

운을 떼다: 어떤 말의 첫머리를 시작하다.

웁쌀: 잡곡으로 짓는 밥 위에 조금 얹어 안치는 쌀.

음전하다: 곱고 점잖다.

이내: 해질 무렵에 멀리 보이는 푸르스름하고 흐릿한 기운.

이녁: 듣는 이를 조금 낮추어서 이르는 말. 종종 부인이 남편에 대하

여 남편이 부인에 대하여 쓴다.

이즈막하다: 밤이 제법 이슥하다.

일더위: 첫여름부터 일찍 오는 더위.

일속: 일의 속내나 실속.

일참: 일을 하다가 쉬는 참.

입고프다: 하고 싶은 대로 자유롭게 말하고 싶다.

입살에 오르내리다: 자주 남의 이야기 대상으로 되다.

입심거리: 이러니저러니 이야기가 될 만한 거리.

ㅈ

자리끼: 잠자리에서 마시기 위하여 머리맡에 떠놓는 물.

잔망스럽다: 답답하고 경박하다.

잔물잔물: 눈가나 살가죽이 짓무른 모양.

잔흔(殘痕): 남은 흔적.

잦추: 동작을 재게 하여 잇달아 재촉하는 모양.

재바르다: 재치가 있고 날렵하다.

쟁이다: 여러 개를 포개어 쌓다.

저뭇하다: 날이 저물어 어스레하다.

조막: 주먹보다 작은 물건의 덩이.

조침조침: 이제나 저제나 하고 마음을 졸이며 기다리는 모양.

주눅바치: 주눅을 잘 타는 사람.

주렁지다: 주렁주렁 많이 매달리다.

주먹벼락: 몹시 호되게 주먹으로 때리는 일.

주먹셈: 머릿속으로 하는 셈.

주암옹두리: 주먹처럼 생긴 쇠뼈의 옹두리.

준혹하다: 아주 혹독하고 인정이 없다.

줄뒤짐하다: 무엇을 찾으려고 하나하나 차례로 뒤지다.

중실하다: 몸이 든든하고 실하다(북한어).

진티: 어떤 일의 실마리가 된 원인.

짓둥이: 몸을 움직여 놀리는 모양새.

짚무지: 짚을 쌓아놓는 무지(북한어).

쭛개: 끝이 뾰족하고 꼬부라진 쇠로 만든 도구(북한어).

찔래꽃머리: 찔레꽃이 필 무렵. 곧 초여름.

ㅊ

차렵이불: 솜을 얇게 두어 만든 이불.

초꼬슴: 일의 맨 처음.

추량: 추측.

추렴젖: 이 사람 저 사람에게서 조금씩 얻어먹이는 젖.

ㅌ

톱다: 샅샅이 더듬어 뒤지면서 찾다.

통꾼: 숯 굽는 사람.

통잠: 한 번도 깨지 않고 푹 자는 잠.

트집바탈: 무엇이고 트집만 부리는 일.

ㅍ

평다리치다: 꿇어 앉지 않고 평안한 자세로 앉아 다리를 놀리다.

표표히: 물위에 떠 있는 모습이 가볍게.

푸르싱싱: 푸르고 싱싱한 모양(북한어).

푸름푸름: 어렴풋하게 날이 밝아올 때 하늘이 차츰 훤하게 되는 모양.

푸수하다: 성품이 까다롭지 아니하고 수더분하다.

핑계모: 핑계로 내세우는 의견이나 계획. 이러저러하게 내세우는 방패막이.

ㅎ

하룻머리: 하루가 시작되는 아침 무렵.

한데우물: 집의 울 밖에 있는 우물. 공동우물.

한뎃잠: 한데에서 자는 잠.

한몸: 뜻이나 마음을 같이함.

해쪼이: 햇빛을 쪼이는 일.

허구프다: 허망하고 어이없다(북한어).

허든거리다: 다리에 기운이 없어 중심을 잃고 이리저리 헛디디다.

허방을 짚다: 그릇 알거나 잘못 예산하여 실패하다.

허수룩하다: 줄어서 좀 빈 듯하다.

허수하다: 허전하고 서운하다.

허우대: 겉모양이 좋고 큰 체격.

허위단심: 허우적거리며 무척 애를 씀.

허줄하다: 차림새가 보잘것없고 초라하다.

허천들리다: '걸신들리다' 의 방언.

허튼계집: 여러 남자와 난잡하게 정을 통하는 여자.

허허바다: 끝없는 바다.

헛다리품: 기껏 한 일이 너무 보람이 없음.

헛매질: 때릴 듯이 위협하는 짓.

헤살: 남의 일을 짓궂게 방해함.

호도깝스럽다: 언행이 경망하고 황급하다.

혼자씨름: 자기 혼자 마음속으로 이리저리 따져보고 재어보는 일(북한어).

횅댕그렁하다: 속이 비고 넓기만 하여 허전하다.

후림불: 갑자기 정신차릴 수 없이 휩쓸리는 서슬.

후릿그물: 바다에 둘러치고 여럿이 벼리의 두 끝을 끌어 당겨 물고기를 잡는 그물.

훔치개질: 물기 따위를 훔쳐 닦는 일.

흐늑흐늑: 부드럽게 흐늘흐늘 흔들리는 모양.

흙이불: 무덤의 흙을 이불에 비유한 말.

흩뜨리다: 흩어지게 하다.

희슥희슥: 드문드문 흰 모양.

흰목을 쓰다: 말이나 행동을 희떱게 하다.

힘부림: 힘내기나 힘겨룸.